Avertissement

Ce livre est une œuvre de fiction. Les références à des personnes, des événements, des institutions, des organismes ou des lieux existant ou ayant existé ont pour objectif d'apporter un sentiment d'authenticité, mais restent fictives. De même que les faits relatés et les dialogues, les autres personnages sont issus de l'imagination de l'auteure et n'ont pas vocation à être considérés comme réels.

PROLOGUE

DÉCEMBRE 2016

La fille sur la plage fixait l'horizon par-delà l'estran. Ce matin-là, elle était venue vérifier que les observatoires situés au bout du chemin qui menait à la réserve naturelle de Snettisham avaient bien résisté à la violente tempête de la veille. C'était là que se cachaient les ornithologues amateurs venus de partout pour épier oies, mouettes et échassiers. Et la nuit, ces observatoires pouvaient aussi servir à s'abriter des brises marines glaciales pour boire quelques bières entre amis… ou pour des activités plus intimes. Le dernier gros orage en avait détruit plusieurs et les avait emportés jusque dans les lagons. La jeune femme était donc ravie de constater que, cette fois, les trois petits cochons de la Royal Society avaient construit leur maison en bois et non en paille. La dernière cabane était pleine de galets à cause de sa porte arrachée, mais elle tenait encore debout.

Elle prit le temps de contempler le paysage. Elle adorait cet endroit. Dans cette zone située à la limite de l'Est-Anglie, la région la plus orientale du Royaume-Uni, la côte fait face à l'ouest. Elle donne sur le Wash, un estuaire séparant le Norfolk du Lincolnshire où plusieurs fleuves viennent se jeter dans la mer du Nord. Mais pas d'aurore rose pâle ici. C'était derrière elle, au-dessus des lagons, que le soleil s'était levé. Devant elle, malgré un banc de nuages bas et lourd, la lumière marine prêtait au vaste ciel gris une légère nuance dorée qui se reflétait sur la vasière et empêchait de distinguer clairement la jonction avec la terre.

Derrière les lagons se tenaient les frontières marécageuses du domaine de Sandringham. Normalement, à quelques jours de Noël, la reine aurait déjà dû être arrivée. Pourtant, Ivy n'en avait pas encore entendu parler. C'était étrange. D'ordinaire, Sa Majesté était aussi fiable que le soleil et les marées. Idéal pour se repérer dans le temps.

Ivy leva les yeux vers des oies à bec court qui volaient en V depuis le large. Plus haut et plus près, un busard Saint-Martin tournait en rond. La plage de Snettisham avait quelque chose de rude, presque menaçant. Le chemin qu'elle foulait et les brise-lames en bois aux faux airs de squelettes qui jaillissaient de la vase étaient des vestiges de la guerre de son arrière-grand-père. C'était l'extraction des galets utilisés pour construire les pistes des bases aériennes qui avait créé les lagons où les canards, les oies et les échassiers gloussaient et cancanaient par milliers. D'après son père, cela faisait des décennies que les mouettes avaient déserté les lieux à cause des exercices de tirs d'artillerie. Leur retour était une victoire de la nature. Et Dieu savait si cette dernière en avait besoin, avec tout ce qu'on lui faisait subir.

La plupart des oiseaux étaient déjà repartis, mais ils n'avaient pas chômé. Constellé de traces de pattes, l'estran avait récemment été le théâtre d'un massacre en bonne et due forme : les garrots à œil d'or et les bécasseaux s'y étaient posés à marée basse et avaient dévoré tout ce qui vivait dans le sable. Du coin de l'œil, Ivy distingua soudain une masse noire et velue qui filait à toute allure. Elle reconnut un croisement de collie et de cocker né l'an passé au village, le chien de quelqu'un qu'elle ne tenait pas en haute estime. Visiblement seul, il se dirigeait vers le brise-lames le plus proche. Il avait remarqué quelque chose qui dépassait de la surface grise de l'eau et flottait contre un piquet de bois pourri.

La tempête avait apporté ici toutes sortes de détritus plus ou moins naturels. Des poissons morts flottaient parmi des bouteilles en plastique et de denses enchevêtrements de filets de pêche effilochés. Elle pensa aux méduses. Elles aussi s'échouaient là. Si le jeune chien essayait d'en manger une, il risquait de se faire piquer.

— Hé ! cria-t-elle. Viens ici !

L'animal l'ignora.

Elle se mit à courir à travers la bande de lichen et de criste-marine qui menait aux galets puis arriva sur le replat de marée, où les courants souterrains remplirent aussitôt les trous laissés dans le sable par ses Doc Martens.

— Arrête ça, idiot !

Le chien jouait avec quelque chose d'informe et de dégoulinant. Elle l'attrapa par son collier et le tira en arrière.

L'objet était un sac plastique. Un vieux sac de supermarché, flasque et tout déchiqueté, dont les poignées nouées laissaient dépasser deux tentacules de couleur laiteuse. À l'aide d'un bâton ramassé par là, elle leva le sac assez haut pour le mettre hors d'atteinte du chien, puis regarda à l'intérieur. Non, ce n'était pas une méduse. Mais une créature marine pâle, bouffie et couverte d'algues. Alors qu'elle emportait la chose pour la mettre à la poubelle, le chien tira d'un coup sec sur son collier, la déséquilibrant. Le contenu glissa du sac déchiré et s'écrasa sur le sable sombre.

La jeune femme crut d'abord voir une sorte d'étoile de mer mutante. Mais en y regardant de plus près et en écartant les algues avec son bâton, elle élimina cette possibilité. Elle s'émerveilla un instant en constatant combien cela pouvait sembler humain, combien ces tentacules rappelaient des doigts. Puis elle aperçut un scintillement doré. Un des tentacules était entouré de quelque chose de métallique, circulaire et brillant. Elle compta par réflexe les tentacules enflés et cireux : un, deux, trois, quatre, cinq. L'éclat provenait d'une bague autour de l'auriculaire. Les « tentacules » avaient des ongles, qui commençaient à se détacher.

Elle laissa tomber le bâton et hurla à en déchirer le ciel.

PREMIÈRE PARTIE

La main du destin

Nous n'héritons pas de la Terre de nos ancêtres,
nous l'empruntons à nos enfants.

Proverbe amérindien

CHAPITRE I

Physiquement comme moralement, la reine se sentait au plus mal. Elle regarda sortir sir Simon Holcroft avec un mélange de regret et de colère frustrée. Puis elle prit un mouchoir propre dans le sac à main posé sur son bureau, car son nez n'arrêtait pas de couler.

Le médecin est formel… Un déplacement en train est hors de question… Le duc ne devrait même pas voyager du tout…

Si son mal de tête avait été un tout petit peu moins virulent, elle aurait trouvé les mots pour convaincre son secrétaire particulier qu'*on* prenait toujours le train pour se rendre à Sandringham, point final. Le trajet de Londres à King's Lynn était programmé depuis des mois. Le chef de gare et son équipe l'attendaient dans quatre heures et demie. Ils avaient dû polir tous les cuivres, balayer chaque centimètre carré du quai et, sans aucun doute, envoyé leurs uniformes au pressing. *On* ne modifiait pas tout son programme pour un simple reniflement. Tant qu'il n'y avait ni os brisés ni décès dans l'entourage proche, *on* se devait de tenir bon.

Force lui était d'avouer que sa migraine ne lui avait pas laissé de répit, et qu'une grosse quinte de toux était venue interrompre son argumentaire. En outre, Philip n'avait pas pu la soutenir puisque, comme la veille, il était cloué au lit. C'était certainement l'un des arrière-petits-enfants qui leur avait transmis ce maudit virus lorsque la famille s'était réunie au grand complet pour le pré-Noël à Buckingham. Les « petits bouillons de culture », comme il les appelait. Ce n'était pas leur faute, bien sûr. Mais, telles de minuscules armes biologiques aux joues rondes, ils attrapaient tout ce qui passait à l'école et le propageaient autour d'eux. Qui était le coupable, cette fois-ci ? Sur le moment, ils avaient tous paru être en parfaite santé.

Elle décrocha le téléphone posé sur son bureau et demanda au standard de lui passer le duc.

Philip était réveillé mais groggy.

— Quoi ? Parlez plus fort, mon amie ! On vous croirait au fond d'un lac !

— Je disais que…

Elle s'interrompit pour se moucher et poursuivit :

— Selon Simon, nous allons devoir nous rendre à Sandringham par les airs demain au lieu de prendre le train aujourd'hui.

La souveraine se garda de préciser que son secrétaire particulier avait aussi suggéré que Philip reste carrément à Londres.

— En hélicoptère ?! aboya-t-il.

— Vous auriez voulu un 747, peut-être ? répondit Sa Majesté, que son mal de tête, qui ne cessait d'empirer, rendait quelque peu irritable.

— Dans la marine, nous n'avions pas le droit… de voler avec un rhume. C'est terriblement dangereux, répliqua-t-il entre deux respirations sifflantes.

— Ce n'est pas vous qui pilotez, rassurez-vous.

— Si mes tympans éclatent, vous pourrez dire à

Simon que je l'en tiendrai personnellement responsable. Complètement idiot. Il n'y connaît rien du tout.

La reine préféra ne pas rappeler à son époux que son secrétaire particulier avait été pilote d'hélicoptère dans l'armée. Par ailleurs, si un médecin tel que le leur avait recommandé ce mode de transport, il devait avoir de bonnes raisons. C'était difficile à croire, mais Philip avait 95 ans. Avec cette fièvre, il n'aurait même pas dû quitter son lit. Cette année avait été particulièrement pénible et elle s'achevait sur le même ton. Aussi fantastiques qu'aient pu être les célébrations pour son anniversaire, Sa Majesté avait hâte d'en finir avec 2016.

— La décision est déjà prise, j'en ai peur. Nous décollons demain.

Elle fit semblant de ne pas entendre l'inspiration bruyante annonçant la longue liste de récriminations de Philip et raccrocha. Noël approchait à grands pas et sa seule envie était de profiter du confort rustique de Sandringham. Elle allait enfin pouvoir se consacrer à son travail sans que les documents dansent devant ses yeux enfiévrés.

L'automne et l'hiver n'avaient été qu'incertitude. Le référendum sur le Brexit et les présidentielles américaines avaient révélé de profondes divisions, tant à Whitehall qu'à Washington, ainsi que des problèmes que seule une main très sûre pourrait régler. Dans tout cela, la reine avait accueilli plusieurs présidents et autres personnalités politiques, reçu des ambassadeurs, remis des médailles et parrainé des œuvres caritatives, principalement au palais de Buckingham, qu'elle qualifiait d'« immeuble de bureaux sur le rond-point ». Aujourd'hui, elle n'entendait plus que l'appel du Norfolk – ses grands espaces cernés de pins, ses marécages pleins de vie, et tous ces oiseaux qui s'en donnaient à cœur joie dans le majestueux ciel anglais.

Elle en rêvait depuis des jours. Sandringham, c'était Noël. Son père l'y avait toujours fêté là-bas, tout comme son propre père et le père de ce dernier avant lui. Quand les enfants étaient petits, Windsor s'était révélé plus pratique pendant quelques années, mais c'était dans le Norfolk qu'elle-même avait passé ses premiers Noëls.

Le lendemain, l'hélicoptère fut en un rien de temps à King's Lynn, au nord-est de Londres. Il avait survolé à toute allure Cambridge et les magnifiques tours médiévales de la cathédrale d'Ely, surnommée « le vaisseau des marais ». Avec des plaids sur les genoux et les chiens aux pieds, le couple royal avait pu apprécier tour à tour les plaines mouchetées de pinèdes, les enclos à chevaux et les cottages en silex du Norfolk. La villa Régence rose pâle d'Abbottswood, où Sa Majesté fut surprise de voir des cerfs se promener paisiblement sur la pelouse, se trouva brièvement en dessous d'eux. Vinrent ensuite les terres impeccables constellées de bosquets de Muncaster, qui s'arrêtaient à deux ou trois kilomètres des fermes de Sandringham. Et, enfin, les champs, les digues et les villages du domaine. Alors que l'appareil amorçait son dernier virage, Sa Majesté aperçut d'abord les reflets scintillants du Wash. Puis, deux minutes plus tard, derrière une rangée de pins, Sandringham House, avec ses jardins à la française et à l'anglaise, ses étangs et sa pelouse largement assez grande pour s'y poser en hélicoptère.

Construite pour Édouard VII alors qu'il n'était encore que prince de Galles, Sandringham, avec ses tourelles et ses briques rouges, n'aurait pas pu mieux incarner la demeure jacobéenne telle qu'on la concevait à l'ère victorienne. Cela revenait à dire que les passionnés d'architecture la trouvaient souvent hideuse. Comme son père avant elle, la reine raffolait de tous ses petits recoins un peu bizarres. Mais Philip, qui avait des idées très arrêtées en la matière, avait déjà suggéré de tout raser. Cependant, ce qui importait vraiment, c'étaient les huit mille hectares de tourbières, de marais, de bois, de terres arables et de vergers qui constituaient le domaine. La reine n'était jamais aussi bien qu'à la campagne et, ici, Philip et elle pouvaient jouer les fermiers en toute quiétude. Certes, ils ne se levaient pas à l'aube pour réparer les clôtures sous une pluie battante ou aider une brebis à mettre bas, mais ils n'en aimaient pas moins s'occuper ensemble de ces terres, qui étaient leur petit bout de planète à eux. Dans le nord du Norfolk, ils pouvaient contribuer activement à ce qui leur importait : l'environnement, ceux qui consommaient leurs récoltes, les fermiers, l'avenir. Ils n'en parlaient jamais en public depuis les critiques qu'avait essuyées Charles à ce sujet, mais c'était quelque chose qui leur tenait beaucoup à cœur.

Installée devant son bureau, Rozie leva les yeux de son portable juste au moment où l'hélicoptère contournait les cimes des arbres en vue de son atterrissage. La secrétaire particulière adjointe de la reine était arrivée par le train plus tôt dans la matinée et, jusque-là, elle avait été seule maîtresse à bord – du moins de la zone sobre et fonctionnelle réservée à tout ce qui concernait l'intendance. Dans une certaine mesure, elle l'était également de toute la maison. Et peut-être même de toute la nation...

Du moins, à en croire sa mère. Car sir Simon, qui gérait d'habitude le Bureau privé avec toute la maestria de l'amiral ou de l'ambassadeur qu'il aurait pu être, se trouvait dans les Highlands. Il avait obtenu le privilège de pouvoir passer les fêtes de Noël dans un cottage de Balmoral avec son épouse, Sarah, en remerciement du travail exceptionnel qu'il avait accompli l'automne passé. Il en résultait que c'était à Rozie que revenaient ses fonctions pendant deux semaines. « Tout ne dépend que de toi, lui avait dit sa mère. Pas de pression, mais dis-toi bien que tu es comme la première Thomas Cromwell noire de l'Histoire. Tu es le bras droit féminin. Les yeux et les oreilles. Ne va pas gâcher ça. » Surprise que sa mère s'intéresse à ce point à la dynastie des Tudors, Rozie s'était dit que les romans de Hilary Mantel devaient y être pour beaucoup.

Si peu de temps avant Noël, la jeune femme ne s'attendait pas à avoir beaucoup de travail. En l'absence de monastères à dissoudre ou de mariages royaux à négocier, le Bureau privé avait pour principales fonctions de faire la liaison avec le gouvernement et de gérer la communication et l'agenda public de la reine. Mais Whitehall et Downing Street étaient fermés durant les fêtes ; les médias étaient focalisés sur les vacances ; la prochaine apparition publique de la reine n'était que dans trois semaines, et il ne s'agissait que d'un thé au village. Thomas Cromwell aurait trouvé tout cela très ennuyeux. Rozie était donc surtout occupée à traiter les quelques e-mails en retard qui n'avaient mystérieusement pas atterri dans la liste « urgent » de sa boîte. Mais à en juger par celui qu'elle avait reçu une heure plus tôt, ce séjour n'allait finalement peut-être pas être de tout repos…

Alignés devant le hall d'entrée, la gouvernante – l'irréprochable Mrs Maddox – et son équipe attendaient le couple royal. La demeure sentait délicieusement bon le feu de bois. Il crépitait déjà dans le salon, où la famille aurait bientôt plaisir à se réunir pour quelques boissons et des jeux. Tandis que les chiens fêtaient leur retour en trottinant joyeusement dans tous les coins, Philip alla se coucher sans plus attendre.

La reine avait quant à elle tout juste assez d'énergie pour faire honneur à deux *mince pies* sorties du four et une théière de Darjeeling, dans le petit salon lumineux dont les grandes fenêtres donnaient sur la pelouse. Un sapin coupé sur la propriété avait déjà été installé près d'une de ces fenêtres, simplement paré d'un peu de rouge et d'or. On finirait de décorer ses gracieuses branches le lendemain, à l'arrivée du reste de la famille. D'habitude, Sa Majesté choisissait l'arbre elle-même mais, cette année, elle avait dû déléguer. C'était un modeste sacrifice comparé au privilège de l'après-midi douillet qu'elle s'apprêtait à passer, et dont elle avait le plus grand besoin.

Elle venait de finir de parler de l'organisation des prochains jours avec Mrs Maddox quand Rozie se présenta à la porte du salon. Alors que son efficace secrétaire particulière adjointe se courbait pour la saluer, la reine remarqua qu'elle avait un ordinateur portable sous le bras.

— Auriez-vous un moment, Votre Majesté ?

— Il y a un problème ? demanda la souveraine, espérant une réponse négative.

— Pas exactement. Plutôt quelque chose dont vous devez être informée.

— Allons bon !

Leurs regards se croisèrent et la reine soupira.

— Je crois comprendre que nous ferions mieux de passer dans le boudoir.

Sur ces mots, elle ouvrit la voie vers la pièce voisine, à laquelle les murs fleuris et leurs liserés de soie apportaient une touche féminine qui jurait un peu avec les dynamiques sculptures d'oiseaux choisies par Philip, en référence à l'un de ses aspects préférés du domaine.

Dès que Rozie eut fermé la porte, la reine leva les yeux vers elle. Belle trentenaire toujours juchée sur des talons vertigineux, Rozie mesurait plus de 1 m 80. À son âge, alors qu'elle perdait encore des centimètres sur son 1 m 63, Sa Majesté avait l'habitude de regarder les gens d'en dessous… au sens figuré seulement. Cela ne lui posait guère de problème, sinon qu'elle était souvent obligée de crier pour se faire entendre de ducs ou de ministres aussi sourds que grands. Heureusement, l'ouïe de sa secrétaire particulière adjointe était excellente.

— Alors, que se passe-t-il ? Rien à voir avec le nouveau président américain, j'espère.

— Non, Madame. C'est la police qui nous a contactés. Je crains qu'ils n'aient découvert quelque chose.

— Ah ?

— Hier matin, une main a été trouvée dans les vasières de la plage de Snettisham.

— Une main humaine ? demanda la reine, stupéfaite.

— Oui, Madame. Échouée ici après la tempête, et retrouvée dans un sac plastique.

— Juste ciel. Une idée de son origine ?

— Ocado, Madame. C'est la société chargée des livraisons pour les supermarchés Waitrose.

— Je parlais de la main.

— Pas encore, Madame, répondit la secrétaire en

fronçant les sourcils. La police espère pouvoir identifier rapidement la victime. Il y a une bague un peu particulière à l'un des doigts, ce qui devrait aider.

— C'est une main de femme, donc ?

Rozie fit non de la tête.

— D'homme. C'est une chevalière.

Sa Majesté s'expliquait mieux la présence de l'ordinateur portable. Sir Simon serait venu sans. Mais, heureusement (au vu de l'affaire qui les occupait), il n'était pas là. Son secrétaire particulier mettait un point d'honneur à lui épargner tout ce qui était susceptible d'être « déplaisant ». Pourtant, après quatre-vingt-quinze années de vie, une guerre mondiale, la mort précoce de son père et une belle brochette de scandales familiaux, elle était plus apte à encaisser les choses « déplaisantes » que la plupart des gens. Rozie était bien plus réaliste. En règle générale, Sa Majesté trouvait que les femmes se comprenaient mutuellement. Elles connaissaient leurs forces et leurs faiblesses respectives. Et elles ne sous-estimaient pas leurs qualités.

— Puis-je voir ? demanda la reine.

Rozie posa son ordinateur sur un petit écritoire près de la fenêtre. Quand elle l'ouvrit, l'écran revint à la vie et quatre sinistres photos s'affichèrent. La reine chaussa ses lunettes à double foyer pour les examiner de plus près. Prises dans un laboratoire médico-légal, les images montraient une main et un poignet masculins, avec quelques poils blonds sur les phalanges. La peau était d'une pâleur extrême, gonflée et plissée, mais globalement intacte. On aurait tout à fait pu croire à un accessoire de théâtre ou un gadget de farces et attrapes. Le regard de Sa Majesté resta rivé sur le dernier cliché, un gros plan de l'auriculaire. Prisonnière de la chair sans vie se trouvait la bague dont avait parlé Rozie. En son centre, une pierre noire ovale aux reflets rouges surmontée d'armoiries.

Rozie résuma les faits.

— La main a été découverte par une fille du coin, Madame. Si j'ai bien compris, elle promenait son chien. Ils sont en plein travail d'identification en ce moment même. Malgré les vacances de Noël, ça ne devrait prendre que quelques jours. La police pense que la main pourrait être celle d'un trafiquant de drogue, car un grand sac contenant des stupéfiants a aussi été trouvé sur la plage. Ils avancent également une autre théorie : la victime aurait pu être enlevée, auquel cas sa main serait une sorte de message, peut-être pour une demande de rançon. Malgré la violence extrême de l'acte, rien ne permet d'affirmer que la personne est morte. Les enquêteurs ratissent les environs. Ils...

— Je vais leur épargner tous ces efforts, déclara la reine en relevant les yeux.

— Madame ?

— Ils peuvent ranger leurs râteaux. Cette main est celle d'Edward St Cyr.

Ned, se dit-elle intérieurement. *Juste ciel, Ned.*

— Vous avez identifié la victime ? fit Rozie, sidérée. Juste avec ça ?

La reine répondit en désignant la photo située en haut à gauche de l'écran.

— Vous voyez ce majeur abîmé ? Il se l'est coupé en faisant de la menuiserie quand il était adolescent. Mais c'est surtout grâce à la chevalière, bien sûr... Héliotrope, la pierre de sang. Très reconnaissable. Et cette gravure représente le cygne figurant sur les armoiries de la famille.

Sa Majesté se pencha sur le dernier cliché. Elle n'avait

jamais aimé cette bague tape-à-l'œil. Tous les hommes de la famille St Cyr portaient la même, mais un seul d'entre eux avait perdu un bout de doigt. Ned devait avoir 16 ans quand il s'était blessé. C'était un garçon si dynamique et inventif. Dire que cela remontait à plus d'un demi-siècle…

— Pauvre Ned.

— J'en déduis qu'il ne s'agissait pas d'un baron de la drogue local, Madame, avança Rozie.

— Non. C'était le petit-fils d'un authentique baron. Ce qui ne signifie pas que les drogues lui étaient étrangères, bien sûr. Ou qu'elles lui sont étrangères.

La reine s'était corrigée, car Rozie avait suggéré qu'il n'était peut-être pas mort. Mais sans doute l'était-il. Et mieux valait ne pas penser à son état s'il était encore en vie.

— J'espère que la police va très vite découvrir le fin mot de l'histoire, conclut-elle.

— Votre identification va certainement accélérer les choses, Madame.

Le regard bleu de la reine se planta dans les yeux noirs de Rozie.

— Inutile de préciser d'où vient l'information.

— Cela va de soi, Madame.

Rozie connaissait la consigne. Jamais au grand jamais la reine ne résolvait d'affaires criminelles ni n'intervenait dans aucune enquête. Elle n'était tout au plus qu'une observatrice manifestant un certain intérêt pour ces sujets. Cependant, Rozie était bien placée pour savoir que cet intérêt était plus prononcé que ne le pensaient la plupart des gens.

— Puis-je vous être utile en quelque chose, Madame ?

— Pas pour le moment. Je crois que ça ira pour l'instant.

Aussi terrible que soit la nouvelle, Sa Majesté était soulagée que Snettisham ne fasse pas partie de son domaine. C'était une réserve naturelle régie par la Société royale pour la protection des oiseaux. Pour dire les choses clairement, ce n'était pas son problème. Et juste avant Noël, après l'année qu'elle venait de passer, c'était très bien ainsi.

— Entendu, Madame.

Rozie referma son PC et laissa la patronne retourner à ses occupations.

CHAPITRE 2

La reine fit un rapide tour de la demeure avec Mrs Maddox afin de vérifier que tout avait été préparé selon ses vœux (ce qui était toujours le cas avec cette gouvernante). Puis, attirée par l'odeur de feu de bois, elle décida de se rendre au salon. Si la plupart des pièces de Sandringham étaient petites et intimes – pour une maison royale –, le salon avait en revanche été conçu pour impressionner. Très haut de plafond, avec ses moulures, sa tribune réservée aux musiciens, son piano à queue, ses tapisseries et ses portraits royaux, il aurait pu faire un peu trop musée. C'était d'ailleurs ce qu'il était, en l'absence de Sa Majesté. Cependant ses canapés modernes, ses murs crème et son éclairage tamisé lui conféraient un air douillet et accueillant. Et le feu qui crépitait dans la seule cheminée survivante de la maison accentuait l'ambiance de Noël.

Outre les nombreuses photos de famille, la décoration était surtout constituée de statuettes de chevaux en bronze ou en argent. S'il était possible de se lasser de ce noble animal et ses multiples représentations, alors la reine n'avait pas encore découvert comment. Par la fenêtre, elle pouvait d'ailleurs apercevoir la nouvelle sculpture grandeur nature de la superbe Estimate, une de ses juments préférées. Récemment installée tout au fond de la cour, en face du porche, l'œuvre complétait plutôt joliment sa collection. Sa Majesté se dirigea vers une table couverte de feutrine, près du piano, où avait été disposé un puzzle en bois. Cette activité était une grande tradition de ses séjours de six semaines à Sandringham. Elle l'étudia attentivement. Il s'agissait d'un tableau de John Constable. Il représentait un grand ciel dégagé et une multitude d'arbres feuillus. Dès le lendemain, il serait défait. Il n'y avait pas de modèle, ce qui corsait davantage le jeu. On ne pouvait compter que sur sa mémoire et sa patience, atouts dont ne jouissaient pas dans les mêmes proportions les membres de la famille.

Elle avait espéré que le puzzle lui changerait les idées, mais celles-ci revenaient toujours à Ned St Cyr. Il avait deux ans de plus que Charles, ce qui devait lui faire 70 ans. *La durée normale d'une vie selon la Bible*, se dit-elle, même si elle n'ignorait pas que, de nos jours, on pouvait facilement être centenaire. Elle pensa à sa propre mère, bien sûr, mais même sans elle la quantité de télégrammes d'anniversaire qu'elle avait envoyés le lui aurait appris.

Ce pauvre Ned. Pour elle, c'était encore un écolier. Dans les années 1950, il était souvent venu à Sandringham avec son éblouissante mère et sa famille. Sa Majesté le revoyait : sa tignasse blond vénitien et le sourire charmeur dont il usait et abusait pour se faire pardonner une bêtise récente ou imminente. Un jour, il était parvenu à persuader le jeune Charles que cacher quelques pièces du puzzle ferait une excellente blague. La reine se souvenait encore de la tête de Philip quand son fils avait fini par le lui avouer deux semaines plus tard.

Lors de sa visite suivante, Ned avait reçu les réprimandes méritées sans sourciller. Il avait pris soin d'arriver avec une mangeoire à oiseaux de sa fabrication et quelques histoires drôles apprises à l'école, qui avaient fait hurler Philip de rire.

En général, on ne lui tenait pas rigueur de son espièglerie. Comme sa mère et son oncle Patrick adoré, il était doté d'un charme et d'un charisme qui faisaient de lui « un de ces êtres exceptionnels », ainsi que le formulait la reine mère, qui était de la même trempe.

Ç'était peut-être un accident. Ned avait pu mourir d'hypothermie dans l'eau et avoir la main sectionnée par une hélice de bateau. Sauf qu'il y avait le sac plastique. Quelqu'un avait dû...

Elle espérait qu'on allait bientôt retrouver le reste de son corps intact. Elle ne devait pas se laisser aller à imaginer le pire. Elle se reconcentra sur son puzzle et essaya vainement d'étouffer ses pensées sous les denses feuillages des arbres de Constable.

De retour devant son bureau, Rozie fixait furieusement son écran d'ordinateur. La jeune femme avait atteint le grade de capitaine dans la Royal Horse Artillery et exercé de hautes fonctions à la City pendant deux ans. Elle était donc capable de démonter et remonter un fusil les yeux bandés, de désarmer un agresseur ou de seller un cheval, mais aussi d'éplucher des lignes de comptes. En revanche, dans le genre de quartier où elle avait grandi, il n'y avait ni fermes ni maisons de campagne et il lui restait encore à apprendre nombre de choses parfaitement évidentes pour la famille royale.

Dans le cas présent, elle venait de taper « Edward Sincere » sur Google. Elle l'avait aussi cherché dans tous les répertoires auxquels elle avait pu penser, à commencer par le célèbre annuaire nobiliaire *Debrett's Peerage*, mais n'avait trouvé personne de ce nom. Elle ne pouvait pas demander aux employés de la maison. Plusieurs générations de membres de la famille arrivaient le lendemain, et ils se démenaient déjà tous « comme s'ils avaient le feu au cul », ainsi que l'aurait formulé Philip. Il existait bien une personne capable de l'aider, mais d'abord elle devait se résoudre à faire appel à lui.

Sir Simon Holcroft ne s'était pas élevé au rang de secrétaire particulier de Sa Majesté sans être quelque peu maniaque. Il avait donc exhorté Rozie à lui téléphoner en Écosse « à n'importe quelle heure du jour et de la nuit » si elle avait la moindre question ou difficulté. Pour sa part, en tant que femme et personne de couleur, Rozie aurait eu bien du mal à rester aussi longtemps officier de l'armée britannique sans un fort sens de l'autonomie, et elle s'était juré de ne pas l'appeler. Pourtant, la patronne n'était là que depuis deux heures et son doigt était déjà suspendu au-dessus de son portable, prêt à cliquer sur le numéro de sir Simon. Elle ne pouvait pas contacter la police pour leur signaler que la victime avait été identifiée si elle ignorait son nom. Et on ne redemandait pas une information à Sa Majesté.

Bon sang.

Sir Simon se montra d'une amabilité sans faille. Derrière lui, elle pouvait entendre des verres tinter et un petit brouhaha convivial. Il était probablement dans un pub, en train de passer un bon moment.

— Rozie, Rozie. « Edward Sincere », dites-vous ? Et comment épelleriez-vous cela ?

La jeune femme grimaça. De combien de façons pouvait-on bien épeler Sin… ? *Oh…*

Sir Simon énonça à haute voix ce que son adjointe venait de comprendre.

— Ne me dites pas que vous l'écririez S-i-n-c...

— Si, répondit-elle, agacée, en tapotant de l'ongle la surface en cuir de son bureau.

— Ne vous ai-je donc rien appris sur les grandes familles britanniques ? Souvenez-vous de « Chumley ».

Cela s'écrivait « Chomondley ». Il lui avait appris à éviter les pièges que constituaient « *Bee*vor » pour Belvoir, « *Orl*trup » pour Althorp, « Book*loo* » pour Bucchleuch et « *Sin*jon » pour St John. Elle aurait dû savoir.

— C'est « Saint » quelque chose ?

— Exactement, Saint C-y-r, épela-t-il. C'est le patronyme du baron Mundy. La famille vit à Ladybridge Hall. C'est un domaine charmant avec des douves, de dimensions raisonnables, à une quarantaine de minutes de Sandringham. La famille Mundy appartient à la vieille noblesse du Norfolk. Elle remonte au XIIIe siècle, à l'époque du roi Jean.

En tant qu'historien amateur, sir Simon ne put s'empêcher de préciser :

— C'est le fameux roi qui a perdu les joyaux de la Couronne dans le Wash. Pourquoi ?

— Pourquoi quoi ? demanda Rozie, qui était encore en train de penser aux précieux bijoux perdus en mer, un peu comme la main baguée.

— Pourquoi avez-vous besoin de le savoir ?

— Rien qui vaille la peine de s'inquiéter.

C'était la vérité : la récente découverte ne concernait pas vraiment le Bureau privé. Maintenant qu'on avait un nom à mettre dessus, c'était à la police de s'en occuper.

— Aucun sujet ne peut jamais être considéré comme

« rien qui vaille la peine de s'inquiéter », rétorqua hélas sir Simon.

Rozie n'entendait plus de verres s'entrechoquer derrière lui. Il avait dû s'isoler pour pouvoir se concentrer. Elle lui raconta à contrecœur l'histoire de la main à la chevalière.

— Bonté divine ! s'exclama-t-il. C'est épouvantable.

Après la minute de silence qu'il lui fallut pour intégrer la nouvelle, sir Simon poursuivit :

— Il n'y avait littéralement que la main ? Aucun signe d'autres parties du corps ?

— Pas pour le moment.

— Faites très attention, avertit sir Simon avec gravité. Quoi qu'il en coûte, préservez Sa Majesté de tout cela.

— Bien entendu, acquiesça Rozie en croisant les doigts.

Contrairement à son supérieur, elle savait qu'il était impossible de tenir la reine à l'écart de certaines choses qui l'intéressaient.

— Elle a mentionné qu'il s'agissait du petit-fils d'un baron local.

— Pas du baron actuel, précisa sir Simon. Lord Mundy est un cousin éloigné, je pense. Cependant, mieux vaudrait tout de même appeler Ladybridge Hall pour l'en informer.

— Pourquoi ? s'étonna Rozie. Si ce n'est pas un parent proche…

— C'est un ami de la patronne. Et la famille, c'est la famille. S'il apprenait la nouvelle au journal télévisé, il prendrait très mal le fait de ne pas avoir été prévenu.

Après un bref coup de fil à son contact au QG de la police du Norfolk, Rozie appela Ladybridge Hall. Elle avait plus ou moins espéré pouvoir parler à quelque homologue qui aurait ensuite transmis les détails sordides. Mais ce fut le très honorable lord Mundy en personne (elle avait vérifié son titre) qui lui répondit. Il resta silencieux un long moment, le temps de digérer l'information que Rozie avait pourtant communiquée avec autant de tact que possible. Après quelques minutes, la secrétaire particulière adjointe finit par se demander si le baron était toujours en ligne.

— Tout va bien, lord Mundy ?

— Dieux du ciel, répondit-il d'une voix haletante. Il faut que je m'assoie. Dieux du ciel.

— Je suis désolée d'être celle qui vous...

— Oh non, ma chère, ne vous excusez pas. Et appelez-moi Hugh, je vous en prie. Merci de m'avoir appelé. C'est très délicat de votre part.

Avec son accent incisif et ses bonnes manières aristocratiques presque caricaturales, il rappelait à Rozie de nombreux comtes et ducs qu'elle avait rencontrés dans le cadre de son travail. Mais ceux-ci paraissaient souvent rigides et dépourvus d'émotions, alors que cet homme semblait clairement chamboulé.

— Donc vous avez prévenu la police ?

— Oui, à l'instant.

— Grands dieux, fit-il d'une voix hachée. Dieux du ciel. Une *main*, dites-vous ? Quand je pense que je l'ai vu il y a peu... Ça faisait des années que nous ne nous étions plus parlé, comme vous le savez probablement.

— Non, je l'ignorais, avoua Rozie.

Sir Simon, lui, devait être au courant.

— Mais après les funérailles de mon épouse, l'été dernier... Il a été très bien. J'ai senti qu'il cherchait la réconciliation. Est-ce qu'on a une idée de ce qui...

— C'est encore trop tôt. La police n'a pas plus d'informations pour le moment.

— Eh bien, c'est très aimable de votre part de m'avoir contacté. Je... excusez-moi. Je ne sais que... Comment Sa Majesté l'a-t-elle appris ?

— La main a été trouvée près de Sandringham. La police nous l'a signalé par courtoisie.

— Près de Sandringham... C'est sordide. Sa Majesté doit être... Faites-lui part de toute ma sympathie. Nous sommes censés la voir après Noël mais si cela complique la situation, je comprendrai très bien. Comment ont-ils su qu'il s'agissait d'Edward ?

Rozie prit une grande inspiration.

— À sa chevalière, lord Mundy.

Encore loin d'être aussi à l'aise que sir Simon avec l'aristocratie, elle ne se voyait pas l'appeler Hugh.

— Dieux du ciel... La chevalière... J'en ai une aussi, la même...

Sa voix s'éteignit et Rozie l'imagina en train de regarder sa propre main gauche.

— Je suis désolée.

— Il ne faut pas. Vous n'y pouvez rien... Oh, dieux du ciel. Merci de m'avoir appelé, ma chère. Veuillez souhaiter un bon Noël à Sa Majesté de notre part. Ainsi qu'un prompt rétablissement.

Cette dernière remarque laissa Rozie un peu perplexe. Comment savait-il que la reine était souffrante ? Puis elle se souvint que le *Times* l'avait rapporté dans un article au sujet du trajet en train annulé.

— Je n'y manquerai pas, lui assura-t-elle, sachant déjà qu'elle n'en ferait rien.

Que des personnes extérieures à la famille commentent

son état de santé était bien la dernière chose que souhaitait Sa Majesté.

Après avoir raccroché, Rozie retourna à son ordinateur et fit des recherches au sujet de cet Edward St Cyr. Wikipédia l'informa que l'unique petit-fils du dixième baron Mundy était né en 1946. Il avait grandi sur le domaine de la famille St Cyr avant de vivre en Grèce, à Londres et en Californie dans les années 1970. Après avoir travaillé, sans grand succès, comme manager pour deux groupes de rock, il avait rejoint sa mère sur une petite propriété du nom d'Abbottswood, au sud de King's Lynn. Il y avait organisé un ou deux concerts de rock controversés. Puis il s'était lancé dans la création d'un festival littéraire qui, pour le coup, avait engendré un certain engouement dans le Norfolk. Il avait été marié et divorcé trois fois, sa deuxième épouse étant la nurse des enfants qu'il avait eus avec sa première. Plusieurs articles de presse faisaient étalage de ce scandale, mais Rozie préféra n'en rien savoir. Enfin, St Cyr siégeait au conseil de plusieurs organisations caritatives en faveur des droits des réfugiés en Grèce ou pour la lutte contre les addictions.

Tant qu'elle y était, Rozie se renseigna sur l'actuel baron Mundy. Hugh était le fils de Ralph, onzième du titre, qui était lui-même le neveu du grand-père d'Edward, le dixième baron mort sans laisser d'héritier de sexe masculin. Hugh et Edward St Cyr étaient donc cousins issus de germains, ce qui donnait une fois de plus raison à sir Simon. Rozie réfléchit à l'équivalent dans sa propre famille. Elle avait toute une ribambelle de cousins plus ou moins proches, certains au Nigeria, au Texas ou à New York, et d'autres encore à Peckham, dans le sud de Londres. Grâce aux réseaux sociaux et aux groupes familiaux prolifiques que sa mère et ses tantes y entretenaient, il lui était difficile de ne pas être au courant des activités de la plupart d'entre eux. On y comptait les « bons élèves » (dont elle faisait partie), les « mauvais garçons », les pasteurs, les petits génies de la finance, les gourous technologiques de la génération Z, ceux qui avaient une vie rangée et des enfants (« Tu vois, Rozie ? » aurait dit sa mère), et ceux qui (au désespoir de cette même mère) se refusaient à mettre de nouveaux Oshodi au monde avant de mener une existence plus ordonnée. Ce n'était pas vraiment la même chose qu'appartenir à une « vieille famille du Norfolk ». Mais avoir une grande famille, ça oui, elle savait ce que c'était. Et s'il arrivait quelque chose à l'un de ses membres, sa mère se ferait un devoir de tirer ça au clair.

Rozie découvrit, sur Google Images, des photos d'un homme grand et longiligne, avec une peau assez mate, un nez pointu, des joues rouges et d'épais sourcils rectilignes au-dessus d'un regard bleu aussi perçant que celui de la reine.

Sur ses clichés de jeunesse, Edward posait, l'air mélancolique, devant des murs blancs couverts de bougainvillées. Pieds nus, en jean à pattes d'éléphant et tee-shirt délavé, il était souvent accompagné de femmes en minijupe coiffées à la Brigitte Bardot. Plus tard, escorté de diverses blondes en robe moulante, sa préférence semblait s'être tournée vers des vestes roses ou violettes frisant le ridicule.

Sur les photos plus récentes, il avait adopté un look plus rural et décontracté : veste cirée Barbour, vieux chapeau et écharpe en coton faisant ressortir ses yeux. Son visage pouvait paraître austère, surtout avec ces sourcils et ce nez imposants. Cependant, quand il souriait de toutes ses dents – blanches, éclatantes, pas britanniques pour un sou –, il devenait instantanément irrésistible. Même depuis que l'or de ses cheveux avait pâli.

Sur la toute dernière photo que Rozie trouva, il se tenait adossé à un vieux Defender peint en rose avec trois chiens à l'arrière. Son bras était appuyé contre la portière et la chevalière était clairement visible à son auriculaire gauche. La jeune femme frissonna.

CHAPITRE 3

La reine venait d'achever son dîner, qu'elle avait pris avec sa dame de compagnie, quand elle reçut un appel de Philip. Il lui parlait depuis son lit.

— Il paraît que Ned St Cyr s'est fait tailler en pièces. Qu'est-ce que c'est que cette histoire, encore ?

Il semblait consterné, et en meilleure forme.

— Une seule pièce a été trouvée, pour l'instant.

Sa Majesté était dans le salon avec lady Caroline, en train de déguster un whisky en guise de digestif. Comment son époux l'avait-il appris ? Au sein du personnel, les rumeurs allaient bon train et, comme au jeu du téléphone arabe, finissaient souvent déformées. Allez savoir ce qui se racontait en ce moment même au foyer des domestiques.

— Vous rappelez-vous ce bal blanc que Patrick et lui avaient orchestré pour votre mère ?

La reine s'en souvenait très bien. C'était au début des années 1960. À l'époque, ils se voyaient régulièrement. Ned n'avait même pas 20 ans mais son oncle Patrick et lui organisaient déjà ensemble des soirées pour la haute société dans pas moins de cinq comtés. Ce bal à Sandringham était né de celui, « en noir et blanc », donné par Truman Capote à New York. Ils s'étaient aussi inspirés des portraits de princesses royales réalisés par le peintre Franz Winterhalter : épaules découvertes, somptueuses robes blanches à crinoline, c'était on ne peut plus romantique. Un tableau de la jeune reine Victoria se trouvait justement face à la place qu'occupait Sa Majesté. Durant ce bal, sa propre mère avait brillé de mille feux comme une star de cinéma, vêtue de plusieurs épaisseurs de tulle ivoire. Ned n'avait pas ménagé ses efforts pour décorer la maison de fleurs cueillies dans le fameux jardin blanc de Ladybridge, ainsi que d'ornements en papier très sophistiqués qu'il avait lui-même réalisés et accrochés dans chaque pièce. La fête avait été magique… jusqu'à ce qu'un invité ivre vomisse dans le piano. Mais Ned n'y était pour rien.

— Il a fallu des mois pour que le piano soit de nouveau utilisable, grommela Philip. Si ce n'est des années ! Avec Ned, il fallait toujours qu'il y ait quelque chose. Il est vraiment mort, si je comprends bien ?

— J'arrive.

Ce n'était pas une conversation à avoir en présence du valet planté devant la porte et de sa dame de compagnie, qui n'en perdait pas une miette.

En montant l'escalier, une image de l'élégante mère de Ned lui revint à l'esprit : Georgina, la sœur aînée de Patrick, descendant ce même escalier dans une tenue en velours de chez Dior. Dans les années 1950 et 1960, elle était fréquemment invitée à Sandringham. Environ du même âge que la reine, c'était une étoile de son temps. Elle montait à cheval, gérait ses terres avec talent, jouissait d'une réputation internationale en matière de jardinage et collectionnait l'art moderne. (Elle avait été l'une des premières à repérer le jeune David Hockney.) Qu'elle porte de la haute couture parisienne, du tweed ou un simple cardigan à poches – pour ses sécateurs –, elle était toujours aussi chic. Elle avait d'ailleurs fait parler d'elle en posant en robe de bal sur son cheval de chasse préféré dans le salon de Ladybridge. Fils unique, Ned l'adorait. Et c'était une mère très indulgente. La reine avait essayé de l'être aussi mais, souvent absente et ayant moins d'occasions pour cela, elle avait parfois été un peu jalouse de leur relation.

Adossé à ses oreillers, Philip avait meilleure mine. L'air de la campagne lui faisait déjà du bien.

— Ah, bonjour, *cabbage*[1]. Alors ? On dit qu'il serait mort ?

— On imagine difficilement qu'il puisse en être autrement.

— Étonnant. Ned était l'une des personnes les plus vivantes que je connaisse.

La reine s'assit sur le bord du lit, mais sa hanche protesta. Elle finit par accepter le fauteuil que son mari lui avait proposé d'un signe.

— Bien sûr, nous connaissons déjà le coupable, ajouta Philip.

— Vraiment ?

— C'est forcément un membre de la famille.

— Mmm..., fit la reine, ce qui était sa réponse habituelle quand elle n'était pas forcément d'accord.

— Ça se voit comme le nez au milieu de la figure. Voulez-vous un mouchoir, à propos ? Le vôtre luit tel un phare dans la nuit.

— Non, je vous remercie.

---

1. « Mon chou » (le légume). Surnom humoristique possiblement dérivé du français « mon petit chou ». *(N.d.É.)*

— C'est toujours la famille, de toute façon. Je plains ses épouses. Je ne suis pas surpris qu'elles n'aient pas tenu la distance. Cet homme s'est tapé la moitié du pays.

Le duc resta un instant pensif avant de poursuivre :

— Ou il avait des dettes. Il aimait donner l'impression qu'il vivait de la terre, mais Abbottswood ne vaut rien pour l'agriculture. Trop de bois et de marécages. Je me suis souvent demandé comment il réussissait à chauffer sa monstrueuse villa rose. Nous sommes passés au-dessus ce matin, vous avez remarqué ?

— Je l'ai toujours trouvée plutôt jolie, admit la reine.

— Le rose est une couleur du Suffolk, objecta le duc. Et avez-vous vu les cerfs sur la pelouse ?

— Oui, c'était très étrange.

— Jusque devant la maison. Dévorant tout, bien sûr. Dieu sait ce qu'il avait en tête. Encore un de ses projets voués à l'échec, sans doute. Vous vous souvenez des concerts de rock ? De la communauté ? Et de ce fichu festival littéraire qui créait des embouteillages sur des kilomètres… ? Jusqu'à ce que le comté y mette un terme. Il était toujours dans le journal pour une infraction ou une autre. Il ne savait pas ce qu'il faisait, se fichait bien de savoir qui tentait de l'en empêcher. Je…

Philip fut interrompu par une quinte de toux qui le plia en deux. Mais la reine vit ses yeux s'embrumer quand il reprit la parole. Ce n'était pas seulement sa toux qui l'avait coupé dans son élan.

— Mon Dieu, cet homme a été mutilé, Lilibet, vous rendez-vous compte ? fit-il comme s'il venait juste d'en prendre conscience. Quel supplice a-t-on bien pu lui infliger ?

Dans l'un des somptueux salons de Clarence House, à deux pas du palais de Buckingham, le prince de Galles était en train d'examiner les tenues de soirée que lui présentait son valet. Un domestique l'interrompit pour le prévenir d'un appel de la princesse royale, et on déploya le fil du téléphone jusqu'à lui (il se méfiait comme de la peste des portables).

— Charles à l'appareil, annonça-t-il sèchement.

— Qui voulez-vous que ce soit ? répondit la princesse, aussi patiente que son père à l'égard du ridicule. Avez-vous entendu parler de cette histoire de main trouvée sur la plage ?

— Non. Quelle plage ?

— Snettisham. Trouvée hier, identifiée ce matin. Ça vient juste de passer aux infos. Nous allons devoir nous rallier autour de maman. C'est bien la dernière chose dont elle avait besoin.

— À qui est cette main ?

— À Ned St Cyr. Le fils de Georgina St Cyr. L'horrible garçon qui vous coursait toujours autour de la grande table, à Sandringham.

— Il ne me coursait pas, protesta Charles.

— Si. Enfin, quoi qu'il en soit, il est mort. Ou il lui manque un morceau, dans le meilleur des cas.

— Sait-on comment il est mort ?

— Je suppose que perdre une main a pu y contribuer, répondit Anne d'un ton caustique. D'après les médias, il a disparu depuis plusieurs jours. Cette pauvre Astrid doit être dévastée.

— Qui est Astrid ? demanda Charles, qui était en train d'intégrer la nouvelle. Et pourquoi ?

Ce n'était pas la première fois qu'Anne galopait en tête avec trois longueurs d'avance.

— Astrid Westover, la fiancée de Ned, celle qui a signalé sa disparition.

— Il allait encore se marier ? s'étonna Charles, qui n'avait pas revu l'homme depuis des dizaines d'années et n'avait qu'une très vague idée de sa vie.

— Oui. Pour la quatrième fois. Zara la connaît. Elle aussi s'exerce au concours complet. Une cavalière qui sait se tenir sur un cheval mais qui manque franchement de légèreté. J'allais au poney club avec sa mère autrefois. Autant vous dire que ça remonte au Moyen Âge… Astrid est un personnage intéressant. Elle n'a qu'une trentaine d'années. Plus jeune que l'aîné de Ned. Selon Zara, elle est influenceuse, quoi que cela puisse vouloir dire.

— Quelqu'un comme moi, peut-être ? suggéra Charles, conscient qu'il s'éloignait du sujet.

— Croyez-moi sur parole, vous n'avez rien d'un influenceur et vous ne le serez jamais.

— Vraiment ?

— Ne vous en faites pas, c'est aussi bien comme ça. D'après Zara, ce n'est qu'une histoire d'Instagram, de filtres et de photos de petits déjeuners.

— De petits déjeuners ? Et ça influence les gens ?

Charles pensa à son œuf à la coque matinal. *Est-ce qu'ils les peignent ? Comme c'est curieux.*

— En tout cas, il semblerait que ça ait fonctionné avec Ned. Le truc d'Astrid, c'est plutôt les chevaux, précisa Anne. Autrefois, Ned a essayé de sortir avec moi, vous savez, ajouta-t-elle, pensive.

— Ah, bon ?

— Il voulait m'emmener prendre du bon temps à Corfou. J'ai hésité à accepter. Environ trente secondes. Il conduisait une Porsche Spyder et se prenait pour James

Dean. Bon, peut-être qu'avec une bonne lumière, sous un certain angle, il pouvait lui ressembler.

— Mais vous avez refusé ?

— Bien sûr que oui ! Je suis montée une fois dans cette Spyder et je jure qu'il a failli me tuer en un temps record. C'est dans les gènes.

— Vraiment ?

— Absolument. Vous oubliez son pauvre oncle Patrick dans sa Cobra. En tout cas, maman va être terriblement bouleversée. Il va falloir la soutenir, mais surtout ne pas aborder le sujet. Je me suis dit qu'il valait mieux que je vous prévienne.

— Merci, répondit Charles en se notant d'être le plus présent possible. Au fait, que pensez-vous d'un sherwani brodé pour la soirée ? Soie et cachemire. C'est élégant, et très confortable.

— Et une très mauvaise idée ! Papa va faire une syncope. Oubliez ça.

Charles regarda tristement la scintillante tunique bleu nuit suspendue devant lui. Anne avait probablement raison. Mais quand il serait enfin à la tête de Sandringham, il allait y avoir une révolution vestimentaire à faire pâlir Beau Brummell. Il rendit machinalement le combiné au domestique puis retourna à ses affaires.

À moins de cinquante kilomètres de Sandringham, dans la salle des fleurs de Ladybridge Hall, la fille de l'actuel baron Mundy était en train d'évaluer le résultat de son travail. Flora Osborne dut tendre le bras au-dessus d'une grande panière contenant plusieurs grosses branches de houx et quelques bouquets de gui pour répondre au téléphone, qu'elle avait pris soin de placer à bonne distance du robinet.

— Vincent ! Tout va bien ?

— Tu es occupée ? lui demanda son frère.

— Pas vraiment. Je suis juste en train d'ajouter un peu de verdure à la déco de la Long Gallery. Et je me rends compte, comme toujours, que je n'ai pas assez de feuillages…

— Tu as des nouvelles de cousin Ned ?

— Non, qu'est-ce qu'il y a ? On l'a retrouvé ? Je commençais à me faire du souci.

— Et tu avais raison…

L'expression de Flora s'assombrit. Elle laissa tomber le gui qu'elle tenait et écouta attentivement la suite.

— Est-ce qu'on sait où la main a été mise à l'eau ? demanda-t-elle d'une voix basse, la bouche sèche.

Elle se demandait si le fait que la police semble en savoir aussi peu était une bonne chose ou pas.

— À ton avis…, reprit Vincent. Est-ce que je ferais mieux de les appeler ? Tout leur expliquer ? Parce que ça pourrait avoir l'air un peu…

— Non, répondit fermement Flora. Là où nous allons, ce que nous faisons, ça ne les regarde en rien. En rien du tout.

— Si tu le dis.

— Je le dis et je le répète.

— Si la police nous interroge, j'imagine que je peux juste… Enfin… Ce n'est pas comme si nous avions quoi que ce soit à cacher.

— Absolument. Mais ils ne nous poseront pas de questions. Pourquoi le feraient-ils ? Je ne l'ai pas vu depuis juin. Même chose pour toi, j'imagine ?

— Oui, mais je…

— N'en dis pas plus. Ce n'est pas à nous de faire le

travail de la police. Et maintenant, parlons de choses plus agréables. Tu viens le 30, c'est ça ? Et tu restes pour la nuit ? Vous ne voulez pas venir pour Noël, tu en es sûr ? Vous êtes toujours les bienvenus ici, tu le sais. Tous les deux.

Un bref éclat de rire retentit à l'autre bout du fil.

— Je ne crois pas, non. De toute façon Roland et moi avons d'autres projets. Nous dînons au Claridge's. Roland m'a dit qu'il avait une surprise pour moi.

— Tu penses que… ?

— Je ne pense rien du tout, Florette. Je te raconterai quand on se verra. Maintenant, retourne donc t'amuser avec ta verdure. Fais marcher la forêt de Birnam jusqu'à Dunsinane ! lâcha-t-il avec emphase.

— Macbeth ! Mais le personnage ne meurt pas, à ce moment-là ? grimaça Flora.

— J'ai juste dit ça parce que ça sonnait bien. Je sais que tu as la main verte et qu'en la matière tu ne fais jamais les choses à moitié.

— Vincent ? fit Flora, soudain prise d'un doute. C'est grave si je me sens plus légère ? Je viens de m'apercevoir que c'est le cas. Est-ce que ça fait de moi une mauvaise personne ?

— Rien ne fera jamais de toi une mauvaise personne, la rassura son frère. Dis aux filles que je les aime. Et comment va l'ancêtre ?

— Pas mieux. Il est très abattu, et cet après-midi c'est encore pire. Il est resté une éternité à la chapelle. Franchement, je redoute Noël.

— Je suis convaincu que tu vas faire passer des fêtes merveilleuses à tout le monde, répondit Vincent d'une voix réconfortante. Maman nous a tout appris en la matière. Tu n'as plus qu'à y ajouter ta touche personnelle.

Flora eut beau acquiescer, elle n'écoutait plus vraiment. Elle pensait à la main trouvée sur la plage. La conversation terminée, elle lava longuement les siennes sous l'eau glacée du robinet. Elles étaient pourtant déjà propres.

Dans son cottage, sur le domaine de Sandringham, Julian Cassidy faisait tourner son whisky dans son verre. Il huma ses senteurs tourbées puis le but en deux gorgées. C'était son troisième, mais il commençait tout juste à se détendre.

Amusant, ça. On croyait avoir touché le fond, et voilà que quelque chose venait vous faire sombrer encore plus bas. Julian avait l'impression que la marée montait dans sa boîte crânienne. Sur une étagère, les cartes de Noël côtoyaient quelques cartes de félicitations pour son nouvel emploi. Et sa nouvelle maison ! On y voyait beaucoup de couronnes et de corgis. « Fiers de toi, fiston ! », « Profites-en bien ! », « Ne descends pas un membre de la famille royale !!! Ha ! Ha ! »

Il se laissa aller à la rêverie, imaginant comment ce serait d'être assis ici, sur ce canapé, une jolie femme blottie contre lui, un verre de vin à la main. Avec des tas de projets et de brillantes perspectives.

Mais ces agréables pensées s'envolèrent en moins d'une minute.

Il revivait la même scène en boucle, encore et encore depuis qu'elle avait eu lieu. L'alcool semblait être le seul remède à sa portée. Mais il fut distrait par un son plaintif. Billy, son vieux labrador noir, était assis les yeux rivés sur la porte. Julian se força à s'extraire du canapé pour faire sortir l'animal, qui renifla les bosquets un moment avant de s'y soulager.

La fraîcheur de l'air nocturne lui rendit un peu de lucidité. Le whisky n'avait fait qu'amplifier sa tristesse. Il valait mieux qu'il s'en tienne au vin.

— Hé, mon chien, appela-t-il doucement.

Billy trottina vers lui, l'œil brillant au clair de lune, plein d'amour et de confiance.

— Allez, viens, on rentre.

CHAPITRE 4

Le lendemain était la veille de Noël. Après le petit déjeuner, chaudement enveloppée dans un manteau en tweed et chaussée de bottes fourrées de peau de mouton, la reine effectua un rapide tour des points névralgiques du domaine pour adresser ses meilleurs vœux à tous les employés qui œuvraient ici sans relâche. Du moins était-ce la raison officielle. En réalité, elle mourait d'envie de voir les animaux, de passer par les étables, les écuries, et même par le pigeonnier à Wolferton. Elle ne se sentait jamais tout à fait là tant qu'elle n'avait pas senti le fumier et la paille ou posé la main sur l'encolure chaude et soyeuse d'un cheval.

Alors qu'elle arrivait au haras, elle constata avec plaisir qu'elle avait bien choisi son moment. En sortant de la voiture, elle vit les juments et leurs poulains revenir deux par deux de l'immense jardin clos où ils venaient de prendre une bonne bouffée d'air frais. Elle s'arrêta pour les regarder, enchantée comme toujours par les poulains aux longues jambes qui avaient beaucoup grandi depuis sa dernière visite. Chacun descendait d'une lignée remarquable de chevaux de course. Ils n'étaient même pas encore sevrés, mais elle distinguait déjà quelques champions en herbe parmi eux. Cela demandait certaines caractéristiques morphologiques, de la puissance, de la personnalité et du tempérament. Depuis sa plus tendre enfance, la reine assistait à la transformation de poulains en chevaux de course. Elle y avait acquis une sorte de sixième sens pour repérer la combinaison parfaite.

La fameuse Estimate, dont on venait de réaliser la statue en bronze, arrivait du fond avec un poulain qui s'avérait déjà très prometteur. Vif comme sa mère, il avait une façon de dresser les oreilles qui en disait long sur son intelligence. La reine les appela tous les deux et leur donna les bonbons à la menthe qu'elle avait dans sa poche. Puis elle rentra se réchauffer. Elle se sentait déjà fatiguée, mais elle se reprit en pensant à tous les membres de la famille qui étaient en chemin. Quelle chance elle avait de pouvoir réunir toute cette grande lignée. Enfants, petits-enfants et, aujourd'hui, arrière-petits-enfants aussi. Certes, l'idée d'un après-midi tranquille à regarder des quiz à la télévision était plutôt séduisante, mais ce n'était que la voix tentatrice de son rhume. Elle se sentirait mieux dès que tout ce petit monde arriverait.

Dès 10 heures, les Range Rover de la Couronne se mirent à déverser les descendants de Sa Majesté par âge croissant. D'abord les cousins les plus jeunes, puis son fils cadet Edward, comte de Wessex, et toute sa famille, suivis d'Andrew et ses filles et, peu après, d'Anne et son mari, accompagnés du prince Harry qui était parti avec eux du palais Saint-James.

La souveraine s'efforçait de ne pas penser à ceux qui n'avaient pas pu venir. Zara, l'aînée de ses petites-filles, aussi charmante que raisonnable (aujourd'hui mère à son tour), était souffrante. William et les siens étaient dans le Berkshire, chez les Middleton, la famille de Catherine, où l'ambiance et la nourriture avaient très bonne réputation. La description qu'en avait faite William avait un peu vexé Sa Majesté, qui se demandait bien en quoi les Noëls à Sandringham pouvaient manquer de gaieté et de bonne chère. Cependant, une partie d'elle admirait son petit-fils. Il aurait grand besoin de cette liberté de ton pour exercer les fonctions qui lui reviendraient un jour. Et il lui faudrait aussi une épouse loyale, ce qui nécessitait attention et art du compromis. Catherine aurait son Noël en famille. La monarque s'adapterait. Et il restait toujours FaceTime.

Au beau milieu des rutilantes voitures, un vieux break Subaru couvert de boue se présenta de manière incongrue dans la cour, et le chauffeur en sortit seul. Le hasard voulut que la reine soit en train de regarder par la fenêtre à ce moment-là. Elle se tourna vers le majordome qui se tenait près d'elle.

— Que fait le commissaire divisionnaire du Norfolk ici ?

— Je ne sais pas, Madame, répondit-il, l'air aussi surpris qu'elle. Je vais le faire passer par-derrière.

Sa Majesté secoua la tête. Il fallait un motif impérieux pour que le plus haut responsable de la police du comté se présente à Sandringham un jour comme celui-ci. Cela devait certainement concerner Ned St Cyr. Elle n'avait pourtant identifié la main que vingt-quatre heures plus tôt. Était-ce suffisant pour que l'enquête ait progressé de façon significative ? Elle ne savait pas si elle devait espérer ou craindre ce qu'il avait à lui dire.

— Faites-le entrer, voulez-vous ? Je voudrais le saluer.

L'homme, reconnaissable à son air sombre et ses traits anguleux, ôta sa veste cirée d'un mouvement d'épaules et la tendit à un valet. Il semblait étonné d'être directement reçu au salon par Sa Majesté en personne. Toutefois, si les circonstances étaient inhabituelles, ce n'était pas la première fois qu'il la rencontrait. Cela faisait cinq ans que Nigel Bloomfield dirigeait la police du Norfolk. Sérieux et réfléchi, ce fils d'agriculteurs du coin avait rapidement gravi les échelons. La reine admirait le fait qu'il soit resté dans la région alors qu'il aurait pu prétendre à une carrière plus prestigieuse ailleurs. « On a beau dire que le Yorkshire est le comté de Dieu, nous savons tous les deux lequel mérite vraiment ce titre, n'est-ce pas, Madame ? », avait-il un jour déclaré. Elle avait apprécié qu'il s'exprime aussi librement. Par ailleurs, elle le savait estimé de ses collègues de haut rang. En dépit de son air de chien battu, son mélange d'impassibilité et d'affabilité n'était pas pour lui déplaire.

— Commissaire, quel plaisir de vous voir ! lança-t-elle. C'est très aimable à vous de passer une veille de Noël.

L'homme la salua en inclinant brièvement la tête et s'excusa d'être venu en civil – pantalon en velours côtelé impeccablement repassé et élégant pull rouge.

— Je dois aller écouter des chants de Noël. La chorale dont ma femme fait partie se produit à Burnham Market. J'espère que cela ne vous dérange pas, Madame.

— Pas du tout, le rassura Sa Majesté. Votre tenue est tout à fait appropriée.

— J'espérais pouvoir faire un bref résumé de la situation à votre secrétaire particulier, mais j'ai été un peu retenu.

— Vous n'auriez pas pu voir sir Simon, il est en Écosse.

— Il a appelé à la première heure pour demander

comment l'équipe avançait, Madame, répondit Bloomfield, l'air intrigué. Il semblait très désireux de connaître tous les détails. C'est pourquoi j'ai supposé qu'il était ici.

— Sir Simon est en vacances, répondit abruptement la reine en se notant d'enjoindre à l'intéressé de ne pas faire le travail qui revenait à Rozie en son absence. Et je crois que le capitaine Oshodi, ma secrétaire particulière adjointe, est en train de se préparer pour un match de football. Mon petit-fils l'a convaincue de rejoindre son équipe. Puis-je vous aider ?

Bloomfield mit quelques secondes à digérer l'information, mais il ne tarda pas à se ressaisir.

— Oui, c'est tout à fait possible, Madame. Je crois savoir que vous connaissez la victime. Cependant je ne voudrais pas m'imposer. Je suis sûr que vous devez être...

Sa Majesté ne pouvait pas voir ce qui se tramait derrière son dos, mais quelque chose venait d'attirer l'attention de son interlocuteur. Très probablement un ou plusieurs de ses enfants et petits-enfants en train de passer la tête à la porte pour voir qui était là.

— Vous avez raison, nous sommes très occupés. Mais j'ai cinq minutes. Où pourrions-nous... ? Ah oui, suivez-moi.

Accompagnée des chiens, elle guida le policier à l'autre bout de la pièce, où une discrète porte se fondait dans les boiseries flanquant la cheminée. Cette porte menait à une petite salle sombre aux murs couverts de livres dans laquelle se trouvait un bureau. La reine alluma la lumière et ferma derrière eux.

— Des nouvelles, donc..., commença-t-elle. Voilà qui est encourageant.

Elle ne s'assit pas, car les entretiens debout étaient souvent plus brefs.

Bloomfield en était encore à s'habituer au décor. Il baissa les yeux sur Vulcan le dorgi, qui reniflait énergiquement son bas de pantalon, et se pencha pour le rassurer d'une caresse. La reine appréciait les gens qui touchaient instinctivement les oreilles des chiens amicaux. Le commissaire se redressa.

— J'aurais aimé avoir de meilleures nouvelles, Madame. Edward St Cyr a été vu pour la dernière fois à Londres le 14 décembre. Mon meilleur enquêteur s'y trouve en ce moment même. Mr St Cyr a passé la nuit à son appartement de Hampstead, en prévision d'un rendez-vous le lendemain matin. Il était sûrement pressé. Sa Maserati a été flashée deux fois pour excès de vitesse sur l'A13.

— Je crois me rappeler qu'il avait la réputation de rouler vite.

— Je vois. Nous ne savons pas encore s'il s'est bien rendu à son rendez-vous du 15. En tout cas, il n'était pas à l'aéroport de Stansted quand sa fiancée y a atterri cet après-midi-là. Comme elle n'arrivait pas à le joindre, elle a signalé sa disparition dès le lendemain, c'est-à-dire le 16. Il y a huit jours. Nous n'étions pas particulièrement inquiets car il était connu pour être quelque peu excentrique. Les disparitions sont beaucoup plus fréquentes qu'on ne le croit, Madame.

— Oh, je le sais, répondit la reine, qui connaissait les chiffres.

Parmi les personnes retrouvées, le pourcentage de celles qui avaient de bonnes raisons pour ne pas vouloir réapparaître était impressionnant.

— Évidemment, l'identification apporte une tout autre lumière sur la situation, poursuivit Bloomfield. La Maserati est toujours garée devant l'appartement. Ses amis n'ont entendu parler de rien. Son téléphone n'a pas servi depuis son départ pour Londres. Aucun signe n'indique qu'il aurait pu quitter le pays. Nous sommes convaincus que l'analyse ADN confirmera que la main est bien la sienne.

— Juste ciel. Quelqu'un à Abbottswood a-t-il la moindre idée de ce qui a pu se produire ?

— Non, Madame. Mr St Cyr vivait seul, sauf quand sa fiancée lui rendait visite. Une femme de ménage vient trois fois par semaine et une cuisinière locale travaille pour lui sur commande. Il y a aussi un concierge qui habite la petite loge de l'entrée, mais il était absent.

La reine hocha la tête. Quelques dizaines d'années plus tôt, un endroit comme Abbottswood aurait grouillé de serviteurs, mais Sa Majesté n'était pas surprise que Ned se soit retrouvé plus ou moins seul dans cette grande demeure. Il était divorcé, ses enfants étaient grands, et l'époque où la petite noblesse pouvait s'offrir des domestiques à plein temps était révolue depuis longtemps. À moins de tirer des revenus réguliers de ses terres. Ce à quoi Ned n'était jamais parvenu, ainsi que l'avait fait remarquer Philip la veille. Le pauvre homme avait dû se sentir très seul. Elle-même aurait été bien malheureuse si elle avait dû se passer totalement de compagnie. Elle en avait besoin pour vivre.

— De quel type de rendez-vous s'agissait-il ? Quelqu'un le sait ?

— Pas encore. Dans son agenda, il a inscrit « RIP ».

— RIP ? C'est assez déconcertant.

— Oui, Madame. Nous avons des raisons de penser que cela désigne un endroit. Il utilisait des sigles pour noter les lieux de ses rendez-vous. Il semblerait qu'il soit parti avec l'intention de revenir. La vaisselle du petit déjeuner était encore dans l'évier et on n'a trouvé aucun signe de violence. Nous découvrirons bientôt ce qu'il était venu faire. Nous examinons les images des caméras de sécurité de Hampstead. La brigade scientifique est également en train d'éplucher son ordinateur à Abbottswood. Tous ses mots de passe se trouvaient sur un Post-it collé sur l'écran. Vous imaginez un peu ? De manière générale, il semblait se moquer comme d'une guigne de la sécurité et…

Le commissaire divisionnaire soupira avant de poursuivre :

— Il ne faut pas dire du mal des morts, mais j'aurais vraiment aimé avoir le temps de lui parler de quelques procédures basiques. Quoi qu'il en soit, cela nous permet de gagner un temps considérable. Et le fait que le coupable se soit démené pour nous faciliter la tâche nous aide aussi beaucoup.

— Comment cela ?

— Eh bien, déjà, la main coupée à la hachette, expliqua Bloomfield. Il a dû faire ça pour compliquer l'identification du corps.

— Dans ce cas, c'est plutôt l'inverse qui s'est produit, non ? fit malicieusement remarquer la reine.

— Précisément, Madame, approuva le policier en hochant la tête. Pas trop futé, notre tueur. Ou peut-être nos tueurs. Pour qu'on ne puisse pas identifier la victime, ils lui coupent une partie du corps reconnaissable et décident de s'en débarrasser en mer. Mais ils la mettent dans un sac plastique. Alors, au lieu de couler et de se faire dévorer par les créatures des fonds marins, elle flotte. Un orage la repousse sur la rive et, ironie du sort, c'est tout ce qui nous reste de la victime.

La reine grimaça.

— Où pensez-vous que se trouve le corps ?

— Loin, répondit le commissaire avec assurance. L'idée était que personne ne puisse faire le rapprochement avec St Cyr en découvrant le cadavre. J'imagine que… euh, que la tête ne doit pas être en bon état non plus. Elle peut aussi bien être enterrée à l'autre bout de Londres qu'au fond de la mer. Peut-être la retrouverons-nous sur les côtes suédoises dans deux mois. Je suis désolé, Madame. Je suis conscient qu'il s'agissait d'un ami de la famille.

— Pas exactement, le détrompa-t-elle, vacillant légèrement en pensant à la tête.

Ned avait toujours eu de magnifiques cheveux.

— Nous ne nous voyions plus depuis de nombreuses années. Mais sa mère était une amie.

Elle regarda Willow, le dernier corgi survivant, qui profitait d'un rayon de soleil hivernal sur le tapis. Georgina aussi était grande amatrice de chiens. Elle avait toujours eu de magnifiques setters anglais ou irlandais un peu fous, et jamais moins de quatre. Dieu merci, n'étant plus de ce monde, elle ne pouvait pas entendre ces atrocités.

— Puisque c'est à Londres que Ned s'est volatilisé, je suis surprise que ce ne soit pas la Met qui enquête, ajouta la reine.

— C'est dans le Norfolk que sa disparition a été signalée, Madame. Disons qu'il y a bien eu un échange de points de vue à ce sujet mais que c'est mon équipe qui l'a emporté. Et en dépit de certains éléments, je trouve que c'est bel et bien une affaire locale.

— Ah oui ?

— C'est ici qu'on a trouvé la main, après tout, rappela Bloomfield. St Cyr a grandi et vécu ici. Et n'oublions pas qu'il dirigeait toutes ses affaires depuis Abbottswood. Je le connaissais pour ses œuvres caritatives. Il s'est toujours vivement intéressé à mes activités de directeur du groupe de travail sur les stupéfiants. Il était étonnamment bien informé pour un homme de son...

Quand son regard croisa une nouvelle fois celui de la reine, le policier se racla la gorge et poursuivit :

— Hum... de sa génération. Il prêtait Abbottswood pour des réunions et d'autres événements. Il était évident que c'était son domicile, et non un pied-à-terre pour le week-end.

La reine imagina Rozie amorcer l'ombre d'un froncement de sourcils et se demanda soudain si le commissaire divisionnaire du comté pensait que l'*on* considérait Sandringham comme un simple pied-à-terre. Mais ce n'était pas le cas, si ? La vie de sa famille y était tellement liée.

— Quoi qu'il en soit, nous en saurons beaucoup plus une fois que nous aurons le rapport de la brigade scientifique, poursuivit le policier. Il nous donnera sans doute une idée de ce qui lui est arrivé et de l'endroit où le sac a été mis à l'eau. C'est incroyable, tout ce qu'ils sont capables de déduire rien qu'à partir des températures et des marées. Le froid aide, bien sûr. Si la main avait été mise dans le sac un jour de soleil radieux, l'histoire aurait pu être très différente.

En voyant l'expression de la reine, le commissaire s'empressa de tenter de la rassurer.

— J'ai cinquante personnes qui travaillent jour et nuit sur cette affaire. Quoi qu'il ait pu se produire, Madame, nous connaîtrons bientôt la vérité. Je vous garantis que nous démêlerons la chose pour vous aussi rapidement que n'importe quelle autre force de police du pays.

La reine sentit une touche d'esprit de compétition dans la voix de Bloomfield. Si son unité pouvait certes rivaliser avec les meilleures de Manchester, Édimbourg ou Belfast pour les enquêtes criminelles, il n'en restait pas moins que le Norfolk était surtout connu pour sa lenteur et son calme. Ce qui convenait à merveille à Sa Majesté. Mais les intentions du commissaire avaient beau être très claires, ses motivations lui semblaient quelque peu déplacées.

— Ce n'est pas pour moi qu'il faut résoudre cette affaire, rectifia donc la reine. C'est pour sa famille. Et au nom de la justice. Merci, Mr Bloomfield.

Sa Majesté fit en sorte que le personnel de cuisine lui glisse quelques douceurs avant qu'il parte écouter son épouse chanter. L'enquête semblait être entre de bonnes mains et c'était très bien ainsi. Elle allait enfin pouvoir se concentrer sur sa famille, qui devait se demander où elle avait bien pu passer.

CHAPITRE 5

À présent que Charles et Camilla s'étaient joints aux festivités dans le grand salon, la famille était au complet. Tout le monde retrouva rapidement sa place dans un rituel établi au fil des ans et des générations. À l'extérieur, le traditionnel match de football opposant le village voisin de Castle Rising à l'équipe du château (menée par Harry, en l'absence de William) était déjà commencé. À l'intérieur, sous l'œil du faisan peint au plafond du salon, les plus petits étaient rassemblés autour du sapin de Noël dans lequel ils accrochaient les décorations – dont certaines dataient de la reine Victoria – qu'on leur avait sorties des vieux cartons. Sa Majesté était ravie de pouvoir les observer depuis son siège en sirotant du thé au citron bien chaud, faisant parfois quelques suggestions quant aux endroits où il fallait suspendre les guirlandes.

Anne vint s'asseoir à côté d'elle.

— Ça me fait sincèrement de la peine, maman, commença-t-elle d'un ton sinistre.

— Quoi donc ?

— La main !

— Oh, ça.

— Vous devez vous sentir affreusement mal.

— Jusque-là, ça allait.

Elle venait de passer une agréable demi-heure au milieu des bavardages des enfants, et elle avait réussi à ne plus y penser.

— Vous a-t-on dit qu'Astrid avait disparu aussi ?

— Qui est Astrid ?

— C'est la petite am... euh, la fiancée de Ned. La fille de Moira Westover.

— Oh, je vois. C'est terrible. Comment le savez-vous ?

— Je l'ai entendu à la radio, expliqua Anne. Nous avons écouté les informations sur la route. C'est elle qui a signalé la disparition de Ned à la police il y a une semaine.

— Juste ciel, soupira la reine.

Le commissaire divisionnaire n'en avait pas fait mention. Encore une complication. Sa Majesté pensa à la famille Westover. Devoir affronter des situations comme celle-ci était déjà difficile, mais le faire sous les yeux du public était encore pire. Elle était mieux placée que beaucoup pour le savoir.

Conformément à la tradition allemande, qui subsistait depuis l'époque du prince Albert, on ouvrait les cadeaux après le thé. Les quatre générations de la famille royale étaient rassemblées dans le salon, parées de leurs plus beaux atours (à Sandringham, on changeait plus souvent de tenue que dans une pièce de théâtre à succès du West End). La nuit, déjà tombée, accentuait le côté douillet de cette pièce éclairée par des bougies, des petites lampes, et la véritable galaxie d'ampoules électriques du sapin.

Tandis qu'on leur distribuait cérémonieusement leurs paquets posés sur des tables d'appoint surchargées, les plus petits ne pouvaient contenir leur impatience. Leurs parents savaient qu'il ne fallait pas s'attendre à des gadgets high-tech ou des montres de luxe. Les cadeaux des enfants étaient le plus souvent aussi traditionnels que généreux. Parmi d'antiques éventails vénitiens et l'une des plus belles collections de Fabergé du monde, chez une hôtesse qui venait de recevoir une statue grandeur nature de son cheval de course préféré, tous les adultes présents avaient compris depuis belle lurette qu'il était inutile de lutter. Le jeu était différent : il s'agissait de se montrer le plus divertissant possible sans se ruiner. Tous les membres de la famille étant dotés d'un fort esprit de compétition, il fallait qu'il y ait chaque année un « gagnant », et c'était souvent le plus drôle.

Le cadeau que Catherine avait offert à Harry l'année précédente, un kit « Faites pousser votre petite amie », avait remporté un franc succès. Harry n'était lui-même pas en reste. La reine avait particulièrement aimé son bonnet de douche « Chienne de vie ». Cette fois, il avait trouvé pour William une perruque chauve aux tempes frisottées. Il était déçu au plus haut point qu'il ne soit pas là pour l'ouvrir devant lui.

Cette année, le kit « Faites pousser votre petite amie » n'aurait pas fait autant d'effet puisque désormais il existait une petite amie tout ce qu'il y a de plus réelle. Elle était actuellement en train de tourner une série télévisée au Canada, ce qui expliquait que Harry soit venu seul. Mais son amour était tellement évident qu'il faisait plaisir à voir. Ses oreilles rosissaient chaque fois qu'on mentionnait la jeune femme. Ainsi que son statut d'aîné l'y autorisait, William n'aurait pas manqué de le charrier sans pitié. De ce point de vue là, il était peut-être aussi bien qu'il soit chez les Middleton.

La reine apprécia beaucoup le cadeau de son petit-fils, un chapeau de pêche en toile cirée censé la faire ressembler à une célèbre enquêtrice de la télévision. (« Tu es son portrait craché », lui avait assuré Harry.) Mais, en réalité, il était aussi très pratique pour se protéger des intempéries et il lui rappelait sa mère, qui avait toute une collection de couvre-chefs dans ce genre.

— Je le porterai pour résoudre ma prochaine affaire, plaisanta la souveraine.

Tout le monde s'esclaffa à cette idée absurde, ce qui la fit sourire intérieurement.

Cependant, son cadeau préféré fut celui du petit prince George, également absent. Un incompréhensible gribouillage au crayon gras, accompagné d'un mug qui fit éclater de rire Sa Majesté.

— Qu'est-ce que c'est ? demanda Anne.

La reine le montra à sa fille. On y voyait une rangée de gros oiseaux gris avec du vert et du violet au niveau du cou. La phrase au-dessus disait : « J'ai peut-être l'air de vous écouter mais, dans ma tête, je pense à des pigeons. »

— Ha ! Bravo, Catherine ! lança Anne. Je sens là la main d'une mère.

— Ce dessin représente donc un pigeon, établit la reine. Même si j'ai d'abord cru que c'était une girafe.

— C'est clairement un pigeon, confirma Anne. Ce petit a les mêmes passions que vous. Voilà un homme selon votre cœur.

Comme son père et son grand-père avant elle, la reine adorait les pigeons. La famille avait tendance à n'y voir qu'un petit hobby, mais les concours de vitesse étaient un sport aussi vieux que la chrétienté. Capables de parcourir des milliers de kilomètres, les pigeons sont dotés d'un sens de l'orientation que la science n'explique pas encore entièrement. Quelque chose en rapport avec le magnétisme et les cellules de leur bec qui regorgent de fer, semblerait-il. Et ils coûtent beaucoup moins cher que les chevaux alors qu'ils sont tout aussi intéressants à élever. La reine avait hâte de pouvoir partager cette passion avec son arrière-petit-fils. Effectivement, *bravo Catherine.*

Tout le monde se retira bientôt à l'étage. Avec l'aide des nurses, les enfants furent préparés pour la nuit, puis on suspendit des chaussettes à l'intention du père Noël pendant que les adultes s'habillaient pour le dîner. C'était le grand soir : smokings, robes de soirée, diamants et chaussures en soie. Une occasion aussi précieuse que rare de relâcher la pression en bonne compagnie.

Prouvant à la fois son courage et l'efficacité de l'ibuprofène, Philip était digne d'une gravure de mode quand il se présenta dans le salon à l'heure des cocktails. En revanche, aucun maquillage n'aurait pu dissimuler le nez coloré et les yeux rouges de Sa Majesté, dont la voix s'enrouait au point qu'elle pouvait à peine parler. Mais un bon petit cocktail Dubonnet avec un soupçon d'orange l'aida vite à voir la vie en rose.

Charles traversa le salon jusqu'à elle et, le breuvage commençant à faire effet, elle leva son verre à son arrivée.

— Je tenais à vous dire que je suis conscient que vous devez vous sentir mal, dit-il, l'air vaguement attristé.

— Ne vous en faites pas. Ce n'est qu'un rhume. Ça ira mieux demain.

— Non, je parlais de la main.

— Ah.

— Sur la plage.

— Mmm…

— J'y ai pensé toute la journée.

— Ah ?

— Mais je promets que nous n'allons pas en parler.

— Bien.

— Saviez-vous que la police avait fouillé l'appartement de Ned à Londres ? reprit-il aussitôt, après une très brève pause. J'ai vu ça aux informations pendant que je me changeais.

— Ah, bon ? fit la reine d'un ton plus sec. Harry est très élégant, vous ne trouvez pas ?

— Ah oui ? Oui, sûrement. Ils portaient des combinaisons de protection intégrale. Vous savez, les blanches qui ressemblent à celles des apiculteurs.

— Qui donc ?

— Les policiers. Dans l'appartement de Ned, à Hampstead. Vu qu'on a trouvé la main dans le Norfolk, on se demande bien pourquoi. C'est peut-être une tentative d'enlèvement qui a mal tourné. Vous vous souvenez de l'oreille du jeune Getty ? Une horrible histoire. Elle s'était perdue à la poste. Ça ne s'invente pas.

— Non, en effet ! Ah, Sophie ! s'écria désespérément la reine en voyant la comtesse de Wessex traverser la pièce. Les enfants vont bien ? Ils ont passé une bonne journée ?

— Oh, absolument, répondit l'épouse d'Edward en les rejoignant.

N'appréciant ni les victimes de la mode ni le gaspillage, la reine fut ravie de reconnaître la robe en soie brute de sa belle-fille, aperçue à une autre occasion.

— Avez-vous eu des nouvelles de l'homme qui a disparu ? demanda Sophie. Il vivait près d'ici, non ? Je viens justement d'en parler avec Mrs Maddox. Sa fille a travaillé au festival Fen-Time, sur son domaine, il y a quelques années. Elle y a même rencontré Stephen Fry. Et vous savez quoi ? Je crois que Mrs Maddox avait un petit faible pour lui.

— Pour Stephen Fry ?

— Non, pour Edward St Cyr. Je ne crois pas l'avoir jamais rencontré. Vous le connaissiez bien ?

Heureusement, Sa Majesté fut sauvée par le gong – ou par le dîner, en l'occurrence. Le couple royal conduisit tout le monde jusqu'à la salle à manger. La couleur pistache – ou vert Braemar, pour être précis – des murs de la pièce avait été choisie par la reine mère parce qu'elle lui rappelait son château écossais préféré. Cette agréable touche gaie et féminine reflétait bien son esprit enjoué et son humour. Sa Majesté avait déjà entendu un invité dire qu'on se serait cru à un stand de glaces chez Harrods, mais elle doutait que ce soit un reproche. Comme toujours, la salle n'était éclairée que par des bougies, dont elle espérait que les lueurs vacillantes seraient flatteuses pour les visages marqués par le rhume. Un sapin de Noël argenté scintillait près de la fenêtre. Le vin était excellent et la cuisson du chevreuil irréprochable. Mais chaque fois que la conversation s'éloignait un peu de St Cyr, elle y revenait d'une façon ou d'une autre.

— Il va de soi que c'est un mari jaloux que la police devrait chercher, suggéra Andrew. Ned St Cyr était connu pour aimer les filles de bonne famille en jodhpur.

Très content de lui, il sourit à sa sœur, qui lui faisait signe de se taire.

— Était-il peintre ? demanda Camilla. À la télévision,

ils ont dit que son logement londonien était un atelier d'artiste.

Anne fouilla dans des souvenirs remontant à l'adolescence.

— C'est le père de Ned qui était artiste. Simon Longbourn ? Ou Paul ? Je ne m'en souviens plus. Maman, comment s'appelait le mari de Georgina ?

Mais personne ne se le rappelait ou, du moins, personne ne tombait d'accord. Simon, ou peut-être Paul, avait donné à Georgina le nom de Longbourn quand il l'avait épousée pendant la guerre. Ils avaient vécu ensemble à Ladybridge Hall avec les sœurs cadettes de Georgina et leur flamboyant petit frère, Patrick. Ned avait donc été Ned Longbourn jusqu'à ses 8 ans, quand Paul – à moins que ce ne soit Simon – avait divorcé de Georgina avant de partir pour la Grèce, où il avait peint et bu jusqu'à ce que l'alcool le tue. C'était donc ainsi que Ned avait hérité de l'appartement-atelier à Hampstead et de la capitainerie à Corfou. On pouvait se demander si Georgina s'en était même aperçue. Elle avait toujours préféré s'occuper de ses chevaux et de la gestion du domaine avec son père. Quand elle avait repris son nom de jeune fille après le divorce, elle l'avait également transmis à son fils. C'était d'elle aussi que ce dernier tenait sa chevelure cuivrée, son nez aquilin, son charisme, son amour des voitures rapides, ses sautes d'humeur, son charme... A priori, ses deux propriétés étaient les seules choses que son père lui ait jamais laissées.

— Après la mort de son père, Georgina a acheté Abbottswood, ajouta Philip. Une belle villa Régence. Pas de la même envergure que Ladybridge, évidemment. Les Ricains s'y étaient installés pendant la guerre. La maison était une ruine mais les jardins étaient encore beaux. Conçus par Repton, me semble-t-il.

Que Philip sache tout cela ne surprit personne. Quand il s'intéressait à quelque chose, c'était avec le plus grand sérieux. Et l'architecture locale était un de ses violons d'Ingres.

— Georgina s'y est retirée alors qu'elle avait à peine la quarantaine, poursuivit-il. Une vraie histoire à la Dickens ! En dehors de la chasse à courre, elle ne parlait presque plus à personne. Elle n'avait jamais pardonné à son cousin Ralph de l'avoir chassée de Ladybridge à la mort de son frère, quand il en avait hérité. Même si Dieu seul sait ce qu'il aurait pu faire d'autre.

— N'aurait-elle pas pu habiter quelque part sur le domaine ? demanda l'une des plus jeunes princesses.

— Peut-être. Mais vous n'avez pas connu Georgina. Comme c'était l'aînée et la seule à avoir un peu de jugeote, elle gérait pratiquement tout depuis des années. Elle aurait été constamment sur le dos du nouveau baron, à contester toutes ses décisions. Je ne suis pas surpris que Ralph ait préféré se mettre à la limite de la faillite plutôt que de l'avoir dans les pattes. Ned ne le lui a jamais pardonné non plus. Ralph est mort il y a quarante ans mais si c'était sa main qu'on avait retrouvée dans l'eau…

La reine lança un regard sévère à son époux.

— Quel genre de personne était-ce ? s'enquit Camilla.

— Ned ? Entêté, répondit Charles avec dédain.

— Une forte tête, dit Philip en même temps.

— Les domestiques prétendent que c'était un visionnaire, intervint Sophie de Wessex, s'attirant tous les regards. C'est ce que Mrs Maddox m'a raconté. Il venait de se lancer dans un nouveau projet. Il voulait faire d'Abbottswood un refuge naturel. Il avait l'intention d'y accueillir des espèces menacées.

— Ah, oui ? fit Philip, les sourcils froncés. Je n'en ai pas entendu parler.

— C'était un projet récent, Mrs Maddox était tout excitée. Mais comme je l'ai dit, je crois que c'était une fervente admiratrice.

Assise en face de la reine, Beatrice semblait perplexe.

— S'il vivait aussi près, comment se fait-il qu'Eugenie et moi ne l'ayons jamais rencontré ?

— Pas plus que moi, ajouta Harry.

— Nous avons un peu perdu le contact au fil des ans, avoua la reine sans plus de précisions.

— Ha ! Vous voulez plutôt dire qu'il nous a laissé tomber comme de vieilles chaussettes ! corrigea Philip.

— Il nous a laissé tomber, nous ? s'étonna Beatrice. Sérieusement ?

— Il a grandi à Ladybridge tel un Petit Lord Fauntleroy. Quand Georgina et lui ont dû partir, il est allé en Grèce. Il y a eu une sorte de révélation, et il est revenu changé en foutu communiste. Il entendait vivre une vie de bohème et nous étions devenus de vieux chnoques à ses yeux. Trop respectueux des traditions à son goût. Néanmoins, il adorait votre grand-tante Margaret. Nous préférions Hugh, le fils de Ralph. Ennuyeux, mais stable. Vous connaissez Hugh. Il s'habille comme un épouvantail, élève des moutons et écrit sur John Donne. Cela dit, c'était surtout de Lee, son épouse, dont nous raffolions. Une jolie blonde originaire du Yorkshire. La main verte. Elle est morte l'été dernier. Beaucoup trop jeune.

— À mon âge…, intervint Charles, faisant tourner son bordeaux avant de le finir d'un trait et de brandir son verre pour qu'on le resserve. Nous étions du même jour. Nous nous envoyions toujours mutuellement un panier de jacinthes.

L'héritier semblait mélancolique.

— Je crois que c'est Ned qui l'avait présentée à Hugh, poursuivit-il. Heureusement, ce n'est pas avec lui qu'elle a fini.

— N'avez-vous pas dit qu'il vous courtisait, maman ? demanda Peter à Anne.

— Mmm, si, confirma-t-elle. Moi, Ned ne m'avait pas laissé tomber. Mais il était imprévisible. Un peu fou, une mauvaise fréquentation... Dans les années 1970, Abbottswood était réputé pour ses concerts de rock. Je crois même que Led Zeppelin y a joué.

— Led Zeppelin ?! répéta Beatrice, impressionnée.

— Il a fini par se ranger, remarquez, poursuivit Anne. La dernière fois que je l'ai vu, c'était il y a un ou deux ans, à la foire du comté. Il était devant un stand d'aliments végans pour chiens.

— J'ai entendu dire que sa disparition pourrait avoir un rapport avec la drogue, hasarda Eugenie. Ils en ont aussi parlé aux informations.

— Ce n'était pas le genre de la maison, la détrompa aussitôt Anne. Un de ses meilleurs amis est mort d'une overdose en Grèce. Après ça, il est parti en croisade contre les drogues. Il y a même eu un moment où il avait transformé Abbottswood en centre de désintoxication.

— Jusqu'à ce qu'un des patients manque de réduire le domaine en cendres, se souvint Charles.

— Humpf ! grogna Philip. Il était doué pour attirer les pauvres types. Nettement moins pour leur offrir une thérapie digne de ce nom. Il expérimentait des méthodes complètement farfelues et y laissait des plumes à chaque fois. Un croisement entre Don Juan et Don Quichotte. Jamais il n'a mené quelque chose à bien.

— Personnage intéressant, fit Beatrice avec un petit rictus.

— Oh, il l'était, grommela Philip. Un peu trop, même. C'était là son problème. Constamment à essayer d'impressionner sa mère.

— Très freudien, déclara la reine, certaine qu'elle avait employé le terme adéquat – et qu'après ça Philip allait enfin clore le sujet.

Heureusement, les portes de la salle à manger s'ouvrirent aussitôt sur une procession de valets apportant d'immenses soufflés au cacao saupoudrés de sucre glace et ornés de feuille de houx en chocolat finement ciselées. Après quelques commentaires gastronomiques de bon aloi, la conversation s'orienta vers d'autres thèmes. Ce repas était un des préférés de Sa Majesté, et elle allait enfin pouvoir en profiter.

CHAPITRE 6

Le lendemain matin, la reine se sentait encore plus mal.

Outre une violente migraine qu'elle attribuait au champagne et au cocktail Dubonnet, elle pouvait à peine ouvrir les yeux.

Dans le couloir sur lequel donnait sa chambre, des enfants très agités s'écrièrent triomphalement « Il est passé ! » avant de se faire rappeler à l'ordre. Sa Majesté se souvenait vaguement qu'elle avait quelque chose à faire mais, quoi que cela puisse être, elle savait déjà que cela n'allait pas être possible.

Étendue dans son lit, les yeux fermés, elle essayait de réfléchir. Cela ne pouvait pas être dû à la boisson. Elle n'avait pas abusé. En tout cas, pas assez pour se sentir comme ça. Et ça ne pouvait pas être son rhume non plus. (Mais que fallait-il qu'elle fasse, déjà ?) En ce qui concernait leur maladie, Philip avait un jour d'avance sur elle et, la veille au soir, il allait déjà beaucoup mieux. Il avait même dit qu'il était impatient de prendre l'air pour le premier office religieux.

La souveraine ouvrit les yeux d'un coup. Bien que voilée, la lumière matinale l'aveugla.

Non !

Elle s'assit brusquement puis retomba aussitôt sur ses oreillers, l'esprit embrumé.

Le premier office ! On était dimanche, c'était le matin de Noël. Elle était censée être à St Mary Magdalene à 9 heures pour la cérémonie privée, puis de nouveau deux heures plus tard pour la messe publique et la promenade familiale. Plus qu'une tradition, c'était aussi un devoir. Elle n'avait jamais manqué une seule cérémonie depuis qu'elle était reine, et il était inconcevable qu'il puisse en être autrement. Qu'aurait dit la reine Mary, sa grand-mère ?

Elle se redressa une nouvelle fois et tenta d'appeler sa femme de chambre. Il lui restait encore environ une heure pour se préparer. Mais seul un croassement sortit de sa gorge, et elle dut sonner la cloche. Un de ses médecins fut aussitôt contacté pour l'examiner en vidéoconférence. Il lui diagnostiqua une bonne grippe et lui interdit de quitter la chambre. Déjà habillé, Philip, qui avait pris son petit déjeuner, n'eut besoin que d'un coup d'œil pour approuver le diagnostic. C'était démoralisant. Charles était si étonné que sa mère soit malade au point de ne pas pouvoir les accompagner qu'il tint à s'en assurer de ses propres yeux. À vrai dire, la chambre de la souveraine commençait à ressembler à Piccadilly Circus ou à un extrait de *La Folie du roi George*. Si elle l'avait pu, Sa Majesté aurait fait savoir qu'elle trouvait beaucoup à y redire.

Après un copieux petit déjeuner et une courte promenade qui permit aux enfants de se défouler un peu après l'ouverture de leurs cadeaux, tout le monde partit enfin et la reine eut droit à deux heures merveilleusement calmes. Tous étaient à l'église pour le traditionnel bain de foule de Noël, et la reine n'aurait pas pu se sentir plus coupable de décevoir ceux qui attendaient dans le froid depuis des heures pour la voir. Mais comme elle n'y pouvait rien changer, elle prit le temps de se préparer au son des chants de Noël que diffusait la radio.

Elle en profita également pour écrire un bref mot à Moira Westover, dont la fille Astrid avait, elle aussi, mystérieusement disparu. Elle en rédigea un autre pour Hugh St Cyr, le cousin de Ned, afin de lui exprimer sa compassion en ce « moment pénible pour toute la famille ». Elle avait failli parler de deuil mais il n'était pas encore tout à fait certain que le terme soit approprié. Ce pauvre Hugh était déjà suffisamment endeuillé par la perte de son épouse bien-aimée, décédée la veille de leurs noces d'or. Et, apparemment, il n'avait plus aucun contact avec Ned depuis des années. La reine se demanda s'il était encore plus difficile de perdre quelqu'un qui était déjà sorti de sa vie. Pas de souvenirs réconfortants, pas la consolation de moments partagés. Il aurait été tentant de se dire que cela n'avait pas d'importance, mais était-ce bien vrai ?

Plus tard, le pasteur vint lui donner la communion – il était indéniable qu'il y avait certains avantages à être gouverneure suprême de l'Église d'Angleterre. Tout le monde se retrouva ensuite dans la salle à manger pour s'y régaler d'une dinde rôtie, de sept types de légumes bio en provenance des diverses fermes et jardins de la famille royale, et d'un pudding de Noël flambé. Le tout accompagné de grands crus et de champagne à volonté pour ceux dont l'estomac était assez solide. Tous les convives portaient une couronne en papier, sauf Sa Majesté qui en était dispensée par tradition. Enfant, elle trouvait très amusant que son père soit tête nue alors que tous les autres en étaient coiffés. La famille finit de manger juste à temps pour se réunir devant la télévision et regarder le message que Sa Majesté avait filmé quelques jours plus tôt au palais de Buckingham.

— J'avais l'air en parfaite santé, fit-elle remarquer depuis son poste stratégique, sur le canapé le plus proche de l'écran.

— C'était avant que les petits bouillons de culture nous courent autour, intervint Philip. Lequel d'entre vous a fait ça, petits saligauds ?

— Mais maintenant, vous avez une mine resplendissante, dit Sophie qui avait l'art et la manière de faire des compliments quand tout appelait au contraire.

Sachant déjà ce qu'elle allait dire à la nation et au Commonwealth, la reine laissa son regard dériver, pour se poser sur le discret interstice qui marquait les contours de la porte cachée dans les boiseries. La pièce dans laquelle elle avait parlé au commissaire divisionnaire était aussi celle où son père et son grand-père avaient coutume d'enregistrer leurs messages de Noël pour la radio. À l'époque, ils étaient diffusés en direct dans un empire qui semblait alors dominer le monde entier. Comme ce concept était vite devenu obsolète ! À l'instar de son père, la reine avait consacré une bonne partie de son existence à gérer cette transition.

L'espace d'un instant, elle s'imagina de nouveau à côté de lui, sa main rassurante sur son épaule. Nul n'oubliait jamais complètement ces choses-là, même après des décennies. Il était mort dans sa chambre, à l'étage, âgé de 55 ans seulement. Et elle se trouvait loin. En Afrique. À l'autre bout du monde.

— Ça va, maman ? demanda Anne.

— C'est juste cet affreux rhume. Donnez-moi mon sac à main, que je prenne un mouchoir.

— Une chose dont vous pouvez être sûrs, c'est que ce n'est pas un membre de la famille qui a fait le coup, affirmait Mrs Maddox quelques heures plus tard.

Dotée d'une présence imposante, la gouvernante arborait toujours une expression indéchiffrable. Avec son carré impeccable, on aurait presque pu la prendre pour Anna Wintour. Sauf qu'à ce moment précis il aurait fallu que la rédactrice en chef de *Vogue* ait troqué ses lunettes de soleil contre une petite couronne en plastique. Il n'était cependant pas rare que des invités remarquent la ressemblance. En fait, cela arrivait tellement souvent que les membres de la famille pariaient sur le temps qu'il faudrait pour que quelqu'un le mentionne.

— Quoi ? Vous voulez dire que ce n'est pas un des princes ? demanda un des majordomes, ce qui engendra quelques brefs ricanements.

— Mr Roberts ! Je voulais dire quelqu'un de la famille *de la victime*, enfin !

Ce soir-là, pendant que la gouvernante faisait sa petite conférence au foyer des domestiques, la famille royale devait se débrouiller seule. Toute la journée, Rozie avait pensé avec nostalgie aux saveurs épicées (et pimentées par les chamailleries) des repas que cuisinait sa mère dans leur appartement de l'Ouest londonien. Elle était donc ravie d'avoir été invitée ici. Théoriquement, elle occupait un poste trop élevé pour se mêler au personnel du « rez-de-chaussée ». Mais, à Sandringham, les distinctions de cet ordre fluctuaient au gré des marées.

— Pourquoi ça, alors ? demanda le majordome.

— Parce que, pour hériter, il faut avoir un corps, intervint l'homme qui était assis à côté de Rozie.

Il s'agissait de Rick Jackson, inspecteur-chef de la

police métropolitaine, et l'un des plus anciens agents de protection rapprochée de la reine.

— Sinon il faut attendre sept ans pour que la personne soit déclarée décédée, précisa-t-il.

Mrs Maddox hocha la tête.

— Exactement, Mr Jackson. Donc quiconque chercherait à hériter de Mr St Cyr aurait intérêt à présenter un cadavre identifiable, et non à le cacher.

— Et où pensez-vous qu'il se trouve, alors ? s'enquit une femme de chambre.

— Moi ? répondit Jackson. Dans de la chaux. Dans une carrière. Je ne sais pas, mais quelque part en tout cas. Je pense que la main était seulement une sorte de trophée. Puis les coupables ont pris peur et s'en sont débarrassés. Ou bien on leur a dit de le faire. Cependant il existait un million de meilleures méthodes.

— Je n'y crois pas, déclara Mrs Maddox. Mr St Cyr n'avait rien d'un gangster. En remontant suffisamment loin, je crois même qu'on lui trouverait un lien de parenté avec la reine.

— Cela n'a jamais arrêté personne, rétorqua Jackson. À certaines époques de l'histoire, c'était même un mobile.

— Ce n'était pas forcément pour l'héritage, rappela Rozie, revenant au sujet initial. On peut tuer un proche pour d'autres raisons.

— C'est vrai, reconnut la gouvernante. Mais je ne vois pas lesquelles, dans ce cas précis.

— Trois divorces difficiles, proposa la femme de chambre.

— Oui, mais le dernier est vieux d'au moins vingt ans, rappela Mrs Maddox. Pauvre homme. Il était malchanceux en amour. Je me souviens d'une discussion avec lui. Il a perdu la femme de sa vie à 20 ans, et il n'en a plus jamais vraiment aimé une autre après ça. C'était un vrai romantique.

— Pas exactement, ricana la femme de chambre. Sa façon de traiter ses épouses était choquante. Une de mes amies travaillait pour Christina, la dernière. Il avait sa façon de procéder. Dès que le divorce approchait, il n'avait soudain plus d'argent. Il vivait d'air pur et d'eau fraîche, sans économies, à la limite de la faillite personnelle, et il ne pouvait donc pas verser de pension décente. Puis, aussitôt que la séparation était officialisée, c'était le retour des belles voitures et des séjours en Grèce, dans la maison qui appartenait désormais – très pratique ! – à un ami.

Mrs Maddox ne semblait pas du tout d'accord.

— Je ne peux pas l'imaginer faire ça. Il parlait de tous ses enfants avec tant d'amour.

La femme de chambre haussa les épaules.

— Facile, quand on ne dépense jamais une livre pour eux. Il leur expliquait qu'il fallait qu'ils apprennent à se débrouiller tout seuls, comme il l'avait fait lui-même. Pauvres gamins... Mais je suis d'accord avec vous, Mrs Maddox, ce n'est pas un crime féminin.

— Qu'est-ce qu'un crime féminin, au juste ? demanda le majordome. Certains des meurtres les plus affreux ont été commis par des femmes.

— Citez-en un.

Le majordome réfléchit une minute.

— Jean-Baptiste. Nous avons vu la pièce. Quand on lui a demandé ce qu'elle voulait après avoir exécuté la danse des sept voiles, Salomé a réclamé la tête de Jean-Baptiste. Et elle l'a eue, sur un plateau. Je me souviens encore des voiles.

— Bien sûr, dit Mr Jackson. Mais je parierais que c'est un homme qui l'a coupée, cette tête, et la lui a apportée. Les femmes ont tendance à être plus spontanées. Ou moins brutales.

— Elles ont surtout tendance à être les victimes, commenta la femme de chambre d'un air sombre.

— En fait, non, rectifia Mr Jackson. Globalement, 80 % des victimes d'homicides sont des hommes. Mais je vous accorde que dans les affaires criminelles conjugales, ce chiffre revient tristement aux femmes.

— Allez, ça suffit ! lança Mrs Maddox, imitant sans le savoir la réaction de Sa Majesté. Assez d'histoires de meurtre pour un jour de Noël. Et si quelqu'un me préparait un Negroni pendant que nous changeons de sujet ?

CHAPITRE 7

Après une nuit de fièvre, la reine se réveilla de bonne heure. Derrière la fenêtre, le ciel ressemblait à une aquarelle rose et lavande nimbée de lueurs givrées. Elle resta un moment assise contre ses oreillers, à attendre que son mal de tête s'atténue. Pour une fois, le fait qu'il n'y ait pas assez de place à Sandringham pour accueillir son joueur de cornemuse personnel était un soulagement.

En bas, les membres les plus dynamiques de la famille étaient déjà en train de se réunir autour d'un copieux petit déjeuner en vue de la traditionnelle partie de chasse du 26 décembre. Certaines femmes se joindraient aux hommes tandis que d'autres prendraient leur collation dans leur chambre et en profiteraient pour récupérer un peu, après ces deux jours de festivités. D'après l'expérience de la reine, la chasse était surtout une activité masculine. Du moins était-ce le cas du temps de son père.

Le petit groupe qui se rassemblerait bientôt à l'armurerie ne serait qu'une version réduite de Sandringham en grande pompe. Depuis son opération du cœur, Philip n'y allait plus qu'en simple observateur. William était encore très attaché à cette tradition mais, en l'occurrence, il n'était pas là. Et, du fait de sa sensibilité à la cause animale, Harry ne participait pas non plus.

La reine n'ignorait pas que le vent de l'histoire soufflait dans le sens de Harry. Quand Philip et elle étaient jeunes, la passion de la chasse et la préservation des espèces étaient indissociables. Mais, aujourd'hui, c'était devenu un paradoxe. Bien conscient de cela, Charles y avait renoncé et s'efforçait de ne plus être vu un fusil entre les mains. La reine se demandait où s'arrêterait cette érosion des traditions. Si les paysages campagnards comptaient des haies et des taillis servant d'abris aux oiseaux, c'était parce que les chasseurs les entretenaient. Que se produirait-il si les gardes champêtres, les agriculteurs et les chasseurs cessaient de s'en occuper ? Quand le petit George accéderait au trône, cet endroit serait-il devenu un grand parc à thème avec des visites guidées consacrées à la famille royale ? Ou, le ciel nous en préserve, un immense terrain de golf avec des greens dits écologiques ?

Au moins la récente aversion de Harry pour ce genre d'activité présentait-elle un avantage : il pouvait lui tenir compagnie et l'aider à avancer son puzzle. Et elle était impatiente qu'il lui parle un peu plus de son amie. Le bonheur flagrant de son petit-fils lui rappelait dans quel état elle était quand elle recevait des lettres de Philip, après-guerre. Il était réconfortant de le voir aussi heureux. Elle n'avait jamais douté des métamorphoses que pouvait générer l'amour.

À 7 heures, Rozie fut tirée du sommeil par la sonnerie du réveil. D'épais rideaux masquaient le ciel et il lui fallut un moment pour se rappeler où elle était. Elle avait besoin de faire pipi et de boire un verre d'eau. Et d'être ailleurs, aussi. Elle n'aurait probablement pas dû monter cette deuxième bouteille de champagne dans la chambre, hier soir.

Tandis qu'elle se mettait doucement en position assise pour évaluer la gravité de sa gueule de bois, un bras se déploya sur elle.

— Reste un peu.

— Je dois me lever, dit-elle en se souvenant du texto de sir Simon reçu dans la nuit. Et toi aussi. C'est toi qui as mis le réveil, tu te rappelles ?

— Mais on est si bien au lit.

Le propriétaire du bras faisait preuve du même entêtement grincheux que la sœur de Rozie quand elle essayait de la réveiller pour aller courir.

— Le prince Philip va t'attendre.

— Je peux m'habiller très vite. Allez, on a encore une vingtaine de minutes devant nous.

— Moi aussi, je peux m'habiller très vite, mais je dois repasser par ma chambre, tu t'en souviens ?

— Je peux te prêter quelque chose. On fait à peu près la même taille.

Mais il eut beau blottir son visage contre son épaule, elle ne céda pas.

C'était pourtant tentant. Capitaine des Coldstream Guards et en forme à tout point de vue, Henry Marshal-Ward occupait temporairement la paisible fonction d'écuyer de la reine. Ni Rozie ni lui n'ayant le temps pour une relation à plein temps, se retrouver à l'occasion leur convenait à tous les deux. Surtout quand il bénéficiait d'une chambre dans la maison, assez près du foyer des domestiques pour pouvoir rentrer ivres, comme ils l'avaient fait la veille. En revanche, elle était logée à l'annexe, huit cents mètres plus loin. Quoi qu'il en soit, la tenue de chasse royale était très codifiée, y compris pour les simples observateurs comme elle, et ni les robes de soirée en dentelle noire ni les joggings empruntés à un amant n'y figuraient. Elle devait donc aller se changer.

Le message confus que sir Simon lui avait envoyé laissait supposer qu'il aurait, lui aussi, la gueule de bois au réveil. Il avait apparemment parlé à un des gardes-chasse de Balmoral, qui avait eu vent de rumeurs selon lesquelles quelques voisins et amis de la famille royale se joindraient au groupe pour remplacer les absents.

Il est possible probabilité qu'un ou plusieurs d'entre eux aient des liens avec St Cry. Voyez ce que vous pourrez trouer. Il faudra peut-être limiter les dégâts plus tard. Bonne chante.

Rozie tendit le bras pour allumer la lumière. Le profil aquilin et les boucles emmêlées, blond vénitien, qui surgirent de l'ombre lui rappelèrent les recherches sur Google Images qu'elle avait effectuées trois jours plus tôt.

— Tu n'aurais pas de lien de parenté avec Edward St Cyr, par hasard ?

— Le disparu ? Hum, si. Je crois que c'est un cousin éloigné au deuxième degré. Cela dit, je dois avoir des liens de parenté avec la moitié de la planète, si on remonte assez loin.

— Je parie que tu n'en as pas avec ma famille, le défia-t-elle.

— Euh non, autant que je sache, je n'ai aucun ancêtre à Lagos. Je ne le jurerais pas, cependant.

— Tu n'as pas de chevalière comme la sienne.

— Non. Je fais partie de la branche de la famille installée dans le Shropshire. C'est la branche du Norfolk qui porte la chevalière à l'héliotrope. Nous, nous avons toujours trouvé les grosses pierres comme celles-là ringardes.

Il leva la main gauche. Il portait à l'auriculaire une petite bague en or, similaire à celles que Rozie avait vues sur certains membres de la famille royale et quelques employés de rang élevé.

— Et ne pas porter de bague, c'est ringard ? demanda-t-elle tout en contemplant ses propres doigts, longs et agiles.

— Non, lui répondit Henry, promenant sa main de son épaule à son poignet. Et j'aime tes doigts tout nus. Comme toi, acheva-t-il en glissant sa main sous les draps.

Rozie lui lança un oreiller et s'extirpa du lit.

Composé d'un ensemble disparate de Range Rover, de plusieurs Defender et d'un vieux véhicule réservé à la chasse, le petit convoi traversa le domaine en direction de Wolferton, vers les marais. Afin d'éviter les paparazzis, il emprunta des chemins créés pour les véhicules militaires pendant la guerre. Ses seuls observateurs étaient un faucon qui planait au-dessus d'eux et quelques faisans qui s'élevaient du sol dans un petit vrombissement avant de faire du rase-mottes sur les haies.

La nuit précédente avait été glaciale, et une épaisse couche de givre couvrait tout, brindilles, feuilles et semences. Traversant de minces nuages bas, les rayons presque horizontaux d'un soleil pâle faisaient scintiller les vastes champs de chaume. Rozie comprenait que la famille royale se lève tôt pour ça. En fait, elle se sentait même désolée pour tous ceux qui avaient fait le choix de ne pas venir. Mais si elle avait pu bénéficier de ce spectacle sans avoir à s'affubler de tweed pour aller tirer sur ces pauvres faisans idiots et colorés qui passaient dans le ciel, ç'aurait été encore mieux. Un point de vue personnel qu'elle n'aurait jamais avoué à qui que ce soit ici, bien entendu.

Depuis le bord du champ où devait avoir lieu le premier lâcher, elle voyait les participants qui écoutaient les règles de sécurité d'un côté, tandis que les simples spectateurs et les ramasseurs partageaient des conversations et des lampées de gin à la prunelle de l'autre. Henry l'écuyer faisait partie des tireurs. Tout le monde ici semblait avoir fréquenté les mêmes écoles et connaître les parents des autres. Comme Henry, ils pratiquaient tous cette activité depuis l'enfance et savaient exactement ce qu'ils avaient à faire. Rozie était loin d'être maladroite avec une arme à feu, mais elle ne s'était essayée au fusil de chasse que l'été passé. Et jamais dans des circonstances aussi formelles que celles-ci : avec sifflets à ultrasons, clickers, piquets de battue, et des fusils assortis plus chers que le coût global de ses études. C'était comme revenir un siècle en arrière.

— Bonjour. Comment vous en sortez-vous ?

En se retournant, Rozie découvrit le visage amical de lady Caroline Cadwallader, la dame de compagnie de la reine, les mains enfoncées dans les poches de sa veste en tweed.

Rozie lui expliqua sa mission pour sir Simon.

— Oh, au cas où ce serait l'un d'entre nous qui aurait fait le coup, alors ?

— Non, c'est juste que…

— C'est bien ça, n'est-ce pas ? Vous voulez éviter à la reine une situation embarrassante. Bon, je connaissais Ned, alors vous pouvez me mettre sur votre liste, même si je ne l'avais pas vu depuis des siècles. Adolescents, nous évoluions dans les mêmes cercles. Nos mères étaient sorties ensemble, à l'époque.

— Ah ?

— Aux bals des débutantes, pas *ensemble*, clarifia lady Caroline avec désinvolture. En 1939. Quelle année ! Beaucoup d'hommes avec qui elles ont dansé sont morts au cours des cinq années qui ont suivi. Un de mes oncles est tombé en Belgique, un autre a péri en mer du Nord. Le père de Georgina ne s'en est jamais remis. Quand il est revenu, il n'était plus que l'ombre de lui-même. Mais de quoi étais-je en train de parler, déjà ?

Dès que Rozie le lui rappela, son regard glissa jusqu'à l'autre bout du champ.

— Ah ! Je ne pense pas que les proches de la reine soient du genre à mutiler les gens. Il nous est déjà arrivé de recevoir des individus susceptibles de m'en faire douter, mais seulement lors de visites officielles.

Elle observa les participants qui étaient maintenant en train de s'aligner devant leurs piquets.

— Pour être honnête, la plupart de ceux que vous voyez ici ont probablement des liens d'une nature ou d'une autre avec Ned. Prenons celui-ci, par exemple.

Elle désignait un homme d'âge moyen, de large carrure, placé juste après le prince Charles.

— C'est Gerry Harcourt-Worthorpe, le comte de Mayfield. Il a épousé la première femme de Ned, Nancy, quand Ned l'a quittée pour la nurse.

— Oh, d'accord. Nancy est ici aussi ?

— Non, non. Elle est partie vivre en Nouvelle-Zélande. Je crois savoir que son mariage avec Gerry a été une vraie catastrophe. Elle a fini par épouser un éleveur de moutons et, à ma connaissance, la troisième fois était la bonne. D'ailleurs, la fille et le fils aînés de Ned sont aujourd'hui de fiers Néo-Zélandais. Le garçon fabrique des abris antiatomiques pour milliardaires. Je ne me souviens plus de son nom. Un métier fascinant, en tout cas, vous ne trouvez pas ? Quand viendra l'apocalypse, tous les jets privés fileront vers Auckland. Gerry sera peut-être parmi eux. C'est une espèce rare : une vieille fortune qui n'a pas tout perdu. Ses parents étaient d'horribles snobs. Ils appelaient la reine et le prince Philip « l'Allemande » et « le Grec ». Même si je pense que, à strictement parler, ils auraient dû appeler Philip « le Danois ». Les Grecs ont plus ou moins emprunté la famille royale du Danemark parce qu'ils n'avaient pas la leur. Voyons voir, qui d'autre ?

Elle examina la rangée de tireurs et tendit ses jumelles à Rozie.

— Ah ! Vous voyez cette femme, deux piquets plus loin, en tweed lilas et chapeau bordé de fourrure ?

— Oui.

— La première fois que je l'ai vue, j'ai cru qu'elle était déguisée. C'est Helena Fisher. On ne s'en douterait pas comme ça, mais c'est une tireuse exceptionnelle. Elle est mi-suédoise mi-américaine et elle faisait partie d'une équipe nationale aux jeux Olympiques, je ne me rappelle plus laquelle. Son mari, Matt, gère Muncaster, le domaine voisin. C'est entre ici et Abbottswood. J'imagine donc qu'ils connaissaient très bien Ned.

— Je vois.

— Ned était très charismatique et Helena aussi agréable que jolie. Donc, s'il s'y est intéressé… Elle est beaucoup plus jeune que lui, bien sûr. Elle ne doit pas avoir plus de 45 ans. Mais, comme nous le savons, l'âge n'était pas une barrière pour Ned. Matt est un tireur moyen. Il doit être quelque part avec les ramasseurs.

Par le plus grand des hasards, j'ai entendu le prince Philip dire qu'il se sentait obligé de les inviter parce qu'il leur avait piqué leur comptable. Je pense que c'est ce type-là, vous le voyez ? Tout au bout de la rangée, avec le casque antibruit jaune vif. Mon Dieu, on pourrait le voir depuis l'espace ! Le prince Philip le surnomme le compteur de haricots.

— Pourquoi cela ?

— Je pensais qu'il était comptable, mais il est plus ou moins responsable de tout ce qui touche à la production en agriculture biologique, en fait. Comme vous pouvez l'imaginer, le prince de Galles adore ça. Il a besoin de prouver à quel point les récoltes en bio produisent autant que les autres, ou quelque chose dans le genre. D'où…

— J'imagine qu'il ne compte pas les haricots un à un.

— Plutôt à la tonne, je suppose. Et le cassis aussi. Saviez-vous qu'il approvisionne la marque Ribena ? Je suis étonnée qu'il soit avec les tireurs aujourd'hui. D'habitude, les employés… Mais je suis sûre que le prince Philip a ses raisons. Oh, regardez, ils sont sur le point de commencer et le duc me fait les gros yeux parce que je suis encore en train de bavarder.

Après avoir adressé à Rozie un sourire pas contrit pour un sou, lady Caroline retourna vers le groupe d'épouses et autres invités, placés assez loin pour pouvoir assister au spectacle en toute sécurité. Rozie remarqua que le compteur de haricots au casque jaune la regardait. C'était un peu agaçant. N'avait-il jamais vu de femme noire de 1 m 80 vêtue de tweed ? Elle le fixa jusqu'à ce qu'il détourne les yeux.

Après le troisième lâcher, Rozie estima avoir eu sa dose de tweed pour la journée. Elle envisageait une longue balade à travers champs pour retourner au château quand un Range Rover s'arrêta à son niveau. La princesse Anne était au volant.

— Ah, c'est bien vous, fit-elle. Parfait, montez !

Rozie dut s'exécuter.

— J'espérais vous voir, poursuivit Anne tout en maintenant le véhicule sur le chemin boueux d'une main ferme. De nouvelles informations du côté de la police ?

— Pas que je sache, répondit Rozie.

— Lady Caroline a mentionné que vous étiez à la recherche d'éventuels meurtriers parmi nous.

— Pas exactement, Madame. Je me suis simplement dit qu'il pourrait être utile de savoir qui connaissait la victime.

— Sait-on ce que Ned était allé faire en ville ?

— Pas encore, Madame.

— Je me demande si ça ne serait pas des histoires de gangsters. Ned traînait avec des types très louches dans les années 1970, des gens qu'on imaginerait facilement lui tendre un piège à Londres. Mais, après tout ce temps, on ne voit pas trop pourquoi.

— En tout cas, le fait que le coupable soit revenu dans le Norfolk est intéressant, répondit Rozie, les yeux rivés sur les marais qui menaient au Wash par-delà les chaumes et les digues. Quelque chose a dû l'attirer ici.

— Le déjeuner ! lança Anne.

Face à elles, une bâtisse trop petite pour être une maison et trop raffinée pour être une dépendance agricole trônait toute seule derrière un océan de blé d'hiver. Plusieurs voitures déversaient déjà leurs occupants sur le chemin. Anne gara énergiquement son Range Rover à côté.

— Vous vous joindrez bien à nous ? demanda-t-elle en sortant de la voiture.

— Je m'apprêtais à rentrer. Je ne pense pas que…

— Ne soyez pas ridicule, insista la princesse. Venez donc, maintenant que vous êtes là.

Elles entrèrent dans la relative chaleur de la bâtisse. Au fond de la salle, une équipe de cuisiniers se tenait au garde-à-vous devant un vaste étalage de viandes froides, tourtes, soupes et saucisses encore crépitantes. Les convives étaient déjà installés autour d'une longue table où avaient été soigneusement disposés des couverts en argent et des verres taillés. Plusieurs personnes interpellèrent Anne, et Rozie se retrouva livrée à elle-même. Henry n'était pas encore là mais elle remarqua Matt Fisher et le comte de Mayfield, assis avec le prince Philip tout au bout de la longue table. Gardant en tête ce que sir Simon lui avait demandé, la jeune femme prit place.

La conversation tournait autour des nouvelles opportunités qui allaient se présenter pour les agriculteurs, à présent qu'ils ne seraient plus « pieds et poings liés par la bureaucratie de Bruxelles ». Bien abreuvé de Bloody Mary et de vin rouge, le comte de Mayfield tenait tribune.

— Bien sûr, si on laissait faire des gens comme Ned St Cyr, pauvre bougre, nous n'aurions plus de fermes du tout. Il n'y aurait plus que des arbres.

— Comment cela ? s'étonna le prince Philip.

— Vous ne saviez pas ? Il voulait que ses terres redeviennent comme au Moyen Âge. Selon moi, il avait perdu la tête. C'est cette nouvelle mode qui veut qu'on laisse tout partir à vau-l'eau, vous savez.

Le comte se tut un instant, le temps de trucider une saucisse d'un furieux coup de fourchette.

— L'idée, c'est de laisser la nature reprendre ses droits, poursuivit-il. Pas de tondeuse, pas d'entretien de la végétation. La campagne ressemble à un gigantesque bazar. Il y a un endroit qui fait ça, pas loin d'ici. Ils utilisent les cerfs pour limiter l'expansion des bois. Vous imaginez ça ?

— Ah, je vois. C'est ce qu'on appelle le réensauvagement. Je connais un peu le sujet. J'étais persuadé que Ned était en train de monter une sorte de zoo, je n'y étais donc pas du tout.

— Pas étonnant que ça s'appelle comme ça ! s'exclama le comte avec dédain. Ces gens-là voudraient que la moitié du pays soit couverte de bois remplis d'animaux sauvages en liberté. Ils sont censés survivre seuls, été comme hiver, sans qu'on les nourrisse, les soigne ou les abrite. Selon ces gens, les bêtes se débrouilleraient pour ne pas mourir de faim. Évidemment, la méthode de régulation naturelle – la méthode médiévale –, ce serait les loups. Honnêtement, ça ne me surprendrait pas du tout si Ned voulait en réintroduire aussi. Et pendant ce temps, la terre se couvre de broussailles.

— Je me suis penché sur le concept du réensauvagement, avoua Philip. Cela peut avoir son intérêt… si c'est pratiqué aux bons endroits.

— Vous ne le pensez pas vraiment ? s'exclama le comte, stupéfait.

— Ces « broussailles », comme vous les appelez, à savoir des prunelliers et des églantiers, constituent un paradis pour animaux sauvages. Quelques résultats extraordinaires ont été obtenus aux Pays-Bas. Certaines espèces au bord de l'extinction commencent à revenir.

— Le Norfolk est le grenier de l'Angleterre, au nom du ciel ! On ne peut pas nourrir la nation avec des prunelles et des papillons.

— On ne peut pas non plus nourrir la nation sans pollinisateurs, rétorqua Philip. Et ils pullulent dans ce genre d'endroits. C'est fascinant.

— Ah ! On croirait entendre votre fils, Monsieur, dit le comte en souriant.

Philip le regarda froidement.

— Nous avons sûrement plus en commun que vous ne le pensez.

Le visage déjà coloré du comte devint écarlate.

— Sans aucun doute, marmonna-t-il, abandonnant le sujet.

La conversation revint au Brexit. Et Rozie, qui en entendait déjà bien assez parler dans le cadre de ses fonctions, préféra s'effacer discrètement.

Les courses venaient de finir sur Channel 4 quand les tireurs rentrèrent, le teint frais, fatigués mais joyeux, impatients de prendre un bain et un bon thé bien chaud. Philip trouva la reine dans le petit salon, en train d'apaiser ses maux de gorge avec une infusion au miel après un agréable après-midi passé à crier devant la télévision en compagnie d'autres passionnés de courses hippiques. Maintenant qu'il s'était plaint de la bruyante bataille de pistolets factices qui faisait rage dans les couloirs (ce que la reine trouvait plutôt injuste de la part de quelqu'un rentrant tout juste de la chasse), il avait très envie de lui raconter sa journée.

— Le quatrième lâcher a fini de façon extraordinaire. Cassidy, le nouveau compteur de haricots, est complètement nul. Il a tiré pour Oxford, raison pour laquelle j'ai accepté qu'il soit des nôtres aujourd'hui. J'espérais une belle performance. Figurez-vous qu'il n'a touché qu'un oiseau sur quatre, et a failli descendre Helena Fisher, qui était à côté de lui !

— Comment ça ?

— Un coup de feu involontaire d'une idiotie absolue. Cet imbécile a oublié de vérifier si les deux coups avaient été tirés avant de se tourner pour décharger son arme.

— Il n'y a pas eu de blessés ?

— Non. Mais ce n'est pas grâce à Cassidy, croyez-moi. Vous auriez dû entendre le savon que lui a passé Helena Fisher. Tout le lexique de la marine royale y est passé ! Impressionnant. Mais ce n'est pas le plus intéressant. J'ai découvert ce que Ned boutiquait. Il s'était donné pour mission de gérer ses terres grâce aux animaux sauvages. On appelle cela le réensauvagement. J'avais justement commencé à faire quelques recherches sur le sujet.

— Le réensauvagement ?

— À en croire le gardien en chef, on n'a parlé que de ça dans le coin tout cet été, révéla Philip avant d'en résumer le principe.

— Je vois.

— Helena Fisher m'a éclairé sur les détails qui me manquaient. Vu sa nature, Ned s'y était évidemment jeté à corps perdu. Au lieu de prendre le temps de planifier son projet comme toute personne raisonnable, il a fait venir des camions entiers d'animaux. Des castors, des sangliers... les cerfs que nous avons vus... Comme tout le monde l'avait prédit, il ne leur a fallu que quelques minutes pour franchir ses clôtures et pourrir la vie de ses voisins. Les castors ont envahi la moitié des champs de betteraves de

Matt Fisher à Muncaster. Et il y a même eu un incident avec les sangliers ! Ils ont retourné toute la pelouse autour de la maison. Ils en ont fait un paysage digne de la Somme en pleine guerre des tranchées, alors que Fisher devait y célébrer le dix-huitième anniversaire de sa fille deux jours plus tard. Il criait sur tous les toits qu'il allait tuer Ned.

— Je suis certaine qu'il ne le pensait pas.

— Vraiment ?

— Personne n'irait tuer son voisin à cause de quelques animaux sauvages, Philip.

— Comment ça ? Montrez-moi un homme dont les cultures ont été transformées en champ de mines par des castors hyperactifs, et je vous montrerai un assassin en puissance.

— En théorie, convint Sa Majesté. Mais il n'irait pas jusqu'au bout.

— Le problème avec vous, Lilibet, c'est que vous pardonnez trop facilement. Vous surestimez l'humain.

— La force de l'humain est précisément ce qui me donne encore envie d'y croire.

— Mais il n'y avait pas que Matt, cela dit. Beaucoup de monde en avait après lui. Les agriculteurs n'ont aucune envie que les terres arables deviennent des forêts.

— On ne tue pas non plus les gens parce qu'ils veulent faire pousser des arbres.

— Vous croyez ça ? En Amazonie, on les tue par dizaines parce qu'ils essaient d'empêcher qu'on en abatte. Tous les jours. C'est une honte internationale.

Comment étaient-ils passés d'Abbottswood à l'Amazonie ? La reine se le demandait. Quand son mari était dans ce genre d'humeur, les conversations avec lui pouvaient être éreintantes.

— Remarquez, ce n'est sûrement pas un agriculteur qui a fait le coup, reprit Philip. Un fermier n'aurait pas manqué de moyens de se débarrasser de tous les morceaux. Les porcs, par exemple. Ou le fumier. Ou la fosse à purin. Il n'aurait pas eu besoin de jeter de sac plastique dans le Wash.

— Philip ! Pourrions-nous parler d'autre chose ? Surtout juste avant le dîner. Ned était un enfant tellement charmant.

— Certainement pas. C'était un vrai petit salopard. Mais, en tout cas, ça ne peut pas être Fisher parce qu'il était à la Barbade depuis début décembre. Il n'en est revenu que la veille de notre arrivée, et c'était après la tempête. À moins qu'il n'ait commandité un meurtre pendant son absence, que ses sbires aient rapporté la main pour prouver qu'ils avaient fait le travail puis qu'ils l'aient perdue d'une façon ou d'une autre.

— Philip ! Je suis sérieuse !

Un page les interrompit pour informer Sa Majesté que sa secrétaire particulière adjointe était au bout du fil. La souveraine se déplaça jusqu'au vieil appareil et décrocha le combiné.

— Oui ? Que se passe-t-il ?

Un long silence se fit dans la pièce tandis que l'interlocutrice de la reine parlait.

— Ah ! Ç'a été rapide. Ils en sont sûrs ? Merci, Rozie.

La reine raccrocha, l'air à la fois triste et perplexe.

— Des nouvelles du commissaire divisionnaire ? demanda Philip.

— Ils ont arrêté quelqu'un. Un certain Jack Lions. C'est un des fils de Ned. Un de son deuxième mariage, celui avec la nurse. Rozie aura plus de détails demain matin. L'interrogatoire est sur le point d'avoir lieu.

— Donc ils l'ont eu ! s'exclama Philip, l'air vaguement triomphant, comme si leurs échanges précédents n'avaient jamais eu lieu. Vous voyez ? Je vous l'avais dit. C'est toujours la famille.

CHAPITRE 8

L'arrestation avait été aussi soudaine que violente.

Comme tous les matins, les journaux avaient été livrés à Sandringham puis laissés à la disposition de tous dans le salon. Plusieurs commentaient l'arrestation qui avait eu lieu dans la banlieue ouest de Londres, avec de vieux clichés d'un chevelu mal rasé à l'air revêche. Et quelle surprise ! Celui-ci était un membre de la famille St Cyr en chair et en os. Grand et dégingandé, blond vénitien. Il apparaissait soit en vêtements sales et gros croquenots, en train de défiler contre le dérèglement climatique, soit posant avec une pelle dans un jardin ouvrier, comme s'il venait juste de finir de planter des tomates ou d'enterrer quelque chose de dégoûtant.

— Pauvre vieux, lâcha Philip, qui brandissait le *Telegraph* tout en concluant son petit déjeuner d'un café. Je parle de Ned, bien sûr. Georgina doit se retourner dans sa tombe.

— Est-il formellement inculpé ? demanda Anne.

— Pas encore, répondit son père en agitant une nouvelle fois le journal. Mais à en croire le prétendu ami qui l'a dénoncé, Lions avait déjà l'art et la manière de s'attirer des ennuis quand il était encore à l'école. Il a été renvoyé pour consommation de cannabis. Après ça, il s'est acoquiné avec une bande de marginaux et d'activistes écologiques. Il n'a jamais pu garder un emploi plus de quelques semaines. À moins de considérer les leçons de percussions qu'il donnait dans les festivals comme un vrai travail, ce à quoi je ne saurais me résoudre...

— Pourquoi a-t-il fait cela ? s'enquit la reine.

— D'après l'article, c'était un déséquilibré. Ils pensent à une crise psychotique.

— Ces crises ne surviennent-elles pas de façon inopinée ? Je croyais que Ned avait été invité à un rendez-vous. Ça semble plutôt bien organisé.

— Qui sait ? Peut-être le garçon a-t-il perdu son calme. S'il était sous l'effet de la drogue, il était peut-être capable de n'importe quoi.

— Mmm.

— En tout cas, l'affaire est résolue et classée, poursuivit Philip. Je suis bien content que Bloomfield ait réglé ça vite fait. Bravo à lui.

Ils passèrent encore plusieurs minutes à discuter de ce qui avait bien pu mener le jeune homme à commettre un acte d'une telle violence contre son propre père. Et voilà que ça recommençait : elle n'entendait parler que du meurtre, et ce, à peine levée. Sa Majesté dut taper du poing sur la table pour faire cesser l'ambiance macabre. Mais elle n'ignorait pas que cette conversation repartirait de plus belle dès qu'elle aurait quitté la pièce pour se traîner en toussant vers la relative tranquillité de son bureau avec vue sur le jardin.

Après deux jours de repos – le maximum qu'elle se soit jamais accordé –, elle se remit à son métier de reine. Par chance, sa pile de documents à traiter était mince, car la plupart des membres du gouvernement étaient encore en vacances. Cette tâche terminée, elle se préparait à se pencher sur deux articles qu'elle n'avait pas eu le temps de lire dans le *Racing Post* quand Rozie arriva. Après s'être frayé un chemin entre les divers points de ravitaillement des chiens, la secrétaire particulière adjointe s'arrêta devant le bureau.

— Le commissaire divisionnaire vient de rappeler, à l'instant. Il a proposé de vous informer personnellement de l'évolution de l'arrestation de Lions. Il sera dans les environs dans deux heures, et il peut donc passer si vous le souhaitez.

La reine fit la moue.

— Oh, si je le souhaite, c'est ça ? N'a-t-il pas déjà assez vu Sandringham, ces derniers temps ? Je dois pouvoir lui épargner une seconde visite.

— Bien, Madame, acquiesça Rozie en hochant la tête. Je vais lui demander de...

— Attendez, l'interrompit la reine.

Elle trouvait toujours ahurissant qu'un petit-fils de Georgina ait pu tuer le seul enfant de cette dernière. Non seulement cela la peinait beaucoup, mais elle avait aussi envie de comprendre.

— Laissez-le donc venir. J'aimerais bien échanger quelques mots avec lui.

— Certainement.

— Oh, et Rozie... Expliquez-lui où il doit se garer, cette fois.

Sa Majesté accueillit Bloomfield dans la grande bibliothèque, qui donnait sur l'étang. La pièce n'avait plus rien de la piste de bowling qu'elle avait jadis été – son arrière-grand-père savait s'amuser. La reine devait bien admettre qu'elle regrettait cette époque car les ouvrages sagement disposés sur leurs rayonnages avaient surtout été choisis pour la beauté de leur tranche dorée, et elle n'en avait pratiquement lu aucun.

— Une affreuse histoire, Madame...

Cette fois, le commissaire divisionnaire était en uniforme. Assis sur le bord de sa chaise, il semblait aussi lugubre que d'habitude.

— Mais nous commençons à en voir le bout. Lions est notre coupable. Il est évident qu'il a envie de parler, mais il s'obstine.

— Vous l'avez inculpé pour le meurtre de son père ?

— Pas encore, Madame. Nous y travaillons. Donnez vingt-quatre heures à mon équipe et je pense que nous serons prêts. Tout cela est bien triste. Je ne pense pas qu'il voulait vraiment faire ça. Maintenant, il va le payer jusqu'à la fin de ses jours.

— Je vois qu'il avait changé de nom.

— Oui, c'est déjà un indice. Son nom était Orlando George Ellington Longbourn St Cyr mais il l'a fait changer pour Jack Lions par acte officiel il y a dix ans. Le nom de jeune fille de sa mère. C'était une façon de prendre ses distances avec son père. Bien sûr, Edward St Cyr avait lui-même fait quelque chose de similaire, d'une certaine façon.

— En effet, confirma la reine.

— En tout cas, Lions ne voulait plus rien avoir à faire avec les St Cyr en général. Quand ses camarades de lycée sont partis à l'université, lui s'est installé dans un squat. Ce qu'il faut savoir, c'est que sa mère était devenue dépendante aux médicaments. Il y a quelque mois, Jack a écrit à son père pour lui exprimer sa colère quant à son refus d'aider la pauvre femme pour sa dernière cure de désintoxication. Dans ce courrier, il lui rappelait qu'il siégeait au conseil de trois organisations caritatives consacrées aux addictions. St Cyr lui a répondu que s'il avait besoin d'argent, il pourrait lui donner un travail dans son projet de réensauvagement.

— Et il l'a fait ?

— Après ça, ils se sont parlé au téléphone. Je pense que Lions ne tenait pas particulièrement à laisser de traces. Vous demandez de l'amour à un père et il vous propose un travail rémunéré au salaire minimum.

— Comment avez-vous fait pour le trouver ?

— Il a toujours été dans notre collimateur. Pour un homme né avec la proverbiale cuillère en argent dans la bouche, il a un beau casier judiciaire. Conduite de véhicule à l'insu du propriétaire, possession de stupéfiants, rixes... Il a commencé comme saboteur de chasse, mais maintenant il est proche d'une frange extrême de militants pour les droits des animaux. Mais ce qui a tout déclenché, c'est le rendez-vous RIP dans l'agenda.

— Tiens ?

— C'est là qu'il nous faut remercier les miracles de la technologie moderne, dit fièrement Bloomfield. Les images des caméras de reconnaissance de plaques minéralogiques nous ont révélé que, le 15, une camionnette appartenant à un proche associé de Lions était garée devant un immeuble de Rich Indie Productions à Soho. RIP. Vous me suivez, Madame ?

Avec tous les sigles qui faisaient partie de son quotidien, Sa Majesté n'avait aucun mal à en repérer un de trois lettres.

— Oui, commissaire. Je vous suis.

Bloomfield remarqua le soupçon d'agacement dans sa voix.

— Bien sûr. Quoi qu'il en soit, le propriétaire de la camionnette, un certain Simon Lefevre, a déjà fait deux ans de prison pour divers délits impliquant des armes à feu. Le lendemain, le véhicule a de nouveau été filmé, en train de se diriger vers l'ouest sur l'A4. Et qui était sur le siège passager ? Lions.

— Je vois.

— C'est pourquoi nous avons dû faire en sorte que l'arrestation se déroule en toute sécurité. Nous ne pouvions pas être sûrs que Lions n'était pas armé. Nous aurions voulu arrêter Lefevre aussi mais il a disparu en même temps que la camionnette. Nous ne tarderons pas à le retrouver.

La reine reconnaissait que l'équipe qui œuvrait sur cette affaire avait effectué un travail de bureau très diligent. Elle trouvait fascinant que le fait de porter son attention sur d'aussi petits détails que l'immatriculation du véhicule d'un associé (même pas du principal suspect) puisse mener à d'aussi grandes avancées. Dans les séries policières qu'elle regardait à la télévision, la résolution dépendait souvent de déductions aussi remarquables que fulgurantes. Mais dans les articles qu'elle lisait dans la presse, il était plus souvent question de quantités astronomiques de données patiemment filtrées par des héros ordinaires derrière leurs bureaux. En revanche, elle n'estimait pas que « garé devant » ou « en train de se diriger vers l'ouest » constituent des indices très probants.

— Mr Lions a-t-il avoué quoi que ce soit ? demanda-t-elle.

— Pas encore. Mais son alibi s'est effondré très vite. Il prétendait être resté à la maison toute la journée avec sa compagne et leur bébé. L'historique de ses appels avait tendance à le confirmer mais, hélas pour lui, sa belle-mère a publié sur Facebook des tas de photos d'elle avec sa fille et sa petite-fille dans un pub de Nottingham. C'est le problème des parents sur les réseaux sociaux. On ne peut pas leur faire confiance. Je crois que ce n'est plus qu'une question de temps avant que nous obtenions des aveux complets. Lions a besoin de parler, ça se sent. Vous savez, j'ai presque de la peine pour ce garçon. Nouvelle compagne, petit bébé…

— Et vous pensez qu'il a agi dans un soudain accès de rage ?

— Je ne pense pas qu'il avait des intentions violentes. Mais quelque chose a dû basculer et il a perdu le contrôle. Avec un couteau sur soi, on a vite fait de faire quelque chose qu'on va regretter. Ça arrive tout le temps.

Puis il a, bien sûr, eu la présence d'esprit de s'assurer que son historique d'appels ne le trahisse pas, se dit la reine. *Et, pour une raison indéterminée, il a rapporté le corps dans le Norfolk et l'a mutilé. Son propre père…*

— Je vois, dit-elle tristement, n'en pensant pas moins.

— La drogue, déclara Bloomfield d'un ton aussi sombre que catégorique. Il s'inquiétait pour sa mère mais il était dans le déni quant à sa propre addiction. Il était presque certainement sous influence quand il a agi. J'ai vu ça tellement souvent. J'aimerais pouvoir vous dire qu'il va être aidé en prison, mais malheureusement ce ne sera pas le cas. Restrictions budgétaires. Mais ça, c'est de la politique, Madame. Ça regarde la secrétaire d'État à l'Intérieur, pas moi. Quoi qu'il en soit, je ne voudrais pas vous retenir.

Quand le commissaire divisionnaire fut parti, Sa Majesté se dit que la police devait voir un nombre considérable d'horreurs au quotidien pour que Bloomfield en arrive tout naturellement à supposer que Lions avait pu mutiler ainsi son propre père. Elle ne pouvait pas le concevoir. Absolument pas. Et elle avait tout autant de mal à se réjouir qu'ils tiennent leur homme. Elle ne pouvait pas s'empêcher de penser à la jeune maman et à son enfant, surtout en cette période qui célébrait justement l'arrivée d'un nouveau-né. Tout ce que la reine voyait, c'était une vie gâchée et un père absent. Cela n'avait rien de joyeux.

CHAPITRE 9

Avec le va-et-vient des invités, la semaine entre Noël et le Jour de l'an fut bien remplie pour Mrs Maddox. Certains partaient rendre visite à d'autres parents tandis que de nouveaux prenaient leur place. Philip se remettait bien. Il passait beaucoup de temps enfermé dans sa bibliothèque personnelle, à discuter de l'avenir de Sandringham avec le régisseur, le nouveau comptable et Charles, qui serait bientôt responsable du domaine. Leurs conversations étaient souvent ponctuées d'un peu de drame et de théâtralité, car on entendait le ton monter et les poings cogner sur la table. La reine savait que Charles trouvait cela épuisant mais que son père en raffolait.

Rozie se regardait dans le miroir de la petite armoire de Henry Marshal-Ward. Sa robe bleu uni venait de chez Fold, une boutique de luxe où sa sœur faisait parfois ses emplettes pour les occasions spéciales. C'était une robe à col montant, sobrement coupée et descendant jusqu'aux mollets, qu'elle portait avec de simples ballerines. Sa jupe crayon et ses talons vertigineux habituels lui manquaient déjà. Cela dit, cette tenue présentait l'avantage d'être rapide à enfiler et, à Sandringham, il fallait savoir se changer très vite.

— De quoi j'ai l'air ? demanda-t-elle.

Occupé à boutonner sa veste d'uniforme très sexy, Henry releva la tête pour jeter un rapide coup d'œil.

— D'une bonne sœur de luxe.

— C'est censé être un compliment ? soupira Rozie.

Aujourd'hui encore, il lui fallait s'adapter aux relations hiérarchiques propres à Sandringham. En temps normal, la barrière entre les employés de haut rang et leurs patrons de la famille royale était nettement définie. Si, au début, ce système désuet avait mis Rozie un peu mal à l'aise, au moins tout était simple et clair. Mais il y avait parfois des jours comme celui-ci… Les visiteurs invités à prendre un verre étant trop nombreux pour que la famille puisse converser avec tous, l'équipage était requis sur le pont. Rozie et Henry avaient donc pour mission de bavarder avec les gens pour qu'ils ne se sentent pas délaissés. Cela faisait des mois que la jeune femme n'avait pas été aussi tendue.

— Tu n'as qu'à prendre une voix aiguë et demander : « Et que faites-vous dans la vie ? », suggéra Henry avec un petit sourire narquois. Dis-leur : « Je viens juste de me taper l'écuyer de Sa Majesté, il est hyper bon au lit. »

Rozie lui jeta un regard noir.

— C'est une tradition de Sandringham, protesta-t-il.

— Quoi ? De se taper les écuyers ?

— De se taper les personnes auxquelles on ne peut pas résister. À ton avis, à quoi servent toutes ces maisonnettes destinées à l'accueil des invités sur le domaine ?

— Pour les invités qui pratiquent la chasse ?

— Pour les maîtresses. Celles qui savent chasser sont les plus recherchées.

— Je me demande ce qu'ils disent de moi. Là où je

suis logée, je veux dire. On ne m'y voit jamais pour le petit déjeuner.

— Si j'étais toi, ça ne m'inquiéterait pas plus que ça. Ce qui se passe à Sandringham reste à Sandringham. Tu es prête ?

Rozie se demanda ce que penserait sa mère si elle la voyait au milieu de la famille royale, et même au bras d'un officier de la garde de la reine. Son grand-père lavait des corps à la morgue de Peckham, ce qui avait permis à sa fille d'obtenir un diplôme d'infirmière avant de devenir une travailleuse sociale respectée. Rozie, quant à elle, avait déjà eu l'occasion de refuser la demande en mariage d'un vicomte. Il était incroyablement ivre, certes. Et il n'arrêtait pas de lui répéter combien elle ressemblait à Grace Jones. Venant de certaines personnes ç'aurait pu être flatteur mais, en l'occurrence, c'était surtout très raciste. Et aujourd'hui, peut-être allait-elle boire un sherry avec un meurtrier. Sir Simon avait raison. À ce poste, on ne savait jamais à quoi s'attendre.

La reine appréhendait un peu l'apéritif, d'autant qu'elle n'était pas tout à fait remise. C'était une occasion de voir des amis et des voisins, mais il était difficile de trouver les bons mots avec quelqu'un qui avait récemment perdu son épouse et dont la main coupée d'un proche parent s'étalait dans tous les journaux télévisés. La reine tenait sincèrement à témoigner son soutien à lord Mundy. D'un autre côté, plus douée pour les actes que pour les paroles, elle ne savait pas trop comment l'exprimer.

Pour son plus grand mérite, c'était Charles qui était à l'origine de cette soirée – il avait même renoncé à

Hogmanay, le Nouvel An traditionnel en Écosse. Lui aussi avait été un grand admirateur de Lee.

— Êtes-vous sûre que vous allez pouvoir, maman ?

— Bien sûr, répondit-elle, stoïque.

Elle se demandait si le baron viendrait. Cela s'annonçait mal, car la réception commença sans lui. Sa femme, Lee, avait toujours été la plus sociable des deux. Il était possible que Hugh ait décidé de rester chez lui auprès de ses moutons adorés. Puis, soudain, elle l'aperçut à l'autre bout du salon se dirigeant vers elle, accompagné de ses deux enfants quadragénaires et d'un homme approximativement du même âge qu'elle ne connaissait pas.

Même si Rozie l'avait avertie que Hugh lui avait semblé fragile quand elle lui avait téléphoné avant Noël, la reine fut choquée en le voyant. Le chagrin semblait l'avoir vidé de toute substance. Son fils Vincent, qui était de même stature, paraissait à présent bien plus grand que lui. Doté du nez proéminent et du pénétrant regard bleu de tous les St Cyr, il paraissait en pleine forme. Il faisait machinalement tourner sa chevalière autour de son petit doigt. S'apercevant que la reine le regardait faire, il mit ses mains derrière son dos.

— C'est très aimable à vous de nous avoir invités, Votre Majesté, dit Flora, sa sœur, tout en se courbant avec naturel avant de se redresser pour écarter une mèche de cheveux de ses yeux. Nous avons failli ne jamais arriver. Je ne sais pas à quoi pensait le GPS mais il nous a guidés pratiquement jusque dans le Lincolnshire. N'est-ce pas tout à fait horrible, ce qui est arrivé à l'oncle Ned ? Et que maman nous ait quittés. Noël était un vrai cauchemar !

La jeune femme se tut le temps d'un sourire piteux avant d'enchaîner.

— Et vous, comment allez-vous ?

Quelque chose dans ses yeux trop brillants permettait d'entrevoir la douleur cachée derrière sa gaieté forcée. Elle était néanmoins pleine de vigueur, tout comme l'était sa mère. D'ailleurs, avec ses sourcils épais, ses joues roses, son sourire avenant et sa chevelure brune désordonnée qui commençait à grisonner, elle lui ressemblait beaucoup. Sa Majesté lui assura qu'elle allait très bien, merci, ce qui était un mensonge – et en même temps la seule réponse possible en de telles circonstances. Philip n'arrêtait pas de râler en disant qu'il avait l'impression d'être mort, ce qui était plus honnête mais aurait été malvenu ici.

— Puis-je vous présenter Roland Peng ? intervint Vincent.

Aussitôt, l'homme séduisant et très élégant qui se tenait à côté de lui s'inclina et murmura « Votre Majesté ». Il semblait poli et aucunement intimidé. On pouvait donc compter sur une agréable compagnie.

— Roland est chez nous pour le week-end, expliqua Flora.

— C'est mon associé, clarifia Vincent.

— Encore un horticulteur, précisa sa sœur, tout sourire. Comme maman.

La reine se tourna vers l'homme en question.

— Ah, vraiment ? Et que faites-vous précisément ?

— Je fais pousser des plantes sans terre ni soleil, expliqua Mr Peng avec un sourire et un sourcil levé, comme s'il anticipait la surprise. Du moins, j'investis dans des entreprises qui le font.

— Ah, la culture hydroponique ! retentit la voix de

Charles, tandis que sa mère se retournait pour le voir arriver d'un bon pas. Comme c'est fascinant. Où faites-vous cela ? Je crois savoir qu'on fait pousser de la salade dans le désert, maintenant. Ça marche vraiment ?

— À vrai dire, oui, répondit Peng, encore plus souriant, ravi d'avoir trouvé un autre amoureux des plantes. Nous avons des sites dans le Nevada et en Californie. Pour l'instant, tout se passe bien.

— Et vous régissez tout ça depuis le Norfolk ?

— Non, depuis Londres et Singapour. J'y ai de la famille.

Peng se tourna vers la reine.

— Mon grand-père partage une passion avec vous, Madame.

— Tiens ? Je suppose qu'il ne s'agit pas de salade dans le désert.

— Pas du tout, en effet. C'est juste un colombophile. Je sais que vous avez un pigeonnier. Mon grand-père a acheté un de vos oiseaux stars aux enchères. China Blue.

— Vraiment ? C'est incroyable. Je me rappelle bien China Blue. Comment va-t-elle ?

— Très bien. Mon grand-père élève des champions grâce à elle.

Sa Majesté s'en souvenait très bien. Sa carrière avait été exemplaire, bien sûr, mais personne ne s'était attendu à ce qu'elle parte pour une somme à six chiffres aux enchères. La valeur des pigeons était en train d'atteindre des sommets inédits. Le grand-père de Peng avait des passe-temps coûteux. Cela expliquait peut-être que son petit-fils semble si à l'aise à Sandringham. Ils discutèrent un moment, mais Roland avait assez de tact pour comprendre que c'était à Hugh que la reine avait vraiment envie de parler. Il présenta ses excuses et embarqua Vincent vers un autre groupe d'invités. Sa Majesté vit Rozie engager la conversation avec eux le plus naturellement du monde et se dit avec satisfaction que la jeune femme apprenait très vite.

Jusque-là silencieux, lord Mundy vint doucement se placer à côté de sa fille.

— La disparition de Lee m'a beaucoup attristée, murmura la reine, concentrant toute son attention sur lui à présent qu'elle avait enfin l'occasion de le lui dire en personne. J'aurais aimé pouvoir être à la cérémonie. Cela a dû être très émouvant.

Les yeux du baron devinrent brillants de larmes.

— Effectivement. Nous avons mis toutes les fleurs du jardin dans l'église. Jusqu'à la dernière. Nous avons même eu du mal à les faire entrer. N'est-ce pas, Flora ?

— En effet, confirma-t-elle.

Sa brièveté était assez éloquente. La reine avait de la peine pour elle.

— Comme ce doit être difficile pour vous tous.

— Il y a tout de même eu quelques points plus positifs, nuança Hugh. Ned est venu aux funérailles, ce qui représentait un gros effort pour lui. C'était la première fois qu'il nous revoyait tous, après un quart de siècle. La première fois qu'il me parlait depuis encore plus longtemps. Mais il avait déjà repris contact quand Lee était au plus mal.

— Ah bon ? intervint Philip. Voilà qui ne lui ressemble guère.

— Je pense qu'il s'était adouci avec l'âge. Et il prenait de plus en plus conscience de sa propre finitude. Il commençait à redouter de ne pas être le bienvenu dans le caveau familial. Je lui ai assuré qu'il l'était, bien sûr. Le passé est le passé. Je me suis peut-être montré moins ouvert sur le plan financier, quand il m'a demandé de l'aide pour son projet de réensauvagement. Mais je ne pouvais tout simplement pas.

— Grands dieux, non ! intervint Flora. Le manoir est un vrai gouffre. Nous consacrons tout à l'empêcher de tomber en ruine. À essayer, en tout cas. Heureusement qu'il y a les jardins. En été, les visiteurs représentent la majorité de nos revenus. Mais nous allons devoir céder, nous aussi, et leur ouvrir l'intérieur dès la saison prochaine. J'y travaille. Tout doit être conforme aux règles d'hygiène et de sécurité et peint en vert brillant. Il y aura même un petit salon de thé qui vendra des pâtisseries.

Elle fit une grimace de désespoir humoristique.

— Je vois, fit la reine en pensant à son propre espace ouvert aux visiteurs, au bout de l'allée. Nous connaissons très bien le sujet.

Le temps d'un embarras très éphémère, les yeux de Flora s'écarquillèrent.

— Bien sûr, Madame. Il faudra que nous venions vous demander conseil. Vous faites cela si magnifiquement.

— Flora accomplit un travail fantastique, intervint Hugh. En fait, Lee et moi pensions lui laisser Ladybridge le moment venu.

— Ned a été horrifié, révéla Flora. On aurait pourtant pu penser qu'il serait le premier à approuver. Si sa mère avait eu le droit d'hériter, c'est lui qui aurait le domaine aujourd'hui. Cela lui aurait peut-être évité de s'égarer.

— C'est plus ou moins ce que nous nous disions.

— Il paraît qu'il était affreux avec ses enfants, d'une négligence extrême. Mais quand même… de là à lui faire ce qu'a fait cet homme ! Son propre fils ! Pouvez-vous imaginer ?!

Non. Sa Majesté n'imaginait pas.

— Je n'arrête pas d'y penser, continua Flora. Il devait être drogué ou quelque chose comme ça. Nous aussi nous sommes parents... C'est vraiment terrifiant. On ne peut pas s'empêcher de se demander si ce genre de choses est génétique... On n'y peut rien. Nous avons vu Ned juste avant sa disparition, il semblait avoir encore une bonne vingtaine d'années devant lui.

Elle fixa le couple royal.

— Ou une trentaine, ajouta-t-elle.

— Vous l'avez donc vu récemment ?

— Quelques fois, oui. Nous commencions juste à recoller les morceaux. Excusez-moi l'expression... Pas littéralement, bien sûr. Même si pas mal de monde aurait apprécié qu'il commence, très littéralement pour le coup, à réparer les clôtures de sa propriété. Nous avons déjeuné ensemble la veille de sa disparition. La police a été horriblement suspicieuse. Ils sont venus à deux, ont examiné la salle d'armes du manoir et nous ont posé une tonne de questions. Ils semblent penser que nous avons décroché une hallebarde d'un mur, filé à Londres et...

— Avez-vous entendu parler du récent scandale qui frappe la colombophilie, Madame ?

Absorbée par le récit des dernières heures de Ned, Sa Majesté fut très surprise de se trouver de nouveau face à Roland Peng, qui l'entraîna délicatement mais fermement à l'écart.

— Non, répondit-elle, quelque peu agacée.

Elle savait très bien ce qu'il était en train de faire : il voulait la protéger contre les émotions fortes que pourraient lui causer les paroles de Flora. Elle était évidemment bouleversée mais, en ce moment, elle baignait autant qu'eux dans cette affaire.

Quoi qu'il en soit, il était trop tard. Roland l'avait acculée et lui rapportait une longue et passionnante histoire que lui avait racontée son grand-père à Singapour. Les trafiquants de drogue britanniques s'étaient infiltrés dans le milieu de la colombophilie pour de lamentables raisons de blanchiment d'argent. Roland se demandait si ce phénomène avait déjà contaminé le Norfolk. La reine lui assura que non. Tous les colombophiles qu'elle avait rencontrés en Est-Anglie étaient des gens d'une droiture irréprochable. Quand Sa Majesté eut fini de convaincre son interlocuteur qu'il n'y avait pas lieu de s'inquiéter, Hugh St Cyr était passé au sujet de l'avenir de l'agriculture britannique après la perte des subventions de l'UE.

Dès que la porte d'entrée se fut refermée derrière eux, Charles rejoignit sa mère dans le salon.

— Bon, cela s'est mieux passé que je ne le craignais. Ce pauvre Hugh, par contre... Il avait l'air à l'article de la mort.

Puis, comme inspiré par cette pensée, le prince enchaîna :

— Vous n'êtes pas trop épuisée, maman ?

— Non, je tiens encore à peu près debout, merci, répondit sèchement la reine. Racontez-moi. Qu'est-ce que Flora a dit de la visite de Ned ? J'ai été distraite par la colombophilie.

— Pas grand-chose. Juste qu'ils comptaient probablement parmi les dernières personnes à l'avoir vu vivant. Papa a demandé sans ambages s'ils avaient un alibi pour le lendemain. C'était une plaisanterie… Enfin, je pense. Flora a répondu que son père et elle avaient passé plusieurs heures avec le pasteur. Donc, à moins qu'il ne soit dans le coup… De toute façon, ça n'a pas d'importance, si ? Puisque, grâce au ciel, la police tient le coupable.

La reine opina du chef, mais elle n'en était toujours pas certaine du tout.

CHAPITRE 10

Les doutes de la reine se révélèrent fondés. Le lendemain, en apportant les boîtes dans son bureau, Rozie la trouva en compagnie de son époux. Elle leur annonça à tous les deux que Jack Lions avait été libéré. Peut-être que « garé devant » n'était pas une preuve suffisante pour le garder en détention, en fin de compte. Étant donné le lien de parenté entre le suspect et la victime, Sa Majesté en était soulagée. Même si Bloomfield et son équipe ne pouvaient qu'être déçus, elle considérait cela comme une évolution positive.

Tandis que la famille se préparait à accueillir ses invités dans la salle de bal pour célébrer le Nouvel An, Rozie fit part d'une autre information quelque peu inquiétante.

— Apparemment, Mr Lions a accordé une interview exclusive au *Sunday Recorder*, Madame. Elle doit paraître demain. Ils ont tenu à nous en informer car votre nom y est cité.

— Mon nom ? Pourquoi cela ?

— Ils n'ont pas voulu le dire. Ils nous ont prévenus par simple courtoisie.

— Avez-vous une petite idée de ce dont il pourrait s'agir ?

Rozie venait juste d'avoir une brève mais difficile conversation avec le commissaire divisionnaire, qui venait lui-même d'avoir une brève mais difficile conversation avec les membres de son équipe d'élite. Tous étaient désolés. Il était inacceptable que la reine se retrouve ainsi exposée.

— Il se trouve que Lions avait effectivement un alibi pour le 15, expliqua Rozie.

— Un bon ?

— Euh, oui, Madame. Fourni par un homme de la Met qui travaillait sous couverture avec un groupe de militants des droits des animaux. Il l'a reconnu sur la photo d'un article sur l'arrestation. En fait, le suspect a passé la journée en question dans le nord de Londres, où il participait à une réunion visant à coordonner leurs campagnes contre deux laboratoires médicaux. Le policier infiltré l'y a vu en personne et les caméras de sécurité l'ont confirmé. Lions a tout avoué dès qu'il a été confronté aux preuves.

— Pourquoi ne pas l'avoir dit plus tôt ? demanda le prince Philip, abasourdi. Mieux vaut être accusé de planifier l'attaque d'un laboratoire que d'avoir coupé son propre père en morceaux, non ?

— En effet, Monsieur, répondit Rozie. Ils pensent que Lions a fait exprès de faire durer sa détention. Il paraît qu'il arborait un grand sourire quand il a fini par passer aux aveux. Comme s'il venait de marquer un point.

— C'est-à-dire ? Quel genre de point ?

Rozie secoua la tête.

— Je leur ai posé la question, ils ne savent pas.

La reine fit la moue.

— J'ai ma petite idée.

Elle soupira, espérant que le résultat serait moins désagréable qu'elle ne le craignait.

C'était pire.

L'HOMME MIS EN EXAMEN POUR LE MEURTRE
DE SANDRINGHAM EST INNOCENT

LA POLICE PRÊTE AU PIRE
POUR QUE LA REINE PASSE UN BON NOËL

JACK LIONS - ARRÊTÉ POUR ÉPARGNER
LA RÉPUTATION DE SA MAJESTÉ -
TOUS LES DÉTAILS À L'INTÉRIEUR

Le matin venu, personne n'osait lire le *Recorder* de façon trop ostentatoire, mais tout le monde l'avait dévoré en cachette.

— Quel salaud ! s'exclama Philip, premier à s'exprimer à haute voix. Non mais quel salaud !

— Cela n'avait rien à voir avec vous ! s'indigna Sophie de Wessex, vexée pour la reine.

— Ces photos de Bloomfield arrivant à Sandringham la veille de Noël..., fit laconiquement remarquer Anne. Pas terrible, tout ça.

— Ils adorent donner l'impression que c'est nous qui avons tout orchestré ! explosa Philip. Ou que la police est à notre botte, toujours prête à voler au secours de notre réputation, comme si nous vivions dans une dictature de pacotille. Alors que tout ce que nous faisons, c'est couper les rubans d'inauguration de leurs fichus commissariats et leur remettre des médailles quand ils sauvent des vies. Salauds de scribouillards !

Après une matinée aux prises avec sa fin de rhume et la fatigue de la soirée de la veille, la reine fut la dernière à voir le journal. À 90 ans, son corps lui rappelait de temps en temps qu'il fallait prendre soin de lui.

Le journal n'arrangea rien. L'interview de Jack Lions s'étalait sur les pages 4, 5 et 6, illustrée par plusieurs photos de Sandringham : une où on la voyait à une fenêtre, avec l'air d'espionner dehors à travers son rideau, alors que le cliché avait été pris en Écosse dix ans plus tôt ; une du commissaire divisionnaire arrivant à Sandringham dans sa Subaru ; et une, plus préoccupante, donnant l'impression qu'on avait mobilisé des dizaines de policiers en armure pour arrêter Mr Lions.

C'était le lendemain de mon premier Noël avec ma petite amie et notre fille de six semaines. L'accouchement s'est horriblement mal passé et Alana est encore convalescente. Nous étions en train d'essayer d'oublier ce traumatisme quand nous avons entendu des coups à la porte. L'instant d'après, la pièce était pleine de policiers qui criaient, et mon bébé hurlait. J'ai été embarqué par des agents particulièrement brutaux qui m'ont poussé dans une camionnette. [...] Ils m'ont jeté dans une cellule alors qu'il était évident qu'ils n'avaient rien contre moi. Ils avaient juste besoin d'un coupable rapidement parce que la main sectionnée de mon père venait d'être retrouvée sur un domaine de chasse de la reine.

Ce n'est pas vrai ! s'insurgea intérieurement Sa Majesté. Mais là n'était pas la question.

```
[...] On ne m'a pas laissé le temps de gérer ma tristesse malgré le choc d'apprendre que mon père avait été enlevé et mutilé. En fait, il m'avait parlé d'un nouveau projet pour sauver la campagne sur lequel nous devions travailler ensemble. Cela faisait des semaines que nous en parlions. Mon père venait de comprendre son devoir envers la planète. Nous avions renoué. Mais là, le grand tournant qui s'amorçait dans ma vie venait d'être réduit à néant et la police n'en a tenu aucun compte. Ils ont essayé de me briser en m'interrogeant pendant des heures pour me faire porter le chapeau. Tout ça pour être bien vus d'une vieille dame dont la famille a assassiné des millions d'animaux au cours des siècles passés. En fait, ils sont venus m'arrêter le jour même où la reine et sa famille abattaient des centaines de faisans dans le ciel de Sandringham...
```

Tout était là. Voilà ce qui expliquait qu'il n'ait pas fourni son alibi plus tôt, qu'il ait préféré attendre et qu'il arbore un tel sourire triomphal à sa libération. Sur l'échelle d'un militant pour les droits des animaux, vandaliser un laboratoire n'était pas aussi juteux que pouvoir s'en prendre à la famille royale. Les quatre paragraphes suivants étaient consacrés aux rois précédents et à leur amour de la chasse. Le tout était illustré par des photos de divers membres de la famille en train de chasser le cerf près de Balmoral, ainsi qu'une d'Édouard VII en train de tirer sur un tigre depuis le dos d'un éléphant. Mr Lions allait devenir un héros dans son milieu.

Dans le salon, tout le monde attendait la réaction de la souveraine, qui préféra ne rien dire mais se renfrogna ostensiblement.

— C'est scandaleux, s'indigna Edward. Comment allons-nous répondre à cela ?

En vérité, tous connaissaient la réponse : ne jamais se plaindre, ne jamais expliquer. Aussi difficile, frustrant ou exaspérant que cela puisse être.

— Et si nous appelions sir Simon ? lança quelqu'un.

— Non, répondit Sa Majesté sans équivoque. Rozie peut s'occuper de ça. Elle connaît son travail.

— Cela ne va pas s'arrêter là, marmonna Edward.

Sa mère était d'accord avec lui. Enrhumée et absorbée par d'autres obligations, elle avait espéré ne pas avoir à se mêler de cette affaire. Mais voilà qu'à cause de la presse elle se retrouvait désormais au cœur du problème, que cela lui plaise ou non.

DEUXIÈME PARTIE

Un curieux accident

CHAPITRE 11

Sir Simon Holcroft se trouvait à Londres, allongé dans son lit, les yeux grands ouverts. Le retour des Highlands avait été long et compliqué. Le secrétaire particulier avait dû laisser son épouse Sarah finir seule leurs vacances dans le charmant cottage mis à leur disposition à Balmoral. La reine avait besoin de lui à Sandringham, c'était évident. Certes, elle ne lui avait rien demandé, mais il voyait bien que tout partait à vau-l'eau quand il n'était pas là. Des morceaux de corps dans les vasières, des interviews dans les journaux, la reine qui n'allait pas à l'église le jour de Noël... Ce séjour hivernal ne se déroulait manifestement pas comme prévu. En ce premier jour de l'année, il était donc impatient de retrouver son bureau pour téléphoner à des gens importants, tout arranger pour la patronne et montrer à Rozie comment il fallait travailler.

Il avait déjà eu une longue conversation téléphonique avec le commissaire divisionnaire du Norfolk, auquel il avait clairement exprimé son mécontentement. Idem avec le rédacteur en chef du *Recorder*. Le palais avait toujours eu des relations délicates avec ce journal. Le tabloïd pouvait s'extasier sur la couleur de la dernière robe de la duchesse de Cambridge et, l'instant d'après, faire un exposé interminable sur les dépenses ou quelque rumeur d'ébats sexuels au sein du personnel.

L'interview de Jack Lions était un véritable coup bas. Surtout avec une photo du commissaire divisionnaire passant en personne à Sandringham la veille de Noël. Quelqu'un aurait dû s'y opposer. Cela donnait l'impression que la police était à la botte du palais, ce qui n'était absolument pas le cas. Même s'il fallait reconnaître que Bloomfield s'était montré très coopératif au téléphone.

Mais, avant tout, sir Simon entendait ajouter son grain de sel au sujet de l'enquête. Il s'était récemment découvert un talent pour dénicher les coupables de méfaits commis à proximité de la reine. Il ne savait pas vraiment d'où il tenait cette compétence. Peut-être l'avait-il acquise naturellement dans la marine ou au ministère des Affaires étrangères. Sa Majesté devait se sentir très vulnérable en ce moment. Il voulait être là pour la protéger. À vrai dire, il était même très étonné qu'elle ne lui ait pas demandé d'écourter ses vacances. Mais il imaginait déjà son soulagement quand il arriverait enfin dans le Norfolk.

Le mardi 2 janvier, un nouvel article parut dans le *Recorder* :

LA REINE A DISPARU

Pour le deuxième dimanche consécutif, Sa Majesté était absente lors des traditionnelles apparitions de la famille royale devant l'église St Mary Magdalene de Sandringham. La monarque n'avait jusqu'alors jamais manqué ces événements. Selon des sources royales, elle souffrirait d'un mauvais rhume. Cependant, à en croire les rumeurs, elle aurait été bouleversée par la mort violente d'un ami de la famille, Ned St Cyr, dont la main sectionnée a été découverte non loin du domaine de Sandringham. Bien qu'inquiets pour sa santé, les habitants des environs restent persuadés que la reine est pleine de peps et « s'en remettra d'une façon ou d'une autre » grâce à son fameux « esprit de Dunkerque ».

— Mais qu'est-ce que c'est que ça, encore ? demanda Philip tout en froissant la page en question en une petite boule compacte qu'il lança dans la cheminée. Quels « habitants des environs » sont censés être inquiets pour vous ? Et qui se permet de vous qualifier de « pleine de peps », au nom du ciel ?!

Sa Majesté était trop agacée pour répondre.

Elle décida de se changer les idées en allant voir les chevaux au haras.

Quand elle se gara devant l'écurie des juments dans son Land Rover préféré, personne ne l'attendait dans la cour pour l'accueillir. Ce qui était plutôt un soulagement. Elle n'avait pas assez d'énergie pour discuter de l'évolution de toutes les juments et tous les poulains avec le responsable. Elle voulait juste dire bonjour à de vieilles amies et leur donner quelques bonbons à la menthe avant de retourner au chaud.

Abandonnant son agent de protection dans la voiture, elle traversa l'étendue de pavés givrés, s'arrêtant un instant devant la sellerie pour reprendre sa respiration, tousser et calmer ses étourdissements. *Maudit rhume !* Un bébé cocker anglais au poil soyeux, noir comme le charbon, levait les yeux vers elle. Il était assis tout seul, attendant son maître. Impressionnée par sa docilité, la reine se pencha pour lui caresser la tête. Par le trou d'une fenêtre brisée de la sellerie, elle entendit alors s'élever une voix féminine qui parlait de parasites. Elle se demanda vaguement s'il était question de la santé des chevaux. Dès qu'il s'agissait d'eux, elle était toujours en demande de connaissances supplémentaires.

— Chut ! répondit une voix masculine. Tu ne peux pas dire ça !

Ce fut le « Chut ! » qui attira l'attention de Sa Majesté. Elle s'arrêta pour mieux écouter.

— Pourquoi pas ? poursuivit la voix féminine, douce et mélodieuse mais assez puissante pour bien porter. Ils vivent à nos crochets. Nous payons pour eux et, comme ça, ils peuvent vivre dans leurs demeures de luxe et faire participer leurs chevaux à des courses. Et posséder toutes les conneries qu'ils veulent. Et nous, on les laisse faire. Ça me rend dingue.

Oh ! Ce genre de parasites-là... Sérieusement ?!

— Il a quel âge, lui ? Presque 100 ans. Et elle, c'est pas mieux. Ils datent du XIXe siècle.

— Chut ! Arrête ! Ce n'est pas vrai !

Non, ce n'est pas vrai, pensa la reine, contrariée. *Nous sommes incontestablement du XXe siècle.* Elle en avait vécu les trois quarts avant d'entrer tranquillement dans le nouveau millénaire plus de quinze ans plus tôt. Les jeunes avaient vraiment besoin de leçons d'histoire.

— Mais si, c'est vrai, poursuivit la fille. Je parie que je pourrais gérer ce domaine aussi bien qu'elle.

Voilà qui m'étonnerait beaucoup, se dit la reine.

— Mieux, même. Parce qu'au moins, je ne détruirais pas la moitié des oiseaux sauvages, continua la voix féminine.

— Tu racontes n'importe quoi, dit le garçon.

— C'est toi qui racontes n'importe quoi ! Ce que tu vois, c'est tout ce qui brille et ton bon petit boulot. Mais réfléchis bien. Ils ont gagné à la loterie à leur naissance. Et nous, on se prosterne à leurs pieds comme s'ils le méritaient. Juste parce que leurs ancêtres ont tué quelques personnes au Moyen Âge. On donne tout aux riches. Aux influenceurs, aux milliardaires, aux célébrités, à la famille royale, toute la clique… On les laisse tout prendre et, en plus, on les admire pour ça. On leur accorde toute notre attention. C'est comme si on leur disait : « Vous possédez déjà plus que moi, donc vous êtes mieux. Qu'est-ce que je pourrais vous donner d'autre ? »

— Ferme-la, d'accord ? fit la voix masculine, toujours plus tendue.

La reine reconnut celle d'Arthur Raspberry, un garçon du coin engagé comme palefrenier l'été précédent.

— C'est eux qui nous versent nos salaires.

— Pas le mien, non.

— Parce que tu ne travailles pas, tu te souviens ? Celui de nos parents et le mien.

— Juste parce qu'ils possèdent tout. Si ces gens n'étaient pas là, maman et papa travailleraient à leur compte. Et je te garantis que ton père ne serait pas en train d'engraisser des volatiles pour que leurs invités de la haute et eux les abattent pour le plaisir.

— Tu sais bien que tout est mangé.

— Comme si ça changeait quelque chose, ricana la fille. Il n'y a pas que le faisan qui est abattu, il y a les petits qui se font bouffer par les prédateurs. C'est un miracle que quelque chose survive.

— Ils adorent les animaux.

— Oui, en tourte ou sur leurs murs.

— J'espère que je ne vous dérange pas.

La reine avait fait le tour du bâtiment et se trouvait maintenant sur le seuil de la sellerie. Deux jeunes visages blêmes avec les mêmes yeux noisette bordés des mêmes longs cils blonds lui faisaient face, aussi stupéfaits qu'horrifiés.

— Votre chiot est très bien dressé, déclara la reine.

Sachant qu'il est toujours préférable de commencer sur une note polie, c'était la seule idée qui lui était venue à l'esprit.

La fille, qui portait une polaire aux couleurs de l'arc-en-ciel sur un legging du même bleu que ses cheveux, se laissa glisser de la table sur laquelle elle était assise. Une fois par terre, elle cligna des yeux et dit :

— C'est celui de ma tante. Je le garde en ce moment. Il s'appelle Nelson.

— Votre Majesté, lui souffla discrètement Arthur.

— Votre Majesté.

L'expression de la jeune fille disait clairement : « Et vous savez ce que j'en pense. »

— Je suis venue voir Estimate, expliqua la reine. Ne vous inquiétez pas, je connais le chemin.

Arthur pâlit encore un peu plus. Il se tenait bien droit, presque au garde-à-vous.

— Je vais venir avec vous, Madame. Nous étions juste en train de...

— De parler de politique, termina la reine à sa place. Je dois avouer que je me demandais si votre génération le faisait encore. C'est très rassurant, d'une certaine façon.

La fille continuait à la regarder fixement. Puis, comme si elle venait soudain de s'en souvenir, elle passa l'un de ses pieds bottés derrière elle et se fendit d'une révérence pataude. Prenant conscience de l'absurdité de la situation, elle finit par sourire.

— Gênant, marmonna-t-elle.

Ses yeux brillaient d'une espièglerie provocatrice qui rappela beaucoup à la reine sa sœur Margaret au même âge. Ou tout au long de son existence, à vrai dire. Il était difficile d'en vouloir très longtemps à Margaret en la voyant aussi rayonnante. La souveraine se demanda si cette fille produisait le même effet sur sa famille, qui avait traversé beaucoup d'épreuves.

Dans son box, la championne retraitée qu'était Estimate apprécia beaucoup ses bonbons à la menthe. Sa Majesté passa un moment à la féliciter pour sa nouvelle vie de mère. Mais elle n'en oubliait pas pour autant ses préoccupations. Le jeune palefrenier semblait si mal à l'aise que la reine eut pitié de lui.

— C'était votre sœur ? demanda-t-elle.

Il pencha la tête.

— Oui, Madame. Elle s'appelle Ivy.

— Je me disais bien que vous vous ressembliez. Une bien fougueuse jeune fille.

— Oui, plutôt. Vous avez entendu tout ce qu'elle a dit ?

— Je pense en avoir saisi le sens général, confirma la reine. J'ai cru comprendre qu'elle n'était pas royaliste.

— Pas vraiment, répondit Arthur en se tortillant, au paroxysme de l'embarras. Elle ne le pense pas. Enfin si, mais elle a 17 ans. Elle est comme ça vis-à-vis de tout, Madame, toujours à s'emballer. Ça lui vaut souvent des ennuis. C'est pour ça qu'elle vient voir les chevaux avec moi… même si elle n'est pas censée le faire. Mais elle est douée pour ça, c'est comme... On dirait de la télépathie. D'ailleurs, c'est la seule chose qui soulage son stress. Elle est plutôt tendue depuis l'accident de notre tante. Et, en plus, c'est elle qui a trouvé la main.

La reine dévisagea le jeune homme.

— C'est votre sœur qui a trouvé la main ?

— Oui. Sur la plage. Elle a cru que c'était une étoile de mer ou quelque chose comme ça, mais...

— Pauvre enfant. Quel choc...

Le palefrenier grimaça à ce souvenir.

— Ça, c'est sûr. Elle était sacrément secouée. Elle s'est enfermée dans sa chambre pendant des heures. Normalement, elle serait allée chez notre tante mais là, elle ne peut pas.

Il semblait désespéré et démuni. L'absence de cette parente posait visiblement des problèmes.

— Vous avez dit que votre tante avait eu un accident ? lui demanda doucement Sa Majesté.

— Oui. Elle s'appelle Judy, Madame. Judy Raspberry. C'est la trésorière du Women's Institute. Vous l'avez rencontrée.

La visite annuelle de la reine au Women's Institute du village voisin de West Newton était un des temps forts de chacun de ses séjours hivernaux.

— Oui, bien sûr que je connais Mrs Raspberry. Que lui est-il arrivé ?

Le palefrenier se passa machinalement la main dans les cheveux.

— La semaine avant Noël, un chauffard l'a renversée avant de prendre la fuite. Ça s'est passé à Dersingham, où elle habite. Elle est restée étendue sur la route pendant une éternité avant que quelqu'un la trouve.

— Elle est grièvement blessée ? demanda anxieusement la reine.

Elle appréciait beaucoup Judy Raspberry, qui était non seulement un pilier du Women's Institute mais bien d'autres choses encore. Ensemble, elles avaient dégusté plus d'un Victoria sponge cake, assisté à des concours canins, admiré des arrangements floraux. C'était aussi une talentueuse éleveuse de pigeons et ses oiseaux avaient déjà battu une ou deux fois ceux de la reine en compétition.

— Très grièvement, répondit sombrement Arthur. Elle est dans le coma au Queen Elizabeth.

L'hôpital local avait été nommé en l'honneur de la mère de la reine. On finissait par s'habituer à être un musée ou un bateau…

— Oh, vous m'en voyez désolée.

— C'est encore plus dur pour Ivy, poursuivit Arthur. Elle n'a jamais aimé la vie à la maison. Ma mère n'arrêtait pas de l'embêter avec l'école, jusqu'à la rendre à moitié folle. Mais tante Judy la comprenait, elle. C'était quelqu'un vers qui Ivy pouvait se tourner. Et maintenant, c'est vraiment la mer… vraiment difficile, Madame.

— Vous devez vous faire un sang d'encre.

Le jeune homme haussa les épaules.

— Ça aide de venir ici. Comme je dis toujours, ça m'apaise. Pareil pour Ivy. Merci de ne pas nous avoir réprimandés. Elle peut rester, vous pensez ? Enfin, continuer à venir, je veux dire ?

— Oui. Si elle fait sa part, comme on dit.

— Sans problème, Madame. Elle a un don avec les animaux. Les chevaux et les chiens en particulier.

— Alors elle est au bon endroit.

Sa Majesté pensa à Judy Raspberry pendant tout son trajet de retour. Dans le coma ! Pauvre femme. Étendue toute seule sur la route jusqu'à ce qu'on la découvre. Était-elle encore consciente à ce moment-là ? Et avec deux jeunes gens qui avaient clairement besoin de son aide. Judy avait la cinquantaine, un âge où tout le monde a besoin de vous – les parents, les enfants, les collègues, les animaux... Aux réunions du Women's Institute, elle était celle à qui tout le monde s'adressait s'il y avait un problème d'éclairage, si le conférencier invité était en retard ou si quelqu'un était parti avec la clé des toilettes. Les anecdotes qu'elle racontait étaient hilarantes. Comment allaient-ils tous faire sans elle ? Et qu'allait-il advenir d'Arthur et sa petite sœur ? La reine n'ignorait pas que c'était la plus grande crainte de beaucoup de femmes : ne plus être là pour ceux qui ont besoin de vous. Elle comprenait très bien cela.

— Vous vous sentez mieux ? lui demanda Philip à son retour.

— Jusqu'à un certain point.

Elle lui raconta ce qui était arrivé à Mrs Raspberry puis, pour alléger un peu l'ambiance, la conversation interceptée au haras.

— Dieux du ciel ! Sur notre domaine ! Nous devrions faire fouetter cette jeune fille !

— J'ai dit à son frère qu'elle pouvait lui donner un coup de main pour les chevaux. Je crois que ça lui fera du bien. Et figurez-vous que c'est elle qui a trouvé la main.

— Ah ! Donc nous l'accueillons pour la remercier de tout ça, si j'ai bien compris ? grogna Philip.

Sa Majesté fit la moue.

— Si vous voulez dire par là : pour la remercier d'avoir alerté la police au sujet de Ned, alors oui. Sans cela, nous n'aurions jamais rien su.

— Oui, et à présent nous avons le plaisir de nous demander si tous nos amis et voisins sont des assassins capables de tuer de sang-froid. Merveilleux !

— Je n'en suis jamais arrivée là, lui assura-t-elle.

— Vous avez bien de la chance, pesta-t-il. Sir Simon est de retour, à propos. Il voulait vous faire la surprise. À en juger par votre expression, il a réussi. Ha !

CHAPITRE 12

Comme souvent, le secrétaire particulier avait pris un peu de poids en Écosse. Quand il se présenta dans son bureau un quart d'heure plus tard, Sa Majesté le trouva même un tantinet replet. Étaient-ce des bajoues qui commençaient à apparaître sur sa mâchoire d'officier de marine ? *L'âge nous rattrape tous un jour ou l'autre*, se dit-elle. *Ce n'est qu'une question de temps.*

— J'espère que vous avez passé d'agréables vacances.

— Excellentes, Votre Majesté. La perfection absolue. Merci beaucoup.

— Et vous êtes tout de même rentré plus tôt ?

Sir Simon se raidit légèrement. Peut-être avait-il saisi le reproche sous-entendu dans la question. Il marmonna qu'il lui était fort plaisant de se remettre en selle, ce qui était une drôle d'expression de la part de l'un des rares membres du Bureau privé à ne jamais monter.

— Je suis désolé de n'avoir pas été là au moment de la regrettable découverte de la main.

— Il me semble pourtant que vous l'étiez... à distance, répondit la reine, toujours sur le même ton.

— Quand j'ai parlé au commissaire divisionnaire, Madame ? Ce n'était pas un problème, je vous assure.

La reine lui expliqua que c'en était un, justement.

Ce qui le laissa un peu penaud. Mais il se ressaisit sans tarder et annonça qu'il avait repris contact avec Bloomfield le matin même.

— Tout porte à croire qu'il manquait quelque chose dans le sac trouvé sur la plage. Quelque chose comme un paquet contenant de la drogue, si vous voyez ce que je veux dire. L'équipe de Bloomfield cherche ce qui a pu lui arriver. En attendant, si quelqu'un vous propose de la cocaïne à bas prix, vous saurez d'où elle vient.

— Très drôle, Simon.

L'homme adopta une expression impassible.

— Et il y a du nouveau dans l'enquête. Il s'agit de l'endroit où la main a été jetée à l'eau. Les courants et les marées du Wash sont compliqués à étudier. Je ne vais pas vous embêter avec les…

— Si, si, insista la reine. Ça m'intéresse.

Cela étonna sir Simon.

— Certainement, Madame. Si j'ai bien compris, il y a généralement un courant marin qui longe la côte du nord en direction du sud mais dans les eaux tournantes de la baie, notre petite partie du Wash se retrouve à couler du sud vers le nord. Les reconstitutions de la brigade scientifique donnent à penser que le sac aurait été déposé dans la Great Ouse, près de King's Lynn, deux jours avant l'orage. Ce serait donc entre le 19 et le 21 décembre, soit quatre à six jours après la disparition de Mr St Cyr. La main était en bon état avant d'être mise à l'eau. La question est donc de savoir où son propriétaire se trouvait durant les quatre à six jours en question.

— Je vois. Ils en ont une idée ?

— Apparemment, la main aurait pu être conservée au froid. Cela complique encore la tâche pour déterminer le moment où elle a été sectionnée. Et il reste la question du pourquoi. Bloomfield pense finalement qu'il pourrait s'agir d'un travail de professionnel. Son équipe suit plusieurs pistes. Mr St Cyr avait un certain nombre de dettes, notamment parce qu'il était joueur.

— Je m'en souviens, confirma la reine. Il lui est parfois arrivé de jouer aux cartes pour de l'argent, même ici. Il était très doué. À une époque, nous avions une table de roulette. Il y restait collé toute la nuit.

— Il y a aussi une équipe qui épluche ses finances. Pas de grosse mise au jeu susceptible de lui avoir valu des ennuis. Ni aucune trace de retraits inhabituels sur ses comptes en banque. Enfin, si, il y en a eu beaucoup ces derniers temps, mais il s'agirait de factures pour des clôtures électriques et l'achat de poneys sauvages. Je peux me renseigner sur les détails si…

— Je sais ce dont il s'agit, le coupa la reine. Le réensauvagement.

— Le ré… ?

— Vous n'aurez qu'à chercher, Simon. On ne parle plus que de ça dans tout le Norfolk. Le duc pense que c'est le monde de demain.

— Je regarderai, Madame. Pour le moment, ils fouillent Abbottswood en quête du corps. On ne sait jamais, ils n'éliminent pas l'hypothèse que le voyage à Londres n'ait somme toute été qu'une diversion. Ensuite, ils passeront au domaine de Mr Fisher, à Muncaster.

La reine leva les yeux au ciel, ce qui n'échappa pas à son secrétaire particulier.

— Il a menacé de tuer Mr St Cyr plus d'une fois, rappela-t-il. Devant témoins.

— Oui mais, honnêtement, Simon, Mr St Cyr produisait

assez fréquemment cet effet sur les gens. Il n'était pas le plus facile des voisins.

— Non, en effet.

La reine soupira.

— De toute façon, il me semble que le 15 Mr Fisher était à l'étranger.

— Oui, Madame, c'est exact. Cependant, je crois qu'ils partent du principe qu'il n'est pas du genre à se charger lui-même des basses besognes, si je puis dire. Ce qui nous met dans une situation délicate.

— Ah ?

— La dernière personne que Mr St Cyr a appelée avant sa disparition est Julian Cassidy.

— Mr Cassidy ? Notre nouveau responsable de la conservation ? Le compteur de haricots ?

— Oui, Madame. Comme vous ne l'ignorez pas, jusqu'à novembre dernier, il travaillait chez Mr Fisher. Je crois savoir qu'il y a eu plusieurs désaccords concernant les terres. Mr Cassidy a été vu en train de se bagarrer avec Mr St Cyr sur le parking du pub Horse and Hound à Castle Rising au début du mois de décembre. Mr St Cyr n'a pas porté plainte mais il y a plusieurs témoins.

— Juste ciel, soupira la reine. Voilà qui tombe mal. Sait-on pourquoi ?

— Pas encore.

— Mais la police pense que Mr Cassidy aurait pu tuer Ned sur ordre de Matt Fisher, bien qu'il ait cessé de travailler pour lui depuis plusieurs semaines... ? Je dois dire, Simon, que cela me semble plus qu'improbable.

— Ils ne savent pas encore quoi penser, Madame. Contrairement à Fisher, il n'a pas d'alibi pour le 15. Et il a essayé de frapper Mr St Cyr. Mais il paraît que cela ne lui ressemble pas.

— C'est un soulagement. On n'a eu vent d'aucun autre incident violent ? Avons-nous quelque motif d'inquiétude ?

— Pas d'après ce que nous savons. J'ai eu une brève discussion avec le régisseur du domaine. Les références de Cassidy sont irréprochables et plusieurs employés de chez nous le connaissent depuis des années, certains même depuis l'époque où il étudiait la biologie à Oxford. Il était déjà connu pour secourir les oiseaux blessés, les hérissons et cetera.

— Ah bon ?

— Oui. Il y jouissait d'une petite cour féminine qui le voyait un peu comme saint François d'Assise. Ses admiratrices ignoraient probablement qu'il chassait tous les week-ends. Il a surtout la réputation d'être d'un flegme à toute épreuve.

La reine essayait de s'imaginer le comptable quittant Sandringham sur un coup de sang pour foncer à Londres avec des intentions meurtrières... Sauf qu'il n'aurait évidemment pas pu agir « sur un coup de sang » puisque Ned avait visiblement été attiré dans un traquenard. Le coup avait été préparé soigneusement. C'était encore plus difficile à imaginer. Elle n'avait aucune envie d'accueillir un meurtrier calculateur sur son domaine. Mais elle était de toute façon convaincue que ce n'était pas le cas.

Sir Simon fut bientôt suivi de Mrs Maddox, venue faire approuver ses suggestions de menus pour la semaine. En voyant l'expression maussade de la reine, la gouvernante demanda si elle pouvait aider en quelque chose.

— Pas vraiment. Disons que la matinée a été intéressante. Mais en fait, oui, vous pouvez faire quelque chose. Avez-vous des nouvelles de Mrs Raspberry, du Women's Institute ? Je crois qu'elle a eu un accident.

Mrs Maddox, qui était du coin et connaissait le Norfolk comme sa poche, aurait pris comme un affront personnel de ne pas être informée du moindre incident se produisant dans l'un ou l'autre des villages situés dans un rayon d'une trentaine de kilomètres autour d'elle.

— Oh, ça ! Ç'a été affreux ! Nous nous sommes vraiment demandé si nous devions vous en parler, Madame. Nous n'avons pas voulu vous inquiéter juste avant Noël alors que vous étiez déjà si occupée à Londres, et puis vous avez été malade. Elle a volé dans les airs comme un pantin. Enfin, personne n'en a été témoin, mais vu la façon dont la pauvre a atterri dans les buissons... Ma sœur travaille aux soins intensifs au Queen Elizabeth. Quand elle a vu arriver Judy, elle a eu le choc de sa vie. Avec des plaies et des hématomes partout, et une grande entaille à la tête... Comment quelqu'un a-t-il pu l'abandonner dans cet état... C'est monstrueux.

— J'ai parlé à son neveu au haras, dit la reine. Sa jeune sœur semble beaucoup tenir à elle.

— Je ne suis pas surprise. Judy sait merveilleusement y faire avec les ados. Pas uniquement avec les siens, qui ont déjà quitté la maison, mais avec tous les jeunes du coin. En créant des clubs, par exemple. Ou en leur trouvant des petits boulots d'été, comme au festival Fen-Time, du temps où il existait encore. Tout ce qui peut les aider à rester sur le droit chemin. Elle parraine également une charmante famille de réfugiés syriens. Elle a passé des semaines à lever des fonds pour leur procurer tout ce dont ils avaient besoin. Et je ne sais pas ce que le conseil de la paroisse ferait sans elle.

— Y a-t-il un Mr Raspberry ? demanda Sa Majesté.

— Il y en a eu un. Il vendait des poêles à bois au marché de Burnham. Il est parti avec une femme de Blackheath.

Mrs Maddox renifla. À son air dédaigneux, on se doutait qu'elle pensait aussi peu de bien du sud-est de Londres que des hommes qui partaient avec des femmes originaires de là-bas.

— Judy était trop bonne avec lui, poursuivit-elle. N'importe quel homme aurait de la chance de l'avoir. Enfin… à condition qu'elle ait du temps à lui consacrer.

La gouvernante s'arrêta net et cligna des yeux pour retenir quelques larmes.

— Quoi qu'il en soit, merci pour les menus, Madame. Je transmets au chef.

Morose, la reine se leva et se mit à la fenêtre. Quel hiver. Deux personnes blessées, dont une à l'article de la mort. Deux personnes réputées pour leur vitalité. C'était ainsi que Philip avait décrit Ned, et Mrs Maddox avait dit quelque chose du même ordre à propos de Mrs Raspberry. Les victimes avaient aussi en commun une nature entêtée (ce qui n'était pas pour déplaire à Sa Majesté), une aversion à l'égard des drogues et une prédisposition à l'action. La reine savait qu'elles s'étaient rencontrées au festival de Ned, mais elle ignorait leur degré d'intimité.

Elle se remit à la note de service du secrétariat du Cabinet posée sur son bureau, mais son esprit revenait sans cesse à Judy. Lors de la dernière réunion du Women's Institute, elles avaient discuté d'un article que

Judy avait écrit pour le *Flying Post*. Il portait sur le rôle des pigeons du Norfolk pendant la guerre. Ces oiseaux avaient joué un rôle déterminant en permettant aux messages de circuler entre le front et les sections de transmissions. Certains avaient même été décorés pour leur bravoure : trente-deux avaient reçu la médaille Dickin. Ils avaient incontestablement sauvé des vies. Les connaissances et la curiosité de Judy en la matière étaient impressionnantes. Même s'il ne s'agissait pour elle que d'un centre d'intérêt parmi d'autres, elle y consacrait son temps libre et était allée au cœur du sujet avec un véritable instinct de journaliste. Encore une corde à son arc...

La reine posa les yeux sur le mug que le petit prince George lui avait offert à Noël. *J'ai peut-être l'air de vous écouter mais, dans ma tête, je pense à des pigeons.* À qui d'autre en avait-elle parlé récemment ?

Puis elle se souvint. Peu à peu, sa curiosité se mua en une sorte d'inquiétude qui lui donna la chair de poule. Ce n'était pas exactement un soupçon. Juste une démangeaison. Une préoccupation. Un enchaînement de connexions.

Elle tendit la main vers le téléphone. À côté se trouvait une photo d'un petit homme en blouse blanche, posant devant des coupes en argent qu'il avait gagnées grâce à ses pigeons. L'opératrice demanda à Sa Majesté qui elle souhaitait appeler.

— J'aimerais parler à mon responsable du pigeonnier.

CHAPITRE 13

Le poste de responsable du pigeonnier royal s'accompagnait d'une maison proche de la gare désaffectée de Wolferton. Le pigeonnier ne comptait pas moins de deux cents têtes. Il venait d'être rénové et jouissait désormais d'un toit ventilé, de nichoirs, de perchoirs et d'auvents sous lesquels les oiseaux pouvaient prendre l'air en été. La gestion de cet élevage de premier ordre avait été confiée à un homme originaire de Lancaster : le fort sympathique Stephen Day, dont l'éternelle gaieté dissimulait un indestructible esprit de compétition – la combinaison parfaite pour son métier.

Sa voix chaleureuse, douce et sucrée comme un bon gâteau, se fit entendre au bout du fil.

— Bonne année, Votre Majesté. Que puis-je faire pour vous ?

— Je me demandais si vous connaissiez quelque chose au blanchiment d'argent, Mr Day ?

— Alors là ! Vous frappez à la mauvaise porte, Madame. J'arrive tout juste à me débrouiller avec ma banque en ligne. Cela pourrait-il vous être de quelque secours ?

— Je parlais de blanchiment via les clubs colombophiles. Quelqu'un m'en a parlé au Jour de l'an. D'après mes souvenirs, il y a de petites mafias qui investissent dans ces clubs afin de pouvoir vendre des oiseaux de concours en dessous de leur valeur déclarée et inscrire des montants supérieurs dans leur comptabilité. Du moins, je crois que c'est ça.

— Pourquoi feraient-ils cela, Madame ?

— Afin de faire disparaître de l'argent illicite dans la différence. Je pensais que cela ne concernait que de petites sommes, mais je me suis aperçue avec inquiétude que les prix aux enchères étaient montés en flèche ces derniers temps. Ça m'a mis la puce à l'oreille. Donc, à votre connaissance, il ne se passerait rien de tel dans les environs ?

— J'ignorais que vous aviez de telles connaissances en matière d'activités frauduleuses, Madame. Vous venez de m'apprendre l'existence de cette technique. J'imagine mal qu'elle puisse se pratiquer en Est-Anglie.

— C'était ce que je pensais aussi, au début.

— Je peux me renseigner, si vous voulez.

— Si cela ne vous dérange pas.

— Mais je pense qu'il n'y a qu'une seule personne capable de me donner des informations à ce sujet, lança soudain Mr Day. Sauf qu'elle ne le peut pas. C'est Mrs Raspberry. Quand elle travaillait sur son article pour le *Flying Post*, elle a parlé à beaucoup de gens. S'il se passait quoi que ce soit de louche dans le coin, elle le saurait.

Le cœur de la reine se serra. Elle en était plus ou moins arrivée à la même conclusion.

— J'ai entendu parler de son accident, dit-elle.

— Horrible, n'est-ce pas ? Le chauffard a continué sans s'arrêter. Dans les environs, il y a pas mal de monde qui voudrait l'attraper, celui-là.

— Savez-vous si elle faisait des recherches sur quelque chose en particulier ?

— Ah ! Je vois ce que vous voulez dire. S'intéressait-elle d'un peu trop près à quelque chose qui aurait pu pousser quelqu'un à la renverser exprès ?

C'était exactement ce qu'elle voulait dire mais elle s'apprêtait à le nier avec véhémence quand Mr Day reprit :

— Il se trouve que nous avons eu la même idée, mon épouse et moi. Judy disait travailler sur un article en rapport avec quelque chose qu'elle avait vu à la plage. À mon avis, ça n'avait rien à voir avec le blanchiment d'argent. Par contre, c'était peut-être lié à la drogue. C'était sa bête noire.

— A-t-elle essayé d'en parler à la police ?

— Cette question mène à une autre histoire. Pas très jolie…

— Ah ?

— Nous ne sommes pas sûrs. Mais nous nous sommes interrogés pendant toute la période de Noël. Se pourrait-il que Judy ait mis un coup de pied dans une fourmilière et que son accident n'en soit pas un ? Comme ma femme était très inquiète, elle a appelé la police pour demander si Judy leur avait dit quoi que ce soit dans ce sens. Mais l'agent qu'elle a eu au bout du fil lui a répondu de ne pas s'en faire, qu'ils s'occupaient de ça.

— Ah, bien.

— Euh, donc… Ma femme a une amie de son club de yoga dont le fils travaille au commissariat de Norwich et elle est un peu commère sur les bords, si je puis me permettre…

— Ah ! fit la reine, s'efforçant d'avoir l'air de désapprouver les ragots, tout en les encourageant.

— Et d'après son fils, les policiers trouvaient que Judy n'était qu'une enquiquineuse de plus, du genre qui veut faire son intéressante avec des informations importantes pour l'enquête. Ils étaient convaincus qu'il ne pouvait s'agir que d'un accident, étant donné la courbe du virage. Selon eux, il ne peut pas avoir été calculé. Ils ont juste été vexés qu'on les soupçonne de ne pas faire leur travail.

— Comme c'est regrettable.

— En effet. Ils n'ont pas conscience que les gens parlent entre eux, c'est là leur problème, Madame.

— Vous avez tout à fait raison. Mrs Day a dû en être bien contrariée.

— Elle était furieuse. C'est la dernière fois qu'elle essaie d'aider.

Après cette conclusion, le responsable du pigeonnier revint au sujet initial :

— Mais ne vous inquiétez pas, comme je l'ai dit, je vais me renseigner sur ces histoires mafieuses. Des oiseaux vendus en dessous de leur valeur, dites-vous ? En dessous de leur « voleur » ! Je suis sûr qu'il y a une blague à faire avec ça. Je vous tiendrai informée dès que j'aurai quelque chose.

— Merci, Mr Day. C'est très aimable à vous.

— Pensez-vous venir voir le pigeonnier bientôt, Madame ? C'est difficile à croire, mais ma femme a acheté un alambic et elle fait un gin plutôt redoutable. Nous aurions grand plaisir à vous en faire déguster un petit verre ou deux. Si le cœur vous en dit…

— Vous avez une famille très inventive, répondit la reine, une fois de plus impressionnée par le travail et l'ingéniosité de ses employés.

Puis elle raccrocha, se retourna vers la fenêtre et

décrocha de nouveau. Cette fois, elle demanda à l'opératrice de lui passer Rozie.

Rozie était ravie qu'un appel l'interrompe dans ses tâches administratives. À Londres, il y avait toujours quelque chose pour détourner son attention. Mais ici, dans l'Angleterre profonde, et maintenant que sir Simon prenait tous les coups de fil intéressants, elle ne s'était jamais sentie aussi loin du cœur de l'action. Sa mère lui envoyait constamment des textos à rallonge sur ses sorties entre amies dans les salles de spectacle du West End et les restaurants de Soho. Entre ces messages et les photos de vacances que postaient ses copines sur Instagram, il lui semblait que le monde tournait sans elle. Le Norfolk avait son charme mais, aussi belle soit-elle, une grande prairie baignant dans la lumière d'un magnifique coucher de soleil ne tiendrait jamais la comparaison avec un bar au bord d'une piscine à Saint-Barth.

— Je crois avoir une petite mission à vous confier, lança la reine dès que Rozie entra dans son bureau.

— Bien sûr, Madame, répondit Rozie avec un sourire sincère. Que puis-je pour vous ?

La reine lui fit brièvement part de ses préoccupations et de sa récente conversation avec Mr Day.

— J'aimerais que vous fassiez quelques recherches. À titre privé.

Rozie crut déceler dans l'œil de la patronne une certaine lueur qu'elle n'y avait pas vue depuis leur départ de Londres.

— Avec plaisir, Madame.

— Et je pense savoir qui pourrait aider.

CHAPITRE 14

L'après-midi, Rozie ferma son ordinateur portable et dit à sir Simon qu'elle allait courir. Cela n'avait rien d'inhabituel : elle travaillait dur pour entretenir la forme physique qu'elle tenait de l'armée. Cette fois-ci, elle parcourut les deux petits kilomètres qui séparaient les portes de Sandringham du village de Dersingham en descendant la longue allée de hêtres pourpres, puis les chemins et sentiers parallèles à la route. La nuit commençait à tomber et il y avait peu de circulation. À l'exception de quelques vieux bus rouges à impériale – dont la présence à une telle distance de Londres étonna la jeune femme –, elle ne vit que deux 4x4 couverts de boue. Elle ne tenait pas à être remarquée et resta bien à l'écart de la chaussée.

La rigueur géométrique des pelouses et des buissons du domaine laissait peu à peu place aux champs bosselés et aux murs rustiques du village. Elle prit conscience qu'elle s'était vite habituée aux standards des paysagistes de Sandringham. Le parc y était si entretenu et ordonné qu'on aurait pu croire à un décor de cinéma.

Le crépuscule hivernal jetait un voile gris sur les écuries et l'église. Rozie passa devant le pub The Feathers, ainsi nommé en référence aux trois plumes d'autruche de l'emblème du prince de Galles. Quelques maisons plus loin, elle arriva au petit cottage en silex auquel la reine lui avait demandé de se rendre. Ses fenêtres laissaient filtrer d'accueillantes lueurs. Elle attendit un peu en écoutant aboyer un chien tout excité, puis la porte s'ouvrit enfin.

— Bonjour ! fit l'occupante des lieux.

— Bonjour, Katie, sourit Rozie.

Coupés en brosse, les cheveux auburn de la femme entouraient un visage large, moucheté de taches de rousseur, avec un regard clair et intelligent derrière d'élégantes lunettes. Plus âgée que Rozie, Katie était en tenue décontractée, vêtue d'un pantalon de yoga et d'un pull rouge orné de moutons blancs que n'aurait pas renié Lady Di. Le chien qui s'égosillait derrière elle était un jeune basset remuant au poil soyeux.

— Alors c'est arrivé, dit Katie en laissant entrer sa visiteuse.

— Oui, confirma Rozie en entrant.

Leur dernière rencontre remontait au jour où Katie lui avait cédé son poste de secrétaire particulière adjointe de Sa Majesté. Après cela, elle avait disparu des radars. C'était inhabituel pour la maison royale, où les gens avaient tendance à rester en contact à moins qu'il n'y ait eu un scandale. Selon certains employés, Katie avait « perdu la boule », mais juste un peu. Sans plus de détails, sir Simon avait évoqué « quelques problèmes psychologiques ». Cependant, Rozie avait toujours été trop occupée pour y prêter grande attention. Jusqu'à ce matin, où la reine lui avait parlé de but en blanc.

« Vous pouvez faire confiance à Katie », avait-elle dit avec un regard perçant que Rozie avait appris à interpréter. Il signifiait : « Vous pouvez faire confiance à Katie pour garder un secret, et particulièrement pour ce que je m'apprête à vous dire. » Rozie était très souvent amenée à gérer des secrets. La plupart du temps, il était bienvenu qu'elle les partage avec sir Simon. Mais il y en avait parfois quelques-uns qu'elle ne devait pas lui communiquer. Rozie était certaine que ce secret-là appartenait à la seconde catégorie.

— Donc la patronne pense que l'assassin est à Dersingham ?

— Elle pense que c'est une possibilité, rectifia Rozie.

Elles étaient assises dans la cuisine du petit cottage, où Katie était en train de verser de l'eau bouillante sur une sélection parfumée de feuilles orientales tandis que Rozie finissait de lui résumer les préoccupations de la patronne. C'était la femme qui avait précédé Katie à ce poste, Aileen Jaggard, qui avait appris à Rozie l'existence du club ultrasecret auquel appartenaient toutes les secrétaires personnelles adjointes, anciennes ou en service. Elles étaient les seules en qui la reine avait confiance quand elle se consacrait à ce qu'elle appelait de la « résolution de problèmes ». À savoir des enquêtes criminelles, comme n'avait pas tardé à le découvrir Rozie.

— Et il y a un rapport avec les pigeons ?

— Ou avec la drogue, ou les deux. Elle n'exclut aucune option pour l'instant. Ce n'est peut-être rien.

— La plupart du temps, ce n'est pas rien.

— Vous l'avez beaucoup aidée ? Pour ce genre de choses, je veux dire.

Katie alla chercher deux tasses en porcelaine dans un placard et les disposa soigneusement sur le plateau à côté de la théière.

— Une fois ou deux, avoua-t-elle. Mais jamais pour un meurtre. Et vous ?

— Deux fois, l'année dernière. Sans qu'on puisse se douter que c'est la patronne qui a résolu l'affaire pratiquement toute seule, bien sûr. Un homme a été nommé chevalier. Un autre a reçu une médaille. Elle aime rester discrète, n'est-ce pas ?

Katie sourit.

— C'est comme le centre de décryptage de Bletchley Park pendant la guerre. Ou la première règle du Fight Club. Avez-vous déjà rencontré les autres ?

— Les autres secrétaires personnelles adjointes, vous voulez dire ? Seulement Aileen.

— Moi, je les ai rencontrées lors d'un rassemblement au Ritz, dit Katie en réarrangeant les tasses pour éviter le regard de Rozie. Des personnes vraiment étonnantes. L'une d'entre elles a effectivement travaillé à Bletchley, et elle avait encore toute sa tête. Une femme fabuleuse. J'aimerais bien être comme elle plus tard. Vous savez, comme cette vieille dame habillée en violet avec un chapeau rouge qui fait tout ce qu'elle a envie de faire dans le poème de Jenny Joseph.

Rozie ne connaissait pas ce texte mais se nota de le chercher en rentrant. Katie ouvrit la voie vers un salon impeccable aux murs couverts de livres du sol au plafond. Il y avait un petit bureau dans un coin, avec des tas d'ouvrages empilés dessus. Après avoir attendu que Rozie ait choisi sa place, le basset bondit à côté d'elle.

— Faites comme si Daphné n'était pas là, dit Katie en posant son plateau sur une petite table basse avant de se lover dans le fauteuil d'en face. Elle voudrait qu'on la câline et l'admire du matin au soir, sept jours sur sept. C'est déjà ce que je fais mais ce n'est jamais assez.

Rozie ne vit pas d'inconvénient à satisfaire ce jeune animal frétillant. Elle n'avait pas grandi au milieu des chiens mais elle les aimait beaucoup, d'autant qu'elle avait eu tout le loisir de s'habituer à eux.

— C'est la patronne qui me l'a offerte, expliqua Katie. Pour me tenir compagnie.

Rozie se demandait pourquoi la reine avait estimé que Katie en avait besoin. Elle savait qu'elle avait occupé un poste important au ministère de l'Intérieur avant d'entrer au service de Sa Majesté. Normalement, les gens restaient quelques années avant de passer à autre chose. Toutes sortes de rumeurs couraient quant aux « problèmes psychologiques » de Katie. Sir Simon avait respecté la vie privée de cette dernière, et Rozie trouvait normal d'en faire de même. Si cette femme avait envie de parler d'elle, elle le ferait. De toute façon, elles avaient d'autres sujets plus pressants à aborder.

— Avez-vous déjà rencontré Judy Raspberry ? demanda Rozie.

Katie sourit.

— Si je l'ai rencontrée ? Cela faisait environ sept minutes que j'étais installée quand elle a sonné à la porte avec un plat de lasagnes maison. Aux légumes, pour le cas où je serais végétarienne. Avec des saucisses et du bacon à côté, pour le cas où je ne le serais pas. Une semaine après l'arrivée de Daphné, elle s'est invitée à prendre le thé et en a profité pour visiter la maison. Le lendemain, elle est revenue avec tout un tas d'accessoires pour chiens : un harnais, parce que c'est plus confortable qu'un collier ; une panière ; un lanceur de balles ; et quelques vieilles serviettes de toilette pour l'essuyer au retour des promenades. Judy m'a dit que c'étaient des choses qui seraient parties à la poubelle sinon, mais je suis certaine qu'elle les avait achetées exprès.

— Elle est comme ça avec tout le monde ?

— Pas forcément. J'ai entendu dire que si on la prenait à rebrousse-poil, ça pouvait mal se passer.

— Comment ça, à rebrousse-poil ?

Katie prit l'une des tasses entre ses mains et en respira délicatement la vapeur. Quand on arrivait de Sandringham, où le gin devait déjà couler à flots à cette heure-ci, la qualité de l'hygiène de vie de cette femme sautait aux yeux.

— Par exemple, il y avait une ou deux voitures souvent garées quasi sur le passage piéton de l'école, ce qui gênait la visibilité des enfants. Leurs propriétaires ont fini par recevoir des avertissements de la municipalité. D'après des rumeurs que je crois fondées, Judy avait identifié les chauffeurs et passé un coup de fil. Elle n'a aucune tolérance pour tout ce qu'elle appelle « la bêtise ».

— Mais vous n'avez pas entendu parler de quelque chose qui aurait pu particulièrement la contrarier ? Plus récemment ?

— Rien de plus que d'habitude, non. Vous disiez que ça pouvait avoir un rapport avec Edward St Cyr. Qu'est-ce qui fait penser à la patronne que les deux affaires pourraient être liées ?

Rozie fit la moue. Sa Majesté ne l'avait pas précisé quand elle lui avait exposé ses préoccupations.

— La coïncidence chronologique, pour commencer. Judy a été renversée cinq jours après la disparition de Mr St Cyr. Et aussi la personnalité de Judy. La patronne a un sixième sens pour repérer les femmes dangereuses.

— Vous pensez que Judy est dangereuse ?

— Pour certaines personnes, peut-être. Vous avez dit qu'elle ne tolérait pas la bêtise. Puisqu'elle a pris des mesures contre ceux qui menaçaient la sécurité des enfants, elle a pu faire pareil avec quelqu'un qui avait plus à perdre qu'elle ne le croyait.

— Et Mr St Cyr s'en serait pris à la même personne ?

— C'est une des choses qu'il nous reste à découvrir. Si la police s'en inquiétait, elle aurait déjà commencé à enquêter. Je ne peux pas leur présenter le problème tant que nous n'avons rien de plus. Peut-être que Judy et lui ne travaillaient pas ensemble, mais qu'elle a découvert quelque chose incriminant quelqu'un. Ou, comme je l'ai déjà dit, peut-être que ce n'est rien. L'intuition féminine ne va pas suffire. La patronne n'aime pas agir quand elle n'est pas certaine que tous les faits sont avérés. Savez-vous où s'est produit l'accident, d'ailleurs ?

— Bien sûr. Je peux vous montrer, si vous voulez.

Une fois leur infusion bue, les deux femmes emmenèrent la chienne se promener – avec son harnais. Elles passèrent devant un petit salon de thé et parcoururent une rue flanquée de cottages, jusqu'à l'endroit où celle-ci formait un carrefour en T avec la rue principale du village. Katie désigna du doigt le grand virage qui se trouvait à une vingtaine de mètres sur la droite et, un peu plus loin, l'endroit où on avait retrouvé Judy.

— Elle rentrait chez elle après une réunion du Women's Institute à West Newton. Le comble, c'est que ce jour-là elles devaient passer en revue les dispositions pour la visite de la patronne, quinze jours plus tard. Une de ses amies l'a déposée ici. En général, elle descendait de voiture vers la cabane de scouts à côté de chez moi puis finissait son trajet à pied. La ruelle qui mène chez elle est juste au coin, là. Vous voyez ? Étant donné la position dans laquelle elle était, il est clair qu'elle a été percutée par un véhicule sortant du bourg. Son chauffeur n'a pu la voir que juste avant l'impact.

Rozie se demanda si un conducteur aurait pu savoir à l'avance à quel moment exact Judy se trouverait là. C'était impossible. Mais si on voulait maquiller une agression en authentique accident, c'était l'emplacement idéal.

— Il a fallu au moins un quart d'heure avant qu'on la trouve, révéla Katie. Heureusement, c'est la médecin du coin qui l'a repérée. Elle a su quoi faire avant l'arrivée de l'ambulance. Quelques minutes de plus, et elle aurait pu y rester.

— C'était ici qu'elle traversait, en général ?

— Peut-être. Moi aussi, parfois, je traverse ici. La circulation reste très tranquille, à Dersingham. On entend les voitures arriver de loin, surtout en hiver. Mais si la voiture roulait vraiment vite…

— Pas de caméras de surveillance ?

— Dans le Norfolk ? s'esclaffa Katie. Je crois qu'il y en a une à Fakenham, mais je n'en suis même pas sûre. Et personne ne se rappelle quoi que ce soit d'inhabituel. Si quelqu'un avait remarqué quelque chose, je suis sûre qu'il l'aurait déjà dit.

Rozie se retourna pour mieux observer la route principale. Il n'y avait guère d'endroit où une voiture aurait pu se garer de façon à être à la fois assez loin pour prendre la vitesse nécessaire, et assez près pour arriver au moment exact où la victime traversait. Si le chauffeur avait fait subitement gronder son moteur, quelqu'un l'aurait forcément remarqué, même dans un petit village endormi comme celui-ci.

— Je sais que vous allez me demander si n'importe qui peut avoir accès au lieu où se tiennent les réunions, reprit Kate. La réponse est oui. C'est sur le site web du Women's Institute. Par conséquent, toute personne du coin sachant où regarder pouvait savoir à peu près quand Judy reviendrait. Mais elle reste souvent un peu sur place pour discuter avec les gens. Impossible de connaître l'heure exacte à laquelle elle allait rentrer. Et comment savoir à quel moment précis elle traverserait la route ? On n'a aucune visibilité, avant ce virage.

— Mmm, approuva Rozie. Il aurait fallu que quelqu'un flâne près du virage et passe un coup de téléphone pour dire au chauffeur où Judy en était.

— Pas très discret, si ?

— Avec des écouteurs sans fil, on aurait juste l'impression que la personne marmonne toute seule.

— Je peux demander au village si quelqu'un a remarqué un rôdeur, proposa Katie.

— Comment ? demanda Rozie, intriguée.

— Comment quoi ?

— Comment fait-on pour interroger tout un village ? Comment en savez-vous déjà autant ?

— Oh ! fit Katie en souriant. Eh bien, on peut juste mentionner quelque chose en faisant la queue à l'épicerie. En général, ça suffit. Ou on peut en parler l'air de rien au salon de thé, ou après l'église. Mais moi, je me sers des discussions sur les Nerfs en pelote.

— Pardon ?

— C'est un groupe de tricoteuses sur WhatsApp. Je m'y suis inscrite il y a quelques mois. C'est Judy qui me l'a proposé, bien sûr. Le groupe est composé des Poings de croix qui font de la broderie et des Crochets du droit, dont le nom parle de lui-même. Les meilleures sont les Poings de croix. Elles maîtrisent tous les points du monde mais ne s'en servent que pour écrire des insanités sur de petits canevas ou du patchwork. Ça leur permet d'évacuer leur rage.

— Il y a beaucoup de colère par ici ?

Katie fixa Rozie intensément.

— Bien sûr qu'il y en a. Les deuils. La frustration. La maladie. Le vieillissement. Il y a une vraie colère à la campagne. Mais en faire des canevas est vraiment thérapeutique. Elles se réunissent chez les unes ou les autres, ce qui permet de discuter aussi de décoration d'intérieur. À elles toutes, elles savent pratiquement tout de ce qui se passe dans le coin. C'est comme ça que j'ai entendu parler du délit de fuite.

— Et que s'est-il passé, selon elles ?

— Oh, elles pensent sincèrement qu'il s'agit d'un accident. Un jeune idiot qui roulait trop vite. Judy portait un manteau et un chapeau sombres. C'est vrai que ce n'était pas très malin de sa part, surtout de nuit et en hiver. Mais on ne pense pas forcément à mettre un gilet fluo pour un trajet de cinq minutes à pied, hein ? Elles ont aussi leur théorie sur ce qui est arrivé à Edward St Cyr, d'ailleurs.

Rozie fronça les sourcils.

— Vous ne leur avez tout de même pas demandé ça ?

Katie fit non de la tête.

— Je n'en ai pas eu besoin. Elles ont des théories sur tout. Le consensus général est qu'il n'est pas mort du tout. Selon elles, il s'est sûrement débrouillé pour se sectionner lui-même la main. Pour leur défense, elles connaissent plus d'un paysan local à l'avoir fait avec une machine agricole, ce qui explique que cela leur paraisse plausible. Et ce serait donc lui qui aurait abandonné sa propre main sur la plage.

— Comme quand on laisse un petit tas de vêtements ?

— Exactement. De manière à pouvoir tout lâcher pour commencer une nouvelle vie. Cet homme les fascine. C'est un peu la célébrité locale. Après la patronne, bien sûr. Mais elle reste discrète. Lui faisait tout le contraire. Il n'y a rien dont elles le croient incapable.

— Même dans ces conditions... se sectionner une main. Ce serait quand même extrême, non ?

— Dans tous les cas, c'est extrême, rectifia sombrement Katie.

CHAPITRE 15

Après une assez bonne nuit, la reine se réveilla avec l'énergie et l'entrain qui lui avaient fait défaut ces derniers temps. Aujourd'hui, on attendait la visite de William et Catherine avec leurs enfants. Sa Majesté s'efforça de ne pas bâcler sa revue du contenu des boîtes. Cependant, un observateur averti aurait remarqué qu'elle lisait un peu plus vite que d'habitude même si, comme toujours, elle avait pris le soin de commencer par le bas de la pile, partant du principe que c'était là que se trouvait ce que le bureau du Cabinet avait le moins envie qu'elle voie.

Elle eut terminé si rapidement qu'elle trouva même du temps pour un petit tour à cheval, le premier que sa forme lui permettait depuis son arrivée. Elle demanda à Rozie de l'accompagner. Celle-ci avait grandi dans un quartier populaire de Londres, et Sa Majesté trouvait admirable qu'elle ait réussi à se débrouiller pour pratiquer l'équitation. Elle avait même représenté l'armée lors de plusieurs compétitions. Cette fille avait du cran.

Elles se retrouvèrent aux écuries puis firent ensemble le tour des enclos. La fine couche de neige était mouchetée de traces de pattes de lièvres et de lapins. Ce serait une bonne idée d'amener le petit prince George ici plus tard. Mais pour le moment, la reine était ravie d'avoir l'opportunité de parler à Rozie sans être dérangée.

— Comment cela s'est-il passé, hier ? demanda-t-elle.

— Katie m'a montré où avait eu lieu l'accident. Soit c'en était véritablement un, soit il a été très brillamment orchestré.

Après cette réponse évasive, Rozie décrivit les lieux.

— Il serait donc difficile d'y renverser quelqu'un intentionnellement ?

— Oui, Madame. Cela nécessiterait au moins deux personnes et une bonne préparation. Et, même ainsi, rien ne pourrait garantir que le timing soit parfait. J'en arrive à me demander s'il n'aurait pas fallu un troisième complice sur le bord de la route pour donner une petite poussée à Judy si besoin.

La reine hocha gravement la tête. C'était un peu bancal, mais le scénario pouvait coller avec la nature du meurtre de Ned St Cyr tel qu'elle le percevait : une violence soudaine, masquée par l'impression que rien d'inhabituel ne s'était produit du tout.

— Pouvez-vous demander à Katie de s'assurer qu'on veille sur la sécurité de Judy à l'hôpital ? Je suppose qu'elle ne sait pas sur quel sujet elle écrivait ?

— Pas encore. Mais c'était peut-être en rapport avec le trafic de drogue. Il est clair que la présence de stupéfiants dans le secteur l'inquiétait. Katie va se renseigner. Elle examine aussi les réseaux sociaux de Judy. Il est possible qu'elle ait mentionné quelque chose sur Facebook, par exemple.

— Bien.

La reine s'étonnait que tant de gens étalent leur vie en ligne, y compris des personnes raisonnables et d'un certain âge comme Judy Raspberry. Elle tressaillait chaque fois que des moments familiaux privés étaient partagés sans autorisation puis disséqués par des étrangers. Pourquoi quelqu'un voudrait-il se soumettre délibérément à une telle exposition ? Pourtant, ils étaient des millions à le faire. Et nombreux étaient ceux qui, de toute évidence, en tiraient une forme de satisfaction. Elle avait bien essayé de comprendre mais c'était au-dessus de ses capacités. Quoi qu'il en soit, Rozie était douée pour utiliser cela à leur avantage quand il y avait un problème à résoudre et, de ce point de vue, elle s'en réjouissait.

— Nous pourrions peut-être légèrement accélérer les choses en essayant de savoir si Ned avait fait part d'éventuelles préoccupations au commissaire divisionnaire, suggéra-t-elle. Mr Bloomfield dirige le groupe de travail national sur les stupéfiants.

— Je demanderai.

À moins que Ned n'ait été du mauvais côté du trafic, se dit la reine. Dans sa jeunesse, il ne s'était pas toujours conformé à la loi. Cependant, Anne était convaincue qu'il avait arrêté les drogues depuis longtemps et Sa Majesté faisait confiance à sa fille.

— Mais de ce que je sais de lui, il peut être du genre à n'en faire qu'à sa tête.

La reine fit reprendre le chemin de la maison à son poney avant de poursuivre à contrecœur :

— Il y a autre chose.

— Oui ?

— Julian Cassidy. Je crois savoir que la police s'intéresse à ses activités. Apparemment, il s'était disputé avec Ned. Je doute qu'il y ait lieu de s'en inquiéter, mais dites-moi si vous entendez parler de quelque chose.

— Je verrai ce que je peux trouver, Madame.

La reine rentra à la maison d'humeur joyeuse. Elle ne savait pas si les picotements qui parcouraient sa peau signifiaient qu'elle était sur la bonne voie mais, au moins, elle avançait. Les Cambridge seraient là d'une minute à l'autre et cet abominable rhume commençait enfin à battre en retraite. Pour la première fois depuis son arrivée, ses sinus étaient dégagés et elle n'avait (presque) plus de courbatures. Ayant retrouvé un peu d'entrain, elle monta se changer avec un certain élan dans sa démarche.

CHAPITRE 16

Le lendemain, peu avant le déjeuner, alors que la reine profitait d'un moment de calme avec sa dame de compagnie, c'est un premier mystère qui sembla être résolu.

— Je pense que vous devriez voir ça, annonça lady Caroline, qui était en train de trier le courrier personnel de Sa Majesté.

La reine leva les yeux du magazine *Country Life* dans lequel elle avait juste fini de lire un article assez poétique sur le grand campagnol.

— Mmm ?

— Une lettre d'Astrid Westover, figurez-vous, dit lady Caroline en grimaçant. Aimeriez-vous que je vous la lise ? Je meurs d'envie de le faire en prenant une voix amusante mais ce serait terriblement impoli. Surtout après ce qu'elle vient de traverser. C'est tout à fait tragique, bien sûr.

— Quoi donc ?

— L'histoire de la main disparue. Et elle est si jeune, c'est vrai. Je suppose que ceci explique cela. Mais honnêtement, on imagine mal une telle naïveté. Elle se croit dans un roman Harlequin, sauf que ce n'est pas aussi bien écrit. J'adorais les Harlequin, à l'école. Une de mes amies en écrivait sous un nom de plume. Je...

— Venez-en au fait, Caroline.
— Oui, Madame. Désolée. Oui, bien sûr.
Lady Caroline lut à haute voix :

Merci beaucoup pour votre sympathique lettre à ma mère. Elle en a été vraiment enchantée et je sais qu'elle va écrire à Votre Majesté personnellement. Je tenais simplement à vous faire savoir combien je suis touchée que vous ayez pensé à Ned, mon fiancé bien-aimé, et à moi-même. Je suis sûre que vous vous êtes inquiétée de ce qu'il était advenu de moi mais je voulais rassurer Votre Majesté. Je vais bien. Je reste avec ma mère, loin de la presse, qui est odieuse comme je suis convaincue que vous le savez. On y lit toutes sortes de commentaires blessants sur notre différence d'âge, insinuant que je voulais épouser Ned pour son argent, ce qui est un mensonge. Je n'arrivais tout simplement pas à faire face et je suis venue rejoindre ma mère ici, à Holt, pas très loin de chez vous à Sandringham.

Votre Majesté est trop aimable de penser à maman, qui vous envoie ses amitiés. Mon Ned chéri parlait beaucoup de vous et de ses jours heureux à Sandringham, à l'époque où Votre Majesté le traitait comme un fils. Je sais qu'il voulait me montrer ces endroits qui l'avaient vu grandir et comptaient tant pour lui.

Je ne réalise toujours pas ce qui est arrivé à la personne avec qui je m'apprêtais à partager ma vie. Ned était un rayon de soleil, comme je suis certaine que Votre Majesté le sait. Nous devions nous marier dans six semaines. Sans lui, je suis perdue, et la seule chose qui m'aide est de parler à ceux qui l'ont connu et compris. Votre Majesté l'a connu enfant, et je pense que vous devez ressentir la même chose.

Avec toute mon amitié, et mes meilleurs vœux pour 2017,

Votre humble serviteuse,
Astrid

— Comme c'est étonnant, dit la reine.

— N'est-ce pas ?

— C'est donc pour cette raison que la police ne semblait pas s'inquiéter outre mesure. Ils devaient être au courant.

— Profil bas, résuma lady Caroline. Je ne trouve pas qu'on puisse lui en vouloir. Toute cette attention de la presse, ce doit être horrible. Mais même dans ces circonstances, elle est très courageuse, non ? Dois-je faire comme d'habitude ? « Sa Majesté a souhaité que je vous remercie de votre lettre… »

— Oui. Et dites-lui encore combien nous sommes attristés. Je pense que cela devrait suffire.

Après le dîner, ce courrier redevint un sujet de conversation lors d'un jeu de mime dans le salon. Lady Caroline avait rejoint la famille et les invités, qui incluaient maintenant les jeunes princesses et un ensemble éclectique de vieux amis. Pendant que tout le monde cherchait des titres de films, de livres ou d'émissions de télé à mettre dans le chapeau, lady Caroline se tourna vers la reine et lança :

— Le toupet de cette fille, tout de même ! Astrid Westover. Je n'en reviens toujours pas. Et vous ?

Lady Caroline ayant développé une voix puissante sur les terrains de hockey sur gazon de sa jeunesse, tout le monde dressa l'oreille.

— Oh ! Astrid ? demanda Beatrice. Celle qui devait épouser Ned St Cyr ? Qu'a-t-elle dit ?

— Elle a très clairement laissé entendre qu'elle aimerait bien être invitée à Sandringham, révéla lady Caroline. N'est-ce pas, Madame ?

— En effet, plus ou moins.

— Je n'ai jamais vu autant d'allusions. Je m'attendais presque à ce qu'elle finisse par dire qu'elle passerait faire coucou dans la matinée.

— Oh, pourrions-nous l'inviter ? lança Eugenie. Elle sait peut-être des choses sur ce qui s'est passé.

— Quel sujet macabre, intervint la reine. Particulièrement pour quelqu'un d'aussi proche de Ned.

— Mais si elle a envie de venir, peut-être qu'elle a aussi envie de parler.

— Je pense qu'elle veut juste s'offrir une petite visite du domaine et nous voir en train de faire le puzzle, fit remarquer Philip.

Son épouse trouvait ce point de vue très pertinent, surtout après le récent passage du commissaire divisionnaire.

— Vous pourriez toujours lui proposer, proposa Beatrice. Juste pour voir.

— Je dois admettre que j'aimerais bien vérifier si elle est aussi directe en personne que sur le papier, avoua lady Caroline.

— Je ne suis pas certaine de vouloir récompenser un tel trait de caractère.

— Elle mérite quelques points pour son culot, concéda Philip.

— Allez, grand-mère ! fit Eugenie. Cette pauvre femme est en deuil. Nous lui apporterions un peu de réconfort. Ne pourrait-elle pas venir bientôt ? Nous sommes attendues au chalet dans quelques jours seulement.

La reine avait l'intention de rester ferme. *On* n'invitait pas des gens à se joindre à la famille parce qu'ils en exprimaient le souhait. Si elle commençait comme ça, il lui faudrait bientôt un domaine de la superficie de plusieurs stades de Wembley. Cependant, elle aimait faire plaisir. Peut-être lui restait-il aussi quelques vestiges de jalousie envers la proximité de Georgina St Cyr et son fils. La dernière carafe de porto de la soirée n'avait pas fini de circuler qu'elle avait cédé. Soit, sa famille apporterait son « réconfort » à la jeune femme.

Puisque Astrid Westover se cachait comme une bête traquée, son agenda était assez vide. Elle se présenta donc pour le café du matin quarante-huit heures plus tard – juste avant le départ des jeunes princesses pour les sports d'hiver. Elle sortit de sa voiture vêtue d'un manteau en fausse fourrure aux teintes multiples, que les filles identifièrent aussitôt comme issu de la marque tendance créée par une de leurs amies. Ignorant que la famille l'observait par les fenêtres du salon, elle s'arrêta un moment, le dos tourné à la demeure.

— Je crois qu'elle est en train de faire des selfies, expliqua Eugenie.

— Quelqu'un devra lui dire de ne pas les publier.

Quand elle entra dans le salon, la reine fut fascinée de voir que, même de près, elle était d'une perfection aussi irréprochable qu'un top model retouché dans un magazine. Son maquillage lui faisait un visage aussi pur et doux que celui d'une poupée. Son front était dénué de rides. Quant à ses lèvres, elles avaient cet aspect un peu « bouche de poisson » que la reine voyait de plus en plus souvent chez les jeunes femmes de sa connaissance. Sophie de Wessex lui avait expliqué qu'on appelait cela un « *trout pout* », une moue de truite. Elle se demandait de quoi Astrid avait l'air sans tout cela. Quoi qu'il en soit, son maintien était irréprochable, et elle exécuta une révérence appuyée à l'intention de tous les membres de la famille royale.

— Votre Majesté, murmura-t-elle, d'une profonde voix de contralto à laquelle la reine ne s'attendait pas. Merci pour l'invitation. Je vous ai apporté de la confiture.

Astrid fouilla dans son sac cabas et remit deux bocaux d'une substance visqueuse et d'un violet suspect au valet le plus proche. Comme beaucoup d'autres, elle avait dû lire que Catherine, la duchesse de Cambridge, avait conquis la famille en lui offrant de la confiture maison pour Noël. En ayant reçu beaucoup depuis, la reine commençait à s'en lasser. Le fait est que Catherine avait un don pour les confitures, et que cela faisait toute la différence.

— C'est donc ici que Ned a grandi, fit Astrid, la voix tremblante d'émotion, tout en levant les yeux vers les tapisseries, la tribune des musiciens et les portraits royaux. Savez-vous que rien qu'en me tenant dans cette pièce, je ressens sa présence ?

La reine vit les sourcils de Philip se soulever d'un bon centimètre. Elle espérait que sa famille saurait se tenir.

— Oui, il venait parfois ici. Il y a très longtemps.

Continuant à dévorer la pièce des yeux, Astrid émit un petit couinement lorsque son regard se posa sur le piano à queue.

— Oh, le puzzle ! Vous le faites encore ! Ned m'en a parlé. Il adorait Sandringham. C'est une partie de son enfance à laquelle il était très attaché.

— Vous le connaissiez vraiment bien ? demanda Philip. Enfin, depuis combien de temps le connaissiez-vous ? Il ne nous a pas toujours adorés, vous savez ?

— Ah bon ? s'étonna Astrid. Je suis sûre que si. Il parlait beaucoup de vous. Il disait que vous étiez d'excellents agriculteurs. Très tournés vers l'avenir, surtout pour des gens de votre génération. Il disait parfois que les vieux paysans étaient les meilleurs parce qu'ils avaient tout vu.

Philip et Sa Majesté échangèrent un regard qui échappa à Astrid.

— Prendrez-vous un café ? proposa la reine. Je pense qu'il est déjà servi dans le petit salon.

Les autres membres de la famille mimèrent assez bien la surprise en la voyant entrer dans la pièce. Une sélection de pâtisseries tout juste sorties du four les attendait. La jeune femme s'assit à l'une des tables de jeu et se mit à grignoter des sablés à la lavande en monopolisant la conversation.

— Selon Ned, vous faisiez des choses extraordinaires avec le domaine, dit-elle au prince Philip. Pour rendre l'agriculture plus responsable, je veux dire.

— Il l'avait donc remarqué ?

— Oh oui. Il était très curieux. Même s'il a grandi à Ladybridge, où il y avait une grande ferme, Abbottswood n'était pas du tout pareil. Il n'y avait que des bois et des marécages, et Ned ne supportait pas l'idée d'abattre des arbres. Certains sont là depuis quatre cents ans.

Philip opina du chef.

— C'est ce que je ne cesse de répéter. Et donc, il avait cette idée de réensauvagement ?

— À vrai dire, c'est moi qui la lui ai donnée. J'ai découvert ça lors d'un voyage professionnel sur le continent. Ned y a jeté un œil et il a été complètement enthousiasmé. C'était notre façon de nous connecter spirituellement avec la terre, voyez-vous ?

Un ensemble de petits bruits peu clairs servit de réponse générale.

— Il voulait faire quelque chose dont ses petits-enfants pourraient être fiers. C'est pour ça que j'étais absolument certaine que la police faisait erreur quand elle a arrêté son fils. J'ai rencontré Jack à Abbottswood quand il est venu parler du projet à Ned. C'était le type le plus gentil, le plus encourageant qui puisse être à l'égard de ce que nous tentions de faire. C'était vraiment un plaisir. J'espérais qu'il viendrait travailler avec nous.

— Je ne comprends pas, intervint la reine. Je croyais qu'il détestait son père.

— Leurs relations étaient tendues, reconnut Astrid. Mais Ned faisait tout son possible pour se réconcilier avec lui. Nous avons beaucoup travaillé sur nous lors de notre fabuleuse retraite au Kerala l'année dernière. Après ça, il a souhaité se rapprocher de ses enfants et de ses petits-enfants. C'est devenu encore plus évident quand il a appris que la petite amie de Jack était enceinte. Après tout, ce qui compte le plus, c'est la transmission, non ? Nous voulions que cet endroit devienne un lieu propice au développement. En laissant la nature faire.

Ned était très zen. Vous auriez dû le voir en position du lotus.

— Je suis ravi d'y avoir échappé, lâcha spontanément Philip.

— J'ai entendu dire qu'il s'adoucissait, hasarda la reine. C'est ce que m'a dit la fille de lord Mundy.

— Oh oui, c'est vrai ! C'était tellement gentil de leur part de l'inviter aux funérailles de lady Mundy. La mère de Ned est enterrée à Ladybridge, et cela signifiait qu'il pourrait de nouveau aller la voir, ce qui lui importait plus qu'il ne voulait le montrer. Il essayait de tendre la main à tout le monde. Et il avait vraiment à cœur de faire redécouvrir le Norfolk grâce au réensauvagement...

— Je pensais qu'on le connaissait déjà grâce à Sandringham, rappela Philip.

— Mais c'était tellement difficile. Les gens ne comprennent pas du tout. N'importe quel projet connaît forcément quelques problèmes, au début. C'est vrai qu'il y a eu des soucis avec les sangliers, les castors et les daims... mais c'étaient des accidents. Ned n'a jamais voulu qu'ils s'échappent. Si vous saviez combien de milliers de livres il a dépensés pour les garder dans la propriété ! Mais Matt Fisher et sa femme ont tout fait pour que le projet capote. Je crois qu'ils n'ont jamais pardonné à Ned que des sangliers aient dévasté leurs pelouses juste avant l'anniversaire de leur fille. Ils n'ont rien compris. Ned adorait ces terres. À Abbottswood, les sangliers sont en train de transformer le paysage. Ou, du moins, c'est ce qu'ils faisaient avant que nous les perdions.

— Ça, pour transformer le paysage ! râla Philip.

— Les castors, c'était un peu une erreur. On a été stupéfaits de voir avec quelle facilité ils franchissent une clôture ! Mais, avant de partir, ils ont créé un magnifique petit paysage marécageux. Vous devriez venir voir ça. Si ce n'est que…

Astrid se tut un instant avant de poursuivre :

— Je ne sais pas où en est ce projet aujourd'hui. J'avais déjà tout prévu pour la marque, pour sa promotion sur les réseaux sociaux. Pour établir une *fanbase*, vous voyez ? Nous avions même entamé des négociations avec Channel 4. Ned devait passer me prendre à l'aéroport pour me conduire à Abbottswood. Nous devions y tourner quelques vidéos pour les leur montrer. Nous avions encore échangé des textos à ce sujet la veille au soir. Il disait qu'il était impatient de me voir…

— S'est-il vraiment volatilisé ? demanda Eugenie.

Astrid hocha la tête.

— Au début, je ne me suis pas inquiétée. Je me disais que j'allais le voir apparaître d'une seconde à l'autre. Depuis l'aéroport, je l'ai appelé sur son portable. Il m'avait prévenue qu'il risquait d'être en panne de batterie, ce qui était effectivement le cas. Alors j'ai appelé Abbottswood… Rien. Il n'y a pas de ligne fixe à l'appartement. À ce moment-là, j'étais bien remontée contre lui. Ce qui, maintenant, me paraît vraiment tragique.

— Non, c'est compréhensible, éluda rapidement Beatrice. Et après ?

Voilà donc comment on apporte un peu de « réconfort », se dit la reine.

— J'ai pris un taxi pour la maison, convaincue que j'allais le trouver dans la cuisine, en train de préparer le souper, sincèrement désolé de son oubli. Mais il n'était pas là. Comme le salon était sens dessus dessous, je me suis dit qu'il avait dû y avoir un cambriolage… J'ai imaginé le pire, mais il n'y avait que les chiens qui hurlaient à la mort. Ned n'avait pas dû fermer correctement la porte de la cuisine, et il ne leur avait pas sorti de jouets. Sans son petit lapin, Gwennie devient complètement hystérique. Et ces pauvres bêtes mouraient de faim.

— Il les avait déjà laissés seuls aussi longtemps ? demanda Eugenie, qui aimait beaucoup les chiens.

La reine s'était posé la même question. Elle savait que ce n'était pas le plus grave, mais Ned ne les aurait jamais abandonnés ainsi.

— Oh non ! Ils ont l'habitude de rester seuls la nuit, mais seulement de temps en temps. Normalement, quand nous sommes absents, la femme de ménage les nourrit et les fait sortir le matin. Ned avait laissé un mot sur la table, mais il ne devait pas avoir les idées claires car ce n'était pas le jour où elle venait. Je suis sortie en me disant qu'il était peut-être tombé quelque part en allant voir les daims ou autre chose... Il faisait nuit noire. Je ne voyais rien du tout. J'ai appelé encore et encore. Le lendemain, j'ai attendu, mais toujours rien. Dans l'après-midi, j'ai fini par contacter la police. On m'a répondu de ne pas m'inquiéter mais, évidemment, je me faisais un sang d'encre. Le soir même, j'ai pris son double des clés de l'appartement et j'ai roulé jusqu'à Londres. Mais je n'ai trouvé aucun signe de lui. Juste la vaisselle du petit déjeuner dans l'évier, comme s'il avait l'intention de revenir la laver. Ces messages écrits sur mon téléphone... c'est ce qu'il me reste de plus récent. Je n'arrête pas de les lire et les relire.

Astrid s'arrêta soudainement. Si ses muscles faciaux avaient été capables d'exprimer une émotion, ç'aurait été le désarroi. La reine se sentit légèrement coupable d'avoir sous-estimé l'intensité des liens qui unissaient Ned et sa jeune fiancée. Il y avait ici une véritable affection, ainsi que des objectifs communs. Sa Majesté connaissait bien cela.

— Ce doit être très difficile, compatit-elle.

Astrid hocha la tête.

— Avoir les chiens m'aide un peu. Il leur manque autant qu'à moi. Gwennie, la setter, est inconsolable. Elle reste tout le temps couchée à me regarder. Ils savent tous les deux qu'il y a quelque chose d'anormal.

Plusieurs membres de la famille portèrent alors un regard plus indulgent sur la jeune femme.

— Quelque chose devait vraiment le travailler pour qu'il ait roulé aussi vite sur la route de Londres. Il s'était promis de ne plus le faire car il ne lui restait plus beaucoup de points sur son permis…

— Vous a-t-il semblé stressé ? demanda Beatrice.

— Pas particulièrement. Mais je suppose qu'il l'était tout de même. Peut-être essayait-il de me le cacher. Enfin, je savais bien qu'il avait pas mal de soucis. Je pensais que c'était lié à l'évasion des sangliers, parce qu'il s'était passé quelque chose d'affreux avec le chien de Mr Fisher, un cockapoo.

— Juste ciel ! s'écria la reine. Que s'est-il produit ?

— Oh, c'est épouvantable. Il y a un mois, les sangliers se sont échappés. Ils traînaient juste dans les fourrés, sans embêter personne, quand le chien est venu voir ce qu'ils faisaient. Mais, à partir de là, il ne les a plus lâchés. Alors, à force, ils en ont eu assez et… Enfin, ce sont des animaux sauvages, après tout.

Après avoir conclu par un haussement d'épaules, Astrid remarqua que plusieurs paires d'yeux royaux la regardaient avec horreur. Elle rougit.

— Ce que je veux dire, c'est que ce n'est pas leur faute. Apparemment, ils perçoivent encore les chiens comme des loups. C'est l'instinct de survie.

Elle redressa le menton.

— Et cet abominable bonhomme de Muncaster a menacé de tuer Ned, ce qui était vraiment injuste. Il était dévasté pour le chien, naturellement. Il adorait les chiens.

À ce stade, Astrid fit une chose à laquelle personne ne s'attendait. Ses yeux commencèrent par s'embuer, puis elle se mit soudain à pleurer toutes les larmes de son corps, incapable de se retenir.

— Je… Je suis désolée, hoqueta-t-elle, son mascara laissant des traînées noires. Je… ne sais pas… ce que je…

Elle essayait d'essuyer ses joues mouillées du dos de sa main. Un valet s'approcha avec une serviette de table mais elle lui fit non de la tête.

— Ça va aller.

Elle se fendit péniblement d'un sourire penaud et posa son regard sur le gros objet le plus proche, qui se trouvait être un panneau couvert d'éventails vénitiens.

— Ils sont magnifiques. Vous les collectionnez ? Ils sont du XVIIIe ?

À ce moment précis, la reine revit la mère de la jeune fille, qui était dotée de cette même fascinante carapace. Moira avait toujours fait comme si l'alcoolisme notoire de son mari n'avait jamais existé et il était clair qu'elle avait inculqué cela à sa fille. Cependant, derrière la façade impeccable, Sa Majesté voyait bien que la pauvre Astrid était anéantie. Elle était sincèrement dévouée à son fiancé, et avait vraiment désiré la vie qu'ils projetaient ensemble. Malgré la différence d'âge, elle aurait bien convenu à Ned. Peut-être même que, sous son influence, il aurait su retrouver sa place à Sandringham. Une soirée organisée par Ned St Cyr, tant d'années après, ç'aurait été quelque chose.

Sa Majesté ne partagea aucune de ces réflexions avec Astrid. Elles ne l'auraient probablement pas aidée. Mais elle lui proposa de demander au chef sa recette de sablés à la lavande et lui assura que tout le monde ici était impatient de goûter sa confiture.

CHAPITRE 17

Sir Simon et Rozie ne comptaient plus leurs heures. Il était tard et la secrétaire adjointe remarqua que son supérieur avait l'air quelque peu préoccupé. En janvier dernier, se souvint-elle, sir Simon avait profité au maximum de l'accalmie des vacances d'hiver. Il s'arrêtait à 17 heures et passait ensuite son temps au téléphone avec son épouse restée à Londres. Cette année, lady Holcroft était en Écosse, mais ce n'était pas ce qui expliquait le visage soucieux du secrétaire particulier de Sa Majesté, ni l'énorme pile de documents qu'il était en train de lire.

— Quelque chose d'intéressant ? demanda Rozie en passant la tête par la porte.

— Uniquement si vous vous passionnez pour le supplément d'information concernant l'appel du gouvernement à la Cour suprême dans l'affaire Miller contre le secrétaire d'État sur la sortie de l'Union européenne, répondit-il en se frottant les yeux avant de redresser la tête. Tout cela est très important mais a cessé de m'intéresser il y a environ huit heures. Le jargon des bureaucrates bruxellois me donne un peu de fil à retordre, mais rien d'insurmontable.

— Vous êtes obligé de faire ça ?

— Oui. Le Premier ministre a tenté d'invoquer la prérogative royale pour déclencher notre départ. Encore sa rengaine « Brexit veut dire Brexit ». Nous connaissons plutôt bien le mode de fonctionnement de la prérogative royale. Mais, dans ce cas précis, Brexit veut surtout dire…

Il désigna la montagne de documents posée sur son bureau.

— Je ne suis pas sûr que quiconque sache vraiment ce que cela veut dire en ce moment. Et la secrétaire du Premier ministre a appelé. Theresa May veut parler. C'est de mauvais augure.

— Pourquoi ?

— Parce que ça veut dire qu'elle y a réfléchi pendant les fêtes.

— Et ce n'est pas une bonne chose ?

— Pas forcément, non. Quand ils ont trop de temps libre, les Premiers ministres ont tendance à avoir de mauvaises idées et à les partager avec les mauvaises personnes, ce qui les rend encore bien pires.

— J'aurais pensé qu'un peu de repos et de détente lui auraient fait du bien, dit Rozie.

Sir Simon pouffa.

— Si elle se reposait ou se détendait, je serais peut-être d'accord avec vous. Mais ils ne font jamais ça. En tout cas, pas depuis Harold Macmillan. Je ne sais pas trop si elle est de ce genre-là mais, souvent, ils réunissent leurs plus proches conseillers de manière informelle ou alors ils organisent de grands dîners avec tous leurs soutiens. Là, ils passent leur temps à réfléchir et à envisager tous les scénarios possibles. Si la patronne le pouvait, elle les emmènerait tous à la pêche pour qu'ils se détendent un peu et prennent du recul.

— Je n'imagine pas Theresa May à la pêche, avoua Rozie, très amusée.

— Moi non plus, et c'est là le problème, soupira sir Simon. Je sens que cette pile de documents ne va faire que monter ces prochaines semaines. Et il faut quand même que je maîtrise un minimum le sujet !

— Voulez-vous que je les lise pour vous ? Ne serait-ce qu'un dossier ?

— Non, c'est gentil. J'ai bientôt quelques rendez-vous à Londres, alors il vaudrait mieux que j'aie l'air d'y comprendre quelque chose. Rentrez vous reposer.

Rozie lui rendit son sourire amical, mais elle ne pouvait s'empêcher de se sentir exclue. Elle avait apprécié son bref moment à la tête du Bureau privé, quand elle pouvait lire tous les secrets internationaux. Maintenant, son travail lui paraissait bien ordinaire. Et elle ne pouvait pas compter sur Henry pour se changer les idées, car il était absent pour deux semaines.

Rozie était logée dans un pavillon victorien, à un quart d'heure de marche du domaine. Au fil du temps, cet endroit avait accueilli bon nombre de rois, de reines et de maîtresses. La secrétaire particulière adjointe se disait que la plupart avaient dû, eux aussi, trouver ses murs sombres et son mobilier massif un peu oppressants. Cependant, sa chambre était grande, le lit confortable, et tout était toujours mieux que les box qu'elle avait connus à l'armée.

Deux autres invités logeaient également dans son pavillon. Il s'agissait d'un compositeur et de son épouse, une célèbre cantatrice. Ils n'étaient là que pour quelques jours et, quand ils ne passaient pas leurs soirées à participer à des jeux festifs, ils interprétaient de la musique classique ou de vieux succès des Beatles pour leurs hôtes royaux sur le piano à queue du salon. Cela signifiait que Rozie avait le pavillon pour elle seule. Elle en profita pour ordonner l'agenda de la reine sur la grande table en acajou. Elle avait ses petites habitudes : elle attribuait une couleur à chaque événement en fonction de son degré d'importance ou de préparation. « Ce qui se passait à Sandringham restait à Sandringham », certes, mais la plupart du temps cela se résumait à de la paperasserie.

La tâche lui prit plus de temps que prévu. Il devait être pas loin de minuit, car la playlist de Fela Kuti et Nina Simone qu'elle avait mise en fond sonore sur son téléphone s'était déjà répétée une douzaine de fois. Il y avait du vent, et dehors quelque chose claquait sourdement à un rythme irrégulier. On aurait dit des cordes ou des voiles mal attachées. À l'armée, tout devait toujours être solidement arrimé, et ce bruit finit par lui être insupportable. Elle prit la plus grande lampe torche qu'elle put trouver dans le placard de l'entrée, son manteau, glissa ses pieds dans les premières bottes à sa taille et sortit voir ce qui se passait.

Le pavillon partageait son jardin avec celui d'un petit cottage dans lequel on installait autrefois les domestiques des invités de la famille royale. Rozie savait que ce logement avait été mis temporairement à la disposition du nouveau comptable. Elle avait déjà essayé de lui parler de son histoire de bagarre avec Edward St Cyr sur le parking du pub, mais soit il n'était jamais chez lui, soit il l'évitait. Et elle n'avait pas oublié la façon dont il l'avait toisée durant la partie de chasse. Cela ne l'avait pas inquiétée sur le moment mais, maintenant, la situation était plus délicate.

Le bruit semblait provenir d'un appentis ouvert attenant

au cottage. Braquant sa lampe torche, Rozie n'y vit que quelques outils en train de rouiller, un petit bateau recouvert d'une toile de protection et un véhicule sous bâche plastique. Une partie de la bâche s'était détachée, d'où ses claquements frénétiques. Comment était-il possible que Cassidy ne l'entende pas ? En balayant l'appentis à la lueur de sa lampe, elle vit qu'un tendeur traînait par terre. Et que sous la bâche se trouvait un 4x4 Land Rover Freelander.

Rozie en fut surprise. Beaucoup de gens protégeaient leurs véhicules de cette façon, mais il s'agissait plutôt de voitures de sport ou de collection craignant la rouille. Celle-ci n'entrait dans aucune de ces catégories. La jeune femme trouvait également curieux que Julian ne la conduise pas. Sur les routes locales, ç'aurait été beaucoup plus logique que la petite Nissan garée devant le cottage, qui lui avait tout l'air d'un véhicule de location. *Pourquoi laisser une bonne voiture sous bâche si on…*

Elle n'avait pas encore fini de formuler cette pensée que sa lampe était déjà rivée sur la calandre côté conducteur. Elle défit le dernier tendeur restant, tira sur la bâche et éclaira l'autre côté du Freelander. Son cœur s'emballa. Le feu avant gauche était cassé. Tout le coin du châssis était écrasé et le pare-chocs pendait à moitié. Le capot était tout enfoncé. *On dirait un creux d'environ… la taille d'une femme adulte*, se dit Rozie.

Les phares d'une voiture qui approchait au loin illuminèrent la cime des arbres. Rozie distinguait le bruit du moteur malgré le vent. Avant de déguerpir, il lui fallait prendre une photo des dégâts. Elle plongea la main dans sa poche de manteau. Rien. Et la voiture était trop proche, maintenant. Elle avait dû laisser son téléphone sur la table de la salle à manger, où il devait être en train de jouer pour la centième fois « My Baby Just Cares for Me ».

Rozie éteignit sa torche, le temps de voir ce que faisait la voiture. Celle-ci poursuivant son chemin, la jeune femme décida de rentrer chercher son portable au pavillon. Alertée par un bruit, elle se retourna et découvrit soudain une grosse masse noire qui fonçait droit sur elle dans l'obscurité. *Merde !* Un chien. *Évidemment.* Tout le monde en avait un, par ici. L'animal se planta devant elle et aboya assez fort pour réveiller un mort. Elle tendit tous ses muscles et attendit que Julian arrive.

Sauf qu'il ne vint jamais. Rozie remarqua alors que la porte de derrière du cottage était grande ouverte. Une faible lueur émanait de l'intérieur. Le vieux labrador semblait agité. Elle aurait pu jurer qu'il lui demandait d'entrer.

Le bon sens aurait voulu qu'elle parte en courant et appelle la police. Mais cette porte ouverte en plein cœur de l'hiver avait quelque chose de louche. Durant sa formation militaire, elle avait appris à évaluer les risques d'une situation avant d'entreprendre quoi que ce soit.

Les rideaux de la pièce voisine de la cuisine n'étaient que partiellement tirés. Sa torche à la main, tous ses sens en alerte, Rozie s'avança sur la pointe des pieds jusqu'à la fenêtre et regarda à l'intérieur. Le salon était éclairé par une unique lampe coiffée d'un abat-jour de guingois. Le sol était jonché d'assiettes sales et deux bouteilles de vin vides gisaient par terre. Rozie finit par vaguement distinguer une jambe dépassant de derrière un canapé défoncé. Le chien était rentré s'asseoir à côté.

Rozie le suivit prudemment. La porte ouverte donnait

sur la petite cuisine, où un fusil de chasse était posé sur une table jouxtant du matériel de nettoyage. Le long du mur, par doubles rangées, se trouvaient d'autres cadavres de bouteilles. Au bout de la pièce, une porte ouverte menait au salon. Rozie vit l'homme dès qu'elle entra. Elle s'accroupit au niveau de sa tête et observa son visage livide et mal rasé.

Ainsi donc, Julian Cassidy, c'était *ça*. Rozie le reconnaissait, maintenant. Avant leur récente partie de chasse à Sandringham, leur dernière rencontre remontait à environ cinq ans. Elle se souvint qu'il portait une courte barbe, à l'époque. Il avait tiré au fusil juste à côté d'elle pour le Prix de la reine à Bisley. Elle n'était pas surprise qu'il se soit souvenu d'elle : dans le milieu assez fermé du tir sportif, contrairement aux hommes blancs, les femmes noires n'étaient pas légion. Elle avait l'habitude qu'on la remarque. Elle se rappelait que Cassidy s'était montré convivial et aussi habile qu'elle avec un fusil. Et même s'ils n'avaient pas gagné, ils avaient copieusement arrosé l'événement.

Elle posa ses doigts sur son cou et sentit une faible pulsation. Quoi qu'il ait pu lui arriver, il n'allait pas lui faire de mal. Pas ce soir, en tout cas.

CHAPITRE 18

La reine leva les yeux du dernier document des boîtes et contempla une nuée de bécasseaux maubèches tournoyant dans le ciel gris pâle. Les figures que dessinaient ces petits oiseaux dans les airs l'avaient toujours fascinée. Ils créaient toutes sortes de courbes qui se formaient et se déformaient sous vos yeux. Ils lui rappelaient ainsi que même les souverains ont leurs limites. Et surtout, ils représentaient le grand air et le fait qu'elle ne s'y trouvait pas en ce moment. Elle décida donc d'y remédier.

Les principales salles de réception étaient vides. La famille et ses invités étaient visiblement déjà sortis. Sa Majesté supposait qu'ils étaient tous en train de se promener gaiement dans les champs, mais Mrs Maddox lui précisa que les plus jeunes étaient partis faire quelques emplettes à Burnham Market. Elle n'avait jamais bien compris ce constant besoin d'être dans de petits lieux clos et surchauffés alors qu'il était possible de passer du temps auprès des animaux. Qu'importe. Elle profiterait de l'occasion pour retourner faire un tour au haras.

Tandis qu'elle nouait son foulard sous son menton, elle se demanda si elle y trouverait ce pauvre Arthur Raspberry, qu'elle savait rongé par l'anxiété. Puis elle repensa à Ivy, sa rebelle petite sœur, qui se trouvait sur la plage de Snettisham le jour maudit. Les Raspberry et Snettisham… Judy n'était pas la seule de la famille à y avoir vu quelque chose d'intéressant. La reine visualisa la scène après l'orage, le sac plastique et la jeune fille terrifiée. La drogue s'était échouée là le même jour. Sir Simon avait mentionné qu'il manquait un paquet dans le grand sac. Mais après la découverte d'Ivy, la plage devait grouiller de policiers et de membres de la brigade scientifique. L'image mentale que s'en faisait Sa Majesté lui donnait matière à réflexion.

C'était possible. Improbable mais possible. Et plus elle y pensait, plus elle en était convaincue. Après un dernier nœud à son foulard, elle sortit avec de nouvelles motivations.

Le Land Rover l'attendait dans la cour de devant, mais son agent de protection rapprochée était absent. Or, lorsqu'elle s'apprêtait à sortir, il était en général toujours là. Elle s'adressa donc au valet le plus proche.

— Savez-vous où est l'inspecteur-chef Jackson ?

— Voulez-vous dire l'inspecteur Depiscopo, Madame ? Il remplace Mr Jackson depuis hier, Madame. Je vais me renseigner.

La reine s'en voulut d'avoir oublié ce détail. Ses agents de protection se relayaient régulièrement et Jackson était effectivement déjà reparti pour Londres. Elle connaissait Jackson depuis des années, alors que Depiscopo venait d'arriver. Le gouvernement avait imposé un système de rotation des agents de protection d'une personnalité publique à une autre. Jusqu'à présent, cette réforme déplaisait à toutes les personnes concernées. En outre, elle coûtait une petite fortune en heures supplémentaires, car les anciens agents de protection de la famille royale ne comptaient pas vraiment leurs heures tandis que les nouveaux se conformaient strictement aux horaires. Après deux agaçantes minutes d'attente, Sa Majesté décida de partir seule au volant du Land Rover.

— Il sait où me trouver, dit-elle, laconique.

Le valet déglutit et hocha la tête. Depiscopo ne ferait pas cette erreur deux fois.

Au haras, la reine passa un agréable moment à admirer les juments et leurs poulains dans le jardin clos. Comme elle, les poulains avaient un anniversaire officiel, en plus du vrai. Ainsi, chaque 1er janvier, comme l'administration l'avait décidé, tous les poulains vieillissaient d'une année. Le mieux pour un éleveur était donc de veiller à ce que les poulains viennent au monde le plus tôt possible dans l'année. Le poulain d'Estimate, par exemple, était né au début du printemps, ce qui était idéal car il serait déjà bien développé quand il commencerait à concourir, à 2 ans. Encore fallait-il qu'il en ait le niveau, mais à en juger par ses proportions, ses mouvements et l'intelligence que trahissait sa façon de dresser les oreilles, Sa Majesté plaçait de grands espoirs en lui. Toutefois, ce matin, ses pensées étaient ailleurs.

Elle fut ravie de voir qu'Arthur comptait parmi les palefreniers présents. Alors qu'ils se préparaient à emmener les chevaux dans la cour de derrière, elle lui demanda de patienter un instant à côté de la statue de Persimmon, dont les victoires sur piste avaient permis à son arrière-grand-père de financer le magnifique jardin clos. Le pauvre garçon manquait tellement de sommeil qu'il en était livide. Sa Majesté avait déjà remarqué cela aux écuries. Sur le coup, il lui avait paru naturel que le jeune homme s'inquiète pour sa tante et sa petite sœur. Maintenant, elle se demandait s'il n'y avait pas autre chose.

— Comment va Mrs Raspberry ? Avez-vous des nouvelles ?

Arthur semblait étonné qu'elle lui pose la question.

— Elle est sortie du coma il y a deux jours, Madame. Mais elle n'a plus aucun souvenir de l'accident. Elle est couverte de contusions. Mon père ne voulait pas que nous allions la voir mais il le fallait. Enfin, nous voulions y aller.

— C'est bien. Je suis sûre que cela lui a été d'un grand réconfort.

— Elle avait l'air… mal, Madame. Maigre. Son visage était tout violet et jaune… Et, vous savez, les tuyaux et tout ça.

— Laissez-lui un peu de temps, dit Sa Majesté, qui avait vu beaucoup de victimes d'accidents de cheval dans sa vie. Elle va guérir. Elle sera sûrement déboussolée mais vous pourrez l'aider en lui tenant compagnie. Quelque chose me dit que vous ferez cela très bien.

— Euh, d'accord. Mais je n'en suis pas si sûr.

Son expression en disait long.

— J'ai repensé à ce que votre sœur a découvert sur la plage, dit la reine, voyant le garçon se raidir de la tête aux pieds.

— Quoi, Madame ? Je veux dire, pourquoi ? Euh, je…

— Je me demandais si elle était allée là-bas toute seule… À pied, Snettisham est très loin de West Newton. C'est bien là que vous habitez ?

— Oui, Madame.

— Donc je me demandais si, par hasard, quelqu'un ne l'aurait pas véhiculée puis peut-être accompagnée sur la plage. Où cette personne aurait aussi vu… autre chose… par la même occasion. Avant l'arrivée de la police.

Le pauvre garçon était blême. La reine avait estimé son risque d'erreur à trois contre un mais, maintenant, elle était presque certaine d'avoir compris ce qui s'était produit.

— Je… Je ne sais pas. Peut-être que quelqu'un l'y a conduite. Je peux lui demander.

— Vous conduisez, Arthur ?

Il essaya de déglutir. Sa gorge était trop sèche.

— Je… Quelquefois.

— Ce jour-là, un paquet de drogue a disparu du sac échoué sur cette même plage. La police l'a déduit à la façon dont le tout était emballé. Vous avez dû en entendre parler car je crois que les enquêteurs essaient de le retrouver.

Le jeune homme regardait fixement la reine.

— Je suppose que quelqu'un a dû tomber dessus avant l'arrivée d'Ivy, poursuivit-elle.

Arthur hocha vivement la tête.

— Mais c'était très tôt le matin, alors peut-être pas. En tout cas, la personne qui a trouvé le sac a agi spontanément, sans réfléchir. Elle a fait un choix très stupide. Même si elle a agi sous la contrainte.

— Je ne sais pas ce que vous…

— J'espère que ce n'est pas quelqu'un qui travaille pour moi. Parce que cela rendrait la situation très difficile. *On* aime bien donner une seconde chance aux gens. Mais quand ils ont de la drogue sur eux, ou cachée quelque part…

L'expression de panique qu'affichait le visage du garçon le trahissait. S'il envisageait de faire carrière dans la délinquance, il n'avait vraiment pas le bon profil.

— Dimanche, je serai à la messe de 11 heures à Flitcham, annonça la souveraine. Mes agents de protection fouillent scrupuleusement les alentours avant mon arrivée. Si quelque chose avait été abandonné de façon anonyme dans les parages, ils le trouveraient. Il me semble que ce paquet doit revenir à la police, avec le reste du sac. Pour le bien de tous. Vous ne trouvez pas ?

Il hocha la tête.

— Il m'arrive d'accorder une deuxième chance à quelqu'un, jamais de troisième. Bon, je suis contente que nous ayons pu avoir cette petite discussion, Arthur.

Le garçon resta un moment à la fixer, bouche bée, avant de lui faire une révérence incongrue et de détaler sans demander son reste.

— Il va le faire ? demanda Rozie.

Elles étaient censées parler du bon agencement du calendrier de la reine. Mais comme souvent lors de ces entretiens, elles étaient parties sur tout autre chose.

— Nous verrons bien. Il se pourrait que je me sois totalement méprise. C'est peut-être par politesse qu'il me regardait comme ça. Mais je crois que oui. Vous vouliez dire quelque chose ?

— J'ai juste du mal à croire…

Rozie avait beau essayer de le formuler aussi respectueusement que possible, elle n'arrivait pas à finir sa phrase. La reine voyait qu'elle avait peine à croire qu'*on* puisse offrir une échappatoire à quelqu'un qu'*on* soupçonnait d'avoir volé un paquet de drogue.

— Si j'ai raison à son sujet et que le paquet est découvert, sa petite affaire s'achèvera avant même d'avoir commencé. Il a le potentiel pour devenir un excellent palefrenier alors qu'il ferait un pitoyable délinquant. Je ne crois vraiment pas que c'était son idée.

— Si c'est l'idée d'une autre personne, celle-ci ne s'opposera-t-elle pas à ce qu'il rende la drogue ? demanda Rozie.

La reine avait pensé à cette éventualité.

— Il pourra dire sans mentir qu'on ne lui laisse pas le choix. Et personne ne perd rien. Cette drogue a été trouvée par hasard, après tout. En revanche, je ne veux certainement pas qu'un de mes employés la garde.

— Non, Madame. Je comprends.

— J'espère seulement pour lui qu'il aura le bon sens d'effacer ses empreintes du paquet. Bon, passons à autre chose. Comment avez-vous avancé ?

— Katie a eu de bonnes nouvelles, annonça Rozie.

— Excellent.

— Elle n'a pas pu voir Mrs Raspberry à l'hôpital car elle est dans un service où les visiteurs ne sont acceptés qu'au compte-gouttes, mais elle a appris que ses jours n'étaient plus en danger.

— Grâce au ciel. Autre chose ?

— J'ai fait des progrès, mais pas ceux que vous espériez.

— Tiens ?

Rozie relata à la reine sa découverte du Freelander cabossé. Et celle de Julian Cassidy, étendu sur le sol de son salon et pratiquement en coma éthylique, entouré de bouteilles vides.

— Le compteur de haricots ?

— Oui, Madame.

La reine s'efforçait d'y comprendre quelque chose. C'était un choc. Plusieurs chocs, même. Qu'avait-il à voir avec Judy Raspberry ? Il était bien la dernière personne qu'elle aurait imaginé impliquée. Toutes ces bouteilles...

— L'avez-vous rapporté à la police ? Pour la voiture, je veux dire.

— C'était inutile. Les policiers étaient déjà au courant. Il a été malin. J'ai découvert qu'il l'avait déclaré lui-même deux jours plus tard. Il a affirmé avoir percuté un daim qui s'était jeté sous ses roues sur la route de Muncaster, et fini sa course contre un arbre. La seconde partie a été confirmée par Helena Fisher. Elle assure avoir assisté à la scène alors qu'elle arrivait dans l'autre sens. Ils ont même appelé quelqu'un pour tenter de retrouver le daim et abréger ses souffrances.

— Je suppose qu'on n'a pas trouvé d'animal blessé.

— Non, Madame.

— Vous avez vu la voiture endommagée. Son histoire est-elle plausible ?

Rozie soupira.

— Tout juste, je suppose. Je n'y crois pas, cependant.

— Et il avait bu ?

— Beaucoup. Il n'en était clairement pas à son coup d'essai. On ne vide pas autant de bouteilles en une soirée.

La reine grimaça.

— D'abord, la bagarre avec Ned. Maintenant un problème avec l'alcool. Nous placions pourtant de grands espoirs en ce comptable.

— S'il a vraiment renversé Mrs Raspberry, je ne vois pas comment il aurait pu faire exprès.

— Mmm, fit la reine. Il n'aurait pas pu seul, en tout cas.

Et pourtant, il semblait avoir bu pour oublier quelque chose. Elle repensa un instant au jeune Arthur : encore quelqu'un qui n'était doué ni pour la délinquance ni pour rester livré à lui-même. Mais pourquoi diable aurait-il fait cela ?

— Il y a autre chose, Madame. Au sujet de Helena Fisher.

— Mmm.

— La police a trouvé un cadavre de sanglier enterré sur sa propriété. Il a été abattu d'une balle de fusil entre les deux yeux.

— Un des sangliers de Ned ? Je croyais me souvenir qu'ils avaient disparu.

— Il semblerait qu'ils se soient échappés dans les bois de Muncaster. Helena Fisher dit que lors d'une promenade avec ses chiens, un de ces derniers s'est fait charger par un sanglier et n'y a pas survécu.

— Le cockapoo, marmonna la reine pour elle-même.

— Cela l'inquiétait pour les autres. Et pour elle-même. D'après ses dires, elle a demandé à Cassidy de l'aider parce que son mari était absent et qu'il était la première personne possédant un fusil à qui elle ait pensé. Apparemment, ils auraient chassé ce sanglier ensemble le lendemain. Je sais qu'il est assez serviable pour l'avoir fait, ce qui n'est pas le cas de beaucoup de monde.

— Pourquoi n'a-t-elle pas simplement demandé à Ned de récupérer ses animaux ?

— Elle estimait qu'il était incapable de les empêcher de s'échapper de nouveau. Leurs relations s'étaient dégradées. Comme elle était furieuse et bouleversée, elle a fait la première chose qui lui est passée par la tête. C'est sa version, en tout cas. Et Cassidy la corrobore.

— Ils agissent en duo, ces deux-là, marmotta pensivement la reine.

CHAPITRE 19

La soirée à Sandringham vit, elle aussi, défiler un certain nombre de bouteilles. Le lendemain matin, après le petit déjeuner, alors que plusieurs invités cuvaient encore, la reine emmena les chiens se promener. Seule, afin de pouvoir réfléchir. En général, un petit tour des étangs convenait très bien à ce dessein. À vrai dire, ces étangs étaient plutôt de grandes mares parmi lesquelles on avait disposé toutes sortes d'îlots, de rochers et de plantes, de sorte qu'il y ait toujours quelque chose à regarder. Un jour, l'arrière-grand-père de Sa Majesté avait déclaré que, s'il n'avait pas été roi, il aurait aimé être jardinier paysagiste. La reine aussi se disait parfois que ce devait être un métier bien agréable. Après tout, il s'agissait d'être en plein air la plupart du temps et d'exprimer sa créativité au contact de la nature. Et elle n'avait jamais rencontré un jardinier paysagiste de mauvaise compagnie.

La veille, elle avait demandé à Mrs Maddox s'il circulait des rumeurs au sujet de Mrs Fisher et du comptable. Astrid Westover avait laissé entendre que l'« abominable bonhomme de Muncaster » avait menacé Ned à cause de la mort du cockapoo de Mrs Fisher. La reine avait supposé qu'elle faisait allusion à Matt Fisher. Mais, maintenant, elle se demandait si l'« abominable bonhomme » n'était pas plutôt Cassidy, et si cela pouvait être lié à la bagarre sur le parking du pub mentionnée par sir Simon. Menacer un homme parce qu'un de ses animaux a tué le chien de l'épouse de son ex-employeur trahissait un certain attachement. Et cacher une voiture endommagée, en demandant à cette même femme de confirmer qu'un accident a bien eu lieu… La reine commençait à voir Cassidy sous un nouveau jour.

La gouvernante ne s'était pas fait prier pour confirmer ses soupçons. À en croire le foyer des domestiques de Muncaster, leur aventure avait commencé durant l'été. Apparemment il s'agissait, à la base, de se venger d'une liaison de Mr Fisher avec sa conseillère artistique. La reine prit conscience qu'elle passait à côté de tous les ragots de la campagne quand elle était à Londres. Bien que la capitale soit évidemment une usine à rumeurs aussi.

Ainsi, Mr Cassidy et Mrs Fisher étaient beaucoup plus que de simples connaissances. C'était donc sans aucun doute le comptable qui avait menacé Ned après la mort de ce pauvre cockapoo. Sa Majesté repensa aux chiens de Ned. Après sa disparition, ils avaient saccagé son salon à Abbottswood, mais la police n'avait pas jugé cela digne d'intérêt. Puis il y avait l'appel téléphonique à Julian Cassidy, sans réel motif, la veille de sa disparition. Il devenait vraiment épuisant de chercher à reconstituer ce puzzle dont les pièces ne s'emboîtaient jamais. La seule raison pour laquelle elle s'était mêlée de cette affaire, c'était sa conviction que l'accident de Judy Raspberry était important – même s'il n'avait aucun rapport avec ce qui se passait à Muncaster. *On* aimait à se dire que ses voisins et ses employés n'étaient pas des assassins. Et voilà qu'à présent elle disposait de plus d'éléments susceptibles d'incriminer certains d'entre eux que le commissaire divisionnaire lui-même. Peut-être aurait-elle dû laisser faire les professionnels, après tout. Mais qu'y pouvait-elle, si les gens n'arrêtaient pas de lui faire des révélations ?

Elle n'en était encore qu'à la moitié de sa promenade quand elle eut la surprise de voir une jeune silhouette en jean et sweat à capuche se diriger vers elle en courant. Était-ce une fille ou un garçon ? De plus près, elle distingua un peu de bleu sous la capuche et comprit que c'était la sœur d'Arthur, la redoutable Ivy.

— Bonjour, lui dit Sa Majesté quelque peu sèchement.

Il était très inhabituel que des personnes arrivent vers elle au pas de course. Du moins, pas de leur propre initiative.

— Je vous ai trouvée ! s'écria l'adolescente, tout sourire, bien qu'un peu essoufflée. Super. Bonjour… euh, Votre Majesté.

Après une tardive ébauche de révérence consistant surtout à plier un genou, elle reprit la parole.

— Je peux me joindre à vous ?

— Je suppose que oui, accepta la reine. Mais n'êtes-vous pas censée être en classe ? demanda-t-elle soudain en plissant les yeux.

La jeune fille lui lança un regard noir.

— Journée de formation des enseignants.

La reine ignorait ce dont il s'agissait, mais le mouvement de menton d'Ivy lui avait indiqué que ce n'était de toute façon pas vrai.

— Willow a l'air un peu crevée, non ? Vous voulez qu'on ralentisse pour qu'elle puisse suivre ?

— Vous connaissez mes chiens ?

Ivy parut surprise de la question.

— Bien sûr que je les connais. J'aide à les promener, parfois. Le valet qui le fait d'habitude aime bien s'en griller une petite en cachette de temps en temps. Il croit qu'ils n'ont pas besoin d'exercice. Mais moi je sais que oui, alors je leur fais faire dix minutes de plus.

— Je n'en avais aucune idée, avoua la reine, déconcertée.

— Ne lui dites pas que je vous l'ai dit, hein ? De toute façon, ce n'est pas pour ça que je voulais vous parler. Je sais ce que vous pensez de mon frère.

— Je ne suis pas sûre que vous…

— C'est un garçon en or. Vous le trouvez peut-être un peu douteux à cause de moi. J'ai été malpolie avec vous à Noël. Mais je ne pensais pas ce que j'ai dit et je suis désolée. Avec moi, ça part comme ça… Je sais que c'est mal. Arthur adore vraiment son boulot, et il est doué pour ça. Il en a besoin. Il ne se drogue pas, Madame. Vraiment.

— Qu'est-ce qui vous fait penser que je…

— Je l'ai entendu parler aux poules, chez nous. Allez comprendre. Vous et moi, on parle aux chevaux. Lui, il parle aux poules, vous voyez ?

— Et que leur disait-il ?

— Que vous pensez qu'il a volé de la drogue sur la plage, et qu'il l'a encore. Mais il était obligé, Madame. Il était avec un abruti. Josh. Un type qui était dans sa classe cette année. Je vous le dis parce que je sais que vous ne le répéterez pas sur tous les toits.

— Ça dépend, répondit prudemment Sa Majesté.

— Si vous le répétez, Josh me tuera.

— Vraiment ?

— Pas littéralement, se reprit Ivy. C'est juste un drogué

qui se prend pour Jay-Z. Mais je sais que je peux vous faire confiance. Vous êtes au courant pour le paquet et vous auriez pu... Au moment où on parle, Arthur pourrait déjà être en taule ou quelque chose comme ça... Josh lui a ordonné de veiller sur le paquet pendant quelque temps, jusqu'à ce que l'histoire soit oubliée. Vous avez vu ce que ça fait à mon frère. Il n'en dort plus. Il a une peur bleue de la drogue.

— C'est plus ou moins l'impression que j'ai eue, en effet. Arthur a-t-il raconté tout ça aux poules ?

— Non, il ne leur a pas parlé de Josh. Mais je les ai vus ensemble sur la plage avec le sac. J'étais allée les rejoindre pour leur raconter pour la main, et aussi pour rendre son chiot à Josh avant qu'il se tue en mangeant quelque chose de dangereux.

— C'est un de vos amis ? demanda la reine.

Il y avait quelque chose dans le ton d'Ivy qui laissait penser qu'il était plus qu'une simple connaissance.

— Certainement pas ! C'est une crapule. Tante Judy l'a surpris à dealer sur la plage. D'ailleurs elle était en train d'écrire un article à ce sujet, vu que la police ne faisait rien. L'année dernière, elle m'a dit de me tenir à l'écart de lui. J'aurais dû l'écouter. Il a l'air cool comme ça, mais c'est un salaud. À une époque, je l'aimais bien. Il m'a emmenée dans les observatoires, il disait qu'il voulait me montrer les oiseaux...

Sa voix s'éteignit et elle se mit à fixer les tourelles et les cheminées de la maison, dans le lointain. Un voile de tristesse venait de se poser sur elle. Sa Majesté avait vu cela de nombreuses fois dans sa vie. Il y avait là toutes les marques d'un jeune amour ayant mal tourné. Josh était un coureur. C'était donc cela qui se passait dans les observatoires. Entre autres choses...

— J'aurais dû m'en douter, je suppose, poursuivit Ivy, maussade. Il tient ça de son père. C'est peut-être à cause de son père, d'ailleurs, que maman ne l'aime pas. Ça paraîtrait logique...

Elle grimaça.

— ... puisque c'est un tueur de masse.

— Comment ? fit la reine, pensant qu'elle avait mal entendu. Ce n'est pas ce que vous vouliez dire, si ?

— Si, complètement. Il travaille à l'élevage de dindes, sur la route de King's Lynn. À l'approche de Noël, ils les massacrent par milliers. Josh se moquait toujours de moi, parce qu'il sait ce que j'en pense.

Elle aurait pu s'en douter, mais Sa Majesté fut tout de même surprise par cette réponse. Les Don Juan et les éleveurs de dindes du coin... Ce n'étaient pas exactement les barons de la drogue et les trafiquants d'êtres humains auxquels elle s'attendait.

— J'espère que vous ne qualifiez pas tous les éleveurs de bétail de « tueurs de masse », dit la reine, qui en faisait elle-même partie.

— Bien sûr que si ! C'est pour ça que je suis végane. Pour ça, et parce que c'est meilleur pour la santé. Maman disait toujours que ça allait ralentir ma croissance. Mais c'est moi la plus en forme de la famille, finalement.

Sa Majesté était légèrement vexée de la comparaison. Les végans exprimaient souvent leurs opinions de façon très agressive.

— Certains ne souhaitent pas manger comme cela ou ne savent pas comment, se défendit-elle.

— L'ignorance n'est pas une excuse, rétorqua Ivy. Les gens n'ont qu'à se renseigner sur ce qui se passe dans les abattoirs.

— Il s'y passe des choses moins dures que lorsqu'un renard entre dans un poulailler, rétorqua la reine. Ou voudriez-vous que les renards deviennent végétariens, eux aussi ?

— Mais c'est leur nature, protesta Ivy.

— Et pas la nôtre ?

— Nous avons grandi, répondit Ivy avec la passion de la jeunesse. Nous, nous avons évolué. Notre cerveau est cent fois plus gros que celui d'un renard. Nous sommes assez intelligents pour savoir ce qui est cruel ou pas. Enfin, certains d'entre nous. Nous ne sommes plus des Néandertaliens, même si on pourrait se le demander quand on voit la façon dont on détruit notre planète.

— De toute évidence, c'est quelque chose qui vous tient à cœur.

— Pas vous ?

— À vrai dire, si, avoua la reine, assez soulagée que la conversation s'oriente vers un sujet qui lui convenait mieux. Et mon mari également. Nous plaçons beaucoup d'espoir dans votre génération. Vous comprenez les problèmes mieux que quiconque.

Ivy rejeta sa tête en arrière.

— C'est ce qu'on nous rabâche sans arrêt à l'école. Je déteste quand les gens disent ça. Comme si c'était à notre génération de trouver des solutions au réchauffement climatique et à la déforestation alors que nous n'y sommes pour rien. C'est votre génération qui a causé tout ça, ça devrait être à vous de tout arranger… Madame.

D'une certaine façon, la reine se réjouissait que personne ne soit là pour venir bien inutilement voler à son secours. En vérité, elle admirait le courage et la franchise absolue d'Ivy. Personne ne la défiait jamais. Sauf Philip, les jours de mauvaise humeur, et Anne, les jours de très mauvaise humeur.

— Connaissiez-vous Ned St Cyr ? lui demanda-t-elle, non pour enquêter mais par simple curiosité. Il semblerait que vous ayez beaucoup de points en commun.

— Nous en avions. Tante Judy me l'a présenté. Elle s'était dit que j'aimerais peut-être travailler pour son projet de réensauvagement.

— Et c'était le cas ?

Ivy leva les yeux au ciel.

— C'était ce que je pensais faire après mes examens. C'est littéralement notre dernière chance de sauver la planète. Elle est en train de mourir, vous savez ! Mr St Cyr se battait pour l'avenir. S'il avait continué, des gens seraient venus de tous les coins du monde pour voir ce qu'il faisait.

— Vraiment ?

Les yeux d'Ivy s'illuminèrent.

— Oh oui, c'est certain. C'est incroyable le nombre de variétés d'oiseaux et de papillons qu'on peut voir revenir pratiquement du jour au lendemain grâce au réensauvagement. Des espèces comme les tourterelles, qu'on pensait parties pour toujours… elles sont revenues tout d'un coup ! Et je ne parle pas des rossignols ! Si on prend des cochons sauvages, comme l'a fait Mr St Cyr… Pas des sangliers hein, mais plutôt des Tamworth… ce qu'il aurait dû choisir s'il n'était pas aussi stupide… Bref, si on prend ces animaux, ils retournent la terre en fouissant, et les nouvelles plantes qui poussent ensuite fournissent les graines dont les oiseaux ont besoin. Et voilà, tout est là !

L'expression de la jeune fille se transformait à mesure

qu'elle parlait. Son air maussade habituel avait peu à peu laissé place à des yeux brillants de conviction. Et elle semblait maîtriser son sujet.

— Vous décrivez cela de façon passionnante, la félicita Sa Majesté.

Ivy haussa les épaules.

— Ça n'a plus d'importance, maintenant. Quelqu'un d'autre va reprendre les terres. On les couvrira de pesticides et on forcera ce pauvre sol à produire de la mauvaise nourriture jusqu'à ce qu'il soit complètement épuisé.

Ce n'était pas une pensée sur laquelle Sa Majesté avait envie de s'attarder. Dans la mesure du possible, elle s'efforçait de toujours trouver une lueur d'espoir.

— Peut-être devriez-vous devenir une professionnelle du réensauvagement ? suggéra-t-elle.

Le visage d'Ivy reprit aussitôt son air maussade.

— Pour ça, il faut avoir des terres, Madame. Comme vous.

— Il y a de nombreux propriétaires qui ont besoin de gestionnaires et de spécialistes pour les conseiller.

— Je ne veux pas simplement être conseillère. Je veux faire quelque chose moi-même.

La reine la regarda en train d'avancer à grands pas, tête baissée.

— Je suis persuadée que vous y parviendrez.

Elles étaient pratiquement de retour devant la maison.

— Merci d'être venue me voir, dit la reine. C'était très intéressant.

— Pas de souci, Madame, répondit Ivy avec un sourire en coin. Merci de veiller sur mon frère. Vous ne le regretterez pas.

Ce « Madame » était venu naturellement, remarqua la

reine. Sa Majesté s'en sentait plus gratifiée que véritablement honorée. Car Ivy était une créature plutôt sauvage, et un « Madame » se méritait.

La reine croisa Philip, qui revenait tout juste d'une visite chez des amis dans les Fens. Ils s'arrêtèrent dans l'entrée du salon, où se trouvaient toujours les fameuses balances de jockey qui, du temps de son arrière-grand-père, servaient à vérifier que les invités repartaient suffisamment nourris. Elle raconta à Philip le discours passionné d'Ivy. Elle était curieuse de voir jusqu'où il était capable de lever les sourcils.

— Bah ! Cette fille ne mange donc que des lentilles ?

— Je crois bien que oui.

— Et qui va les cultiver ? Qu'en est-il de la souffrance de ces pauvres petites choses quand on les récolte ?

— Je pense que ça va.

— Ça me fait penser à une blague hilarante que Gerry Harcourt a racontée à Noël. Quelle ressemblance y a-t-il entre une femme et un artichaut ? Le meilleur est sous... Non, rien. À propos de légumes, il paraît qu'un type du Suffolk va se lancer dans la culture commerciale des pois chiches l'année prochaine. Intéressant. Il faut que j'en parle à Charles. Remarquez, je suppose que si on se pliait aux vœux de Miss Ivy Raspberry, même Sandringham finirait transformé en réserve naturelle.

— Sans doute.

— Comment Charles et William sont-ils censés faire vivre sept cents personnes s'ils ne peuvent plus travailler la terre ? Je vous le demande ! Ni tirer le moindre coup de feu ? Mon Dieu, quand viendra le tour de ce pauvre George, cet endroit ne sera plus qu'un vaste village de cabanes, de yourtes et de roulottes pour les amoureux des papillons. Si on a de la chance ! Remarquez…

Tout en crachant ces mots, Philip devint pensif. La reine sentait qu'il aurait préféré être dehors, entouré de papillons. Cela lui était arrivé lors des nombreuses excursions dans la jungle qu'ils avaient faites durant leurs tournées royales. Les roulottes et les papillons seraient toujours mieux que les parcs à thème et les terrains de golf qu'elle redoutait. C'était au moins le signe d'un retour à la nature sauvage de leur jeunesse, quand la campagne était désordonnée et grouillante de vie. Avant qu'on rase les haies et qu'on agrandisse les champs pour nourrir la nation. Avant que l'on asperge tout ça des pesticides que désapprouvait tant Ivy Raspberry.

— J'y vais, j'ai du travail, dit soudain Philip, s'extirpant de sa brève rêverie pour se diriger droit vers sa bibliothèque.

La reine monta se changer. Le jour où le petit George en aurait la charge, ce serait entièrement à lui de décider de la façon de gérer le domaine, bien sûr. *On* se devait seulement de le laisser en aussi bon ordre que possible. Qui allait gagner ? se demanda-t-elle. Les agriculteurs qui voulaient exploiter au maximum leurs terres toujours plus appauvries, ou les chantres du réensauvagement qui semblaient penser que la nation pouvait vivre d'abeilles et de chants d'oiseaux ? Convaincue que les deux camps avaient à cœur de défendre ces terres, elle ne pouvait qu'espérer qu'ils finiraient par trouver un terrain d'entente. Les voir se déchirer ainsi l'attristait, et elle trouvait aussi cela un peu ridicule. Ils avaient beaucoup de goûts et d'intérêts en commun. Si seulement ils pouvaient en prendre conscience…

CHAPITRE 20

Le mercredi, la reine eut son premier entretien de l'année avec le Premier ministre. Il ne s'agissait que d'un appel téléphonique. *On* n'allait quand même pas exiger d'une personnalité politique si occupée qu'elle fasse le trajet jusque dans le Norfolk juste pour un après-midi. Et *on* était bien contente que ça se passe comme ça...

Sir Simon avait prévenu Sa Majesté que la discussion s'annonçait difficile. Apparemment, Madame le Premier ministre avait « réfléchi », et ce n'était donc sans doute que le début. En plus, la visite d'État qu'elle avait proposée au nouveau président américain risquait d'être avancée et de bousculer l'agenda politique.

— Le Président est très impatient d'exprimer son soutien à la Grande-Bretagne, Madame. Tout comme nous de lui exprimer le nôtre, dit son interlocutrice à l'autre bout du fil.

— Je vois.

— Il a insisté pour que je sois la première dirigeante étrangère qu'il rencontrera après son investiture. Il est en train d'y réfléchir, et nous travaillons actuellement sur les détails.

Madame le Premier ministre en semblait ravie, et fière.

— Comme nous l'avions déjà évoqué, reprit-elle,

j'aimerais lui témoigner notre reconnaissance en lui proposant une visite d'État aussi tôt que possible. Peut-être cet été.

Et comme elle le lui avait déjà répondu, Sa Majesté jugeait que c'était une très mauvaise idée.

— Les présidents ne font généralement pas de visites avant leur deuxième année d'exercice, rappela-t-elle.

— Cela montrera l'importance que nous accordons à cette relation privilégiée, Madame.

La reine n'ignorait pas que le Premier ministre avait besoin de nouveaux accords commerciaux avec les États-Unis pour compenser ceux qu'ils allaient perdre avec l'Union européenne.

Elle n'appréciait pas pour autant que l'on utilise une visite officielle de ses palais comme une friandise pour attirer les dirigeants étrangers. Elle n'avait pas oublié la spectaculaire ingratitude du général de Gaulle lors de sa venue. Elle préférait que ces visites soient des marques de respect mutuel. Mais, de toute façon, la décision ne lui appartenait pas. Le climat politique, ici comme outre-Atlantique, était houleux. Si cette visite pouvait contribuer à apaiser les tensions, il allait de soi qu'elle ferait son devoir.

La macabre découverte d'Ivy Raspberry retenait toujours toute son attention. Presque trois semaines s'étaient déjà écoulées. Après un départ sur les chapeaux de roue, la police semblait être revenue à la case départ. Et malgré tout le travail de Rozie et les coups de main de Katie au village, Sa Majesté piétinait aussi. Pendant ce temps, dans la presse, les spéculations allaient bon train. La rédaction du *Recorder* avait publié à peu près toutes les photos existantes sur lesquelles on pouvait voir des membres de la famille royale avec des St Cyr. Et il y en avait beaucoup. Il s'agissait souvent de clichés anciens montrant des gens avec leur fusil plié sur l'avant-bras, l'air jovial, ravis d'avoir tué du gibier. Sa Majesté préférait ne pas les regarder. Rozie lui avait dit que les commentaires de la version en ligne n'étaient pas très favorables à la monarchie.

Ce qui était bien plus ennuyeux, c'est qu'on n'avait toujours pas retrouvé le corps de Ned. Judy Raspberry était encore à l'hôpital. S'il s'agissait d'un coup monté de Julian Cassidy et Helena Fisher, la reine avait du mal à en percevoir l'objectif. Elle refusait de croire que ce pouvait être pour se venger d'une pelouse détériorée. Pas plus que de la mort d'un cockapoo – en dépit de son amour des chiens.

C'était un article sur lequel travaillait Judy qui avait amené Mrs Day à douter de la thèse de l'accident. Selon Ivy, sa tante avait décidé de l'écrire après avoir vu un certain adolescent sur la plage. Partout où la reine cherchait de sombres machinations, elle ne trouvait que des événements ordinaires. Des faits souvent tristes pour les personnes concernées, mais qui ne constituaient pas des mobiles de meurtre. Et encore moins un mobile pour une opération aussi élaborée que celle-ci, dans laquelle un homme s'était carrément volatilisé.

Et si Ned était mort de façon accidentelle, après tout ? se demanda Sa Majesté. Aurait-il pu tomber dans un chantier en se promenant ? Se pouvait-il qu'il soit au fond de la Tamise ? Ou aurait-il pu disparaître volontairement ? Mais il y avait la main. On en revenait toujours à la main.

Sa Majesté et Rozie s'étaient réservé une heure après le déjeuner pour parler des événements.

— Avez-vous des nouvelles ? demanda la reine sans grand espoir.

— Quelques-unes. La police sait qu'il y a parfois un peu de trafic de drogue sur la plage de Snettisham. Mais même si c'est sur le pas de votre porte, Madame, ils n'ont pas assez de moyens pour faire plus de recherches ou y mettre fin. Cela n'a rien d'inhabituel. Ils visent plus haut.

— Je vois.

— Katie a parlé à un de ses anciens collègues des douanes. Il pense que le sac venait d'un yacht en provenance des Pays-Bas, qu'ils pistaient à ce moment-là. Tout semble confirmer ce que vous a dit Ivy : Judy n'est pas tombée sur quelque chose d'énorme, mais sur quelque chose d'important à ses yeux.

— Je ne suis pas sûre qu'il y ait une différence, mais je vois ce que vous voulez dire, répondit la reine.

Rozie consulta ses notes.

— Le commissaire divisionnaire a fait une découverte, mais qui n'a rien à voir. Vincent, le fils de lord Mundy, a été vu en train de dîner avec Mr St Cyr à Londres, dans la City, au mois de novembre.

— C'est un problème ? Ned avait recommencé à parler à sa famille. C'est ce qu'ils nous ont dit à Noël. Tout comme Astrid Westover.

— Ce ne serait pas un problème si Vincent n'avait pas menti à ce sujet. Il a maintenu qu'ils ne s'étaient pas vus depuis les funérailles de sa mère. Il a seulement changé sa version quand les enquêteurs lui ont dit qu'ils avaient un témoignage officiel.

La reine soupira.

— A-t-il dit de quoi ils avaient discuté ?

— Non, Madame. Seulement qu'ils avaient échangé des nouvelles de la famille. Son alibi n'est pas d'une solidité à toute épreuve, mais rien ne le lie à la disparition. Son appartement à Londres n'est qu'à une vingtaine de minutes de voiture de celui de Mr St Cyr à Hampstead. Il a dit qu'il travaillait depuis chez lui, mais il a très bien pu sortir et revenir.

— Et sa sœur ? demanda la reine.

Sa Majesté considérait Flora comme la plus dynamique des deux. Et elle était la dernière personne de la famille à avoir vu Ned.

Rozie consulta de nouveau ses notes.

— J'ai vérifié les rapports concernant toute la famille, Madame. Flora et son père étaient à Ladybridge Hall toute la journée du 15. Nous savons autre chose, Madame. Une des amies de tricot de Katie a vu Mr Cassidy au Feathers, le pub local, il y a quelques jours. Après deux verres, il s'est mis à raconter à qui voulait l'entendre qu'il était le dernier à avoir parlé à la victime et que celle-ci lui avait hurlé des paroles sans queue ni tête au téléphone.

— Tiens ?

— Quelque chose à propos de la bagarre pour laquelle il avait déjà présenté ses excuses, selon Mr Cassidy. Et puis une histoire saugrenue d'araignée en fer. Les gens lui ont posé des questions, mais il a dit qu'il ne comprenait pas. S'il faisait semblant, on se demande bien pourquoi. Je l'ai mentionné au commissaire divisionnaire et lui ai demandé si nous devions nous inquiéter à son sujet. Cela me semblait être une question assez logique.

— En effet.

— Je ne lui ai pas parlé de la voiture parce que,

comme je vous l'ai dit, Cassidy a déjà tout rapporté à la police. Techniquement, ils en savent autant que nous.

— Exactement, approuva la reine. Si nous avons quelque chose d'utile à ajouter, nous le ferons. Mais pour le moment, on dirait bien que nous tournons en rond.

Rozie paraissait mal à l'aise.

— Malheureusement, il y a un problème. Quelqu'un à Dersingham semble avoir remarqué que Katie s'intéressait un peu trop à l'accident de Mrs Raspberry.

La reine fit la moue.

— Juste ciel. Que s'est-il passé ?

— La personne a mis un mot dans sa boîte aux lettres hier soir. Le texte disait qu'elle cherchait au mauvais endroit.

— Ah ?

— Votre nom n'a jamais été cité, Madame. La personne supposera sans doute que Katie agit de sa propre initiative.

— Mmm. Fait-elle une autre suggestion ?

— Euh, à vrai dire, oui.

Rozie sortit une enveloppe vierge de son carnet. À l'intérieur se trouvait un mot rédigé au crayon sur une feuille de papier à lettres ordinaire, pliée autour d'une coupure de presse. Il s'agissait d'un article paru dans l'*East Anglian Chronicle*. Rozie le tendit à la reine.

MORT TRAGIQUE À BURNHAM OVERY STAITHE

Le matin du Jour de l'an, le corps d'un homme de 79 ans a été repêché dans la mer près de Scolt Head Island. Membre de longue date du club de nage en eau froide les Poissons surgelés, Chris

`Wallace était parti de Burnham Overy Staithe et se dirigeait vers l'île quand il est mort d'hypothermie.`

L'article rappelait ensuite aux lecteurs que l'endroit était magnifique mais qu'il était dangereux d'y nager seul, particulièrement en hiver, quand la température de l'eau était très basse.

La reine releva les yeux vers Rozie.

— Savons-nous quelque chose de cet homme ?

— Oui, Madame. Il venait d'un village du nom de Vickery, au sud d'ici.

— C'est sur le domaine de Ladybridge.

Rozie fit oui de la tête.

— Il se trouve que Katie aussi est nageuse en eau froide. Selon elle, quand on a l'expérience qu'il avait, on sait très bien qu'il ne faut ni se baigner seul ni rester trop longtemps dans l'eau. Elle n'est pas convaincue que ce soit un accident. Et elle pense que c'est aussi l'avis de la personne qui lui a transmis l'article.

La reine se sentait d'humeur très sombre. Le réveillon à Sandringham avait été si joyeux et plein d'espoir... Tout le monde avait dansé jusqu'à tard dans la nuit. Et même si le lendemain avait été terni par l'interrogatoire de Jack Lions, il ne s'agissait en réalité que d'une petite contrariété. Mais penser qu'à seulement quelques kilomètres de là un homme avait perdu la vie dans d'aussi tragiques circonstances...

Silencieuse, Sa Majesté fit signe à Willow de venir à elle, puis caressa ses oreilles chaudes. C'était arrivé le jour où elle avait appris l'accident de Judy Raspberry. Mais elle était convaincue que celui-ci s'inscrivait dans quelque chose de plus important encore. Quelqu'un était en train de couvrir ses traces. Pourtant, partout où elle cherchait des manigances, elle ne trouvait que des coïncidences. Elle avait péché par excès d'assurance. Même à 90 ans, il lui fallait encore parfois prendre des leçons d'humilité.

En revanche, une mort suspecte à proximité de la résidence historique des St Cyr, ça ne sentait pas du tout la coïncidence. Le moment de doute de Sa Majesté était passé. Elle caressa de nouveau son chien et regarda Rozie.

— Katie a-t-elle pris rendez-vous avec...

Elle s'interrompit pour jeter un œil à l'article.

— Euh, les Poissons surgelés ?

Rozie hocha la tête.

— Elle doit rencontrer une de leurs membres demain, Madame.

TROISIÈME PARTIE

Au bout du monde

CHAPITRE 21

Comme West Newton, le petit village de Vickery était constitué de jolis cottages alignés le long de routes bien entretenues. On aurait dit le décor d'un de ces films de Noël où l'héroïne, de retour chez elle pour les vacances, découvre les fantasmes sexuels de Hugh Grant avant de choisir – de façon tout à fait absurde – de s'installer avec quelqu'un de stable à la fin. Plus jeune, quand elle en avait assez d'étudier, Rozie regardait souvent ce genre de navets, blottie sous la couette avec sa sœur, jusqu'à ce que leur mère leur crie d'éteindre la lumière. Elle avait toujours trouvé leurs décors irréalistes mais, maintenant, elle savait qu'ils existaient. Cela ne tenait qu'à la bonne volonté de riches propriétaires.

Rozie avait dû se dévouer pour aller voir la responsable du club des Poissons surgelés quand Katie l'avait appelée pour la prévenir qu'elle avait passé une mauvaise nuit et pouvait à peine descendre son escalier. C'était justement son jour de repos, et la secrétaire particulière adjointe avait renoncé au footing et aux soins corporels qu'elle avait prévus.

Mary Collathorn vivait dans « le cottage qui a deux poiriers pleureurs à feuilles de saule devant sa porte », ainsi qu'elle avait décrit l'endroit à Rozie. « Vous ne pouvez pas le rater. » En effet. Elle gara sa Mini devant les deux dômes végétaux de la quatrième maison correspondant à celle qu'elle avait repérée sur Google Images.

— Donc vous envisagez de vous mettre à la nage en eau froide ?

— Mmm...

Rozie dégustait un cappuccino préparé d'une main experte. Elle s'en voulait de remercier Mary de son hospitalité en lui mentant comme un arracheur de dents, mais c'était pour la bonne cause. En vérité, rien ne pourrait jamais la convaincre de se baigner volontairement dans de l'eau glacée. Elle n'était pas folle. Mais pour le moment, la version officielle était que quelqu'un de Dersingham lui avait recommandé ce club après en avoir entendu le plus grand bien. Elle expliqua avoir plus envie de se baigner en rivière que dans la mer et, apparemment, c'était ce que ce club faisait la plupart du temps.

— Et, bien sûr, toutes mes condoléances, ajouta-t-elle. J'ai appris pour Mr Wallace.

— Oh, c'est terrible, ce qui lui est arrivé. Nous sommes tous chamboulés. C'était une véritable figure du domaine de Ladybridge.

— Vraiment ? Avait-il des liens avec la famille ? Les St Cyr, je veux dire.

— Vous les connaissez ?

— J'en ai rencontré certains à Sandringham.

D'habitude, elle ne parlait jamais des rencontres qu'elle faisait derrière des portes closes mais, aujourd'hui, les commérages semblaient de rigueur.

— Chris travaillait pour eux ?

— Dans le coin, c'est le cas de la plupart des gens. Chris était un locataire de seconde génération, comme moi.

Son père était le mécanicien de Patrick St Cyr au début des années 1960. Tout était tellement plus glamour à l'époque.

Apparemment, Mary s'attendait à ce qu'elle sache qui étaient tous les membres de la famille et pourquoi travailler pour ce Patrick était si glamour. C'était un peu comme avec sir Simon et le *Debrett's Peerage*.

— Vous pouvez me rappeler qui était Patrick ?

— Bien sûr, pardon ! C'était l'héritier. Le fils du dixième baron. Il organisait les soirées les plus réputées de tout l'Est-Anglie. Mais ce qu'il voulait vraiment, c'était être pilote de course. Ma mère se souvient de lui, qui sillonnait comme un fou les routes de campagne au volant de ses voitures de sport bleues. Il parlait de monter sa propre écurie un jour. Mr Wallace – le vieux, s'entend – était constamment en train de travailler sur quelque chose pour lui. Et quand il ne s'occupait pas des voitures, il y avait les tracteurs. Il faisait des horloges aussi, je me souviens. Après l'accident, il a eu peur de perdre son emploi. Mais la famille était très loyale à l'époque.

— L'accident ?

— Horrible. Un jour, après un orage, Patrick roulait à toute allure à travers les Fens pour rentrer chez lui. Quand je dis « à toute allure », je crois qu'ils ont évalué sa vitesse à presque 150 km/h. Il est arrivé sur un tronçon inondé. Il n'avait aucune chance. J'ai vu des photos de sa voiture, toit retourné sur une digue. Quelle tragédie. Sa mère, la baronne, était une femme fragile. Ses cheveux sont devenus blancs du jour au lendemain, comme Marie-Antoinette. Elle a demandé au père de Chris de brûler la voiture, de fondre le châssis, puis d'enterrer ce qui restait. Elle est morte l'année suivante. Son père, qui ne s'était jamais complètement remis de la guerre, est décédé deux ans plus tard. Et, bien sûr, comme il ne restait plus d'héritier masculin, le titre est revenu à une autre branche de la famille. Mais excusez-moi, vous n'êtes pas venue pour parler d'eux. Vous vouliez en savoir plus sur la nage en eau froide. Vous allez adorer, je vous le promets.

Pendant dix bonnes minutes, Rozie dut discuter des bienfaits de l'immersion du corps humain dans l'eau glacée. S'y étant déjà essayée à l'armée au cours de plusieurs exercices, elle restait convaincue que c'était une très mauvaise idée quand la sécurité de la nation n'en dépendait pas. Mais elle s'était entraînée à avoir l'air passionnée. Après cela, il ne lui fut pas difficile de ramener la conversation sur Chris, qui avait lui-même été un grand aficionado de la nage en eau froide. Elle s'étonna ouvertement du fait que cet homme, qui devait connaître les règles de sécurité sur le bout des doigts, soit parti seul ou allé aussi loin par accident.

— Vous ne pensez pas que... Enfin, il n'y a aucune raison de supposer qu'il n'était pas seul, si ?

Les yeux de Mary s'écarquillèrent.

— Vous voulez dire que quelqu'un l'aurait obligé à le faire ? Oh, doux Jésus, non ! Quelle horreur ! Non ! Ce n'est tout de même pas ce qu'on soupçonne à Dersingham, si ?

— Une ou deux personnes se le demandent..., répondit Rozie avec le sentiment de trahir les Nerfs en pelote, bien qu'elle n'en soit pas membre.

— Eh bien, vous pouvez les rassurer, si l'on peut dire, répliqua Mary, l'air furieux. Je sais pourquoi il est allé à l'eau ce jour-là. Il l'a fait en toute connaissance de cause. Et c'est épouvantable.

Rozie ne dit rien. Un silence ou un regard attentif étaient parfois suffisants.

— Il était veuf depuis peu, vous savez. Laura, son épouse, était la bergère de la ferme. Ça faisait quarante ans qu'ils vivaient dans leur petit cottage. Elle est morte dans la chambre, avec lui à son chevet. Dans cette même chambre où leurs enfants sont tous nés. Laura s'était investie corps et âme dans cette maison. On lui a diagnostiqué un cancer à peu près en même temps que la baronne. La dernière, je veux dire. Lee. Elles se sont occupées l'une de l'autre. Mais après la mort de la baronne…

— Que s'est-il passé ?

Mary secoua la tête.

— Chris m'a dit qu'ils lui ont annoncé avoir besoin du cottage pour en faire un fichu Airbnb. Ils lui ont donné trois mois pour partir. Il n'avait nulle part où aller, aucune idée de ce qu'il allait faire. J'ai bu un petit verre de whisky avec lui le 31 décembre. Il était au bout du rouleau.

— Donc vous pensez qu'il est allé dans la mer délibérément ?

— Oh, j'en suis sûre. Je lui avais promis de venir prendre de ses nouvelles le Jour de l'an à l'heure du déjeuner. Mais il était déjà trop tard. Il avait laissé son portefeuille dans un sac sur la plage. J'étais sa personne à contacter en cas d'urgence, alors on m'a appelée…

Des larmes se mirent à couler le long des joues de Mary.

— … j'étais en train de faire de la soupe.

— Ce n'est pas votre faute, dit doucement Rozie.

Mary la fusilla du regard à travers ses larmes.

— Bien sûr que non ! Je sais exactement de qui c'est la faute !

CHAPITRE 22

La messe du dimanche matin à l'église St Mary de Flitcham se déroula sans problème. Hormis un peu d'agitation lorsque les agents de protection de la reine découvrirent de la drogue sous un prie-Dieu. Mais l'affaire fut rapidement réglée avant même l'arrivée de Sa Majesté.

Le lundi, l'ambassadeur américain sortant fit ses adieux officiels au maréchal du corps diplomatique représentant la reine au palais de Buckingham. Sa Majesté avait personnellement écrit un mot chaleureux à remettre à cet homme. Celui-ci appréciait beaucoup Londres et la capitale britannique le lui rendait bien. Son départ marquait la fin d'une époque. Tout comme le retrait imminent du Royaume-Uni de l'Union européenne, annoncé par le Premier ministre. Dire qu'on n'était encore qu'à la mi-janvier… L'année commençait sous le signe du changement.

Le jeudi eut lieu la visite annuelle de la reine à la branche du Women's Institute de West Newton. Celle-ci tombait à point nommé. Tout comme le calendrier religieux, les événements cycliques de ce genre conféraient à l'existence un rythme rassurant. Sa Majesté n'était pas la seule à éprouver cela. Tout le monde semblait aussi ravi qu'elle.

Bien sûr, les conversations tournaient surtout autour de Judy Raspberry, la trésorière, qui manquait beaucoup à tout le monde. Elle était pour l'heure assise dans son lit, à l'hôpital Queen Elizabeth, très impatiente de rentrer chez elle et sans le moindre souvenir de son accident. Elle avait entendu dire que Sa Majesté en personne s'était enquise de sa santé et elle en était très touchée.

Sir Simon avait dû se rendre à Londres pour tenter d'apaiser un groupe de députés écossais mécontents. On murmurait que lorsque le Royaume-Uni quitterait le marché commun, l'Écosse demanderait un nouveau référendum sur son indépendance. Au bout du compte, ce serait aux Écossais eux-mêmes de décider. Mais la reine était très attachée au « Uni » de Royaume-Uni. Pour le dire en termes modérés, elle préférait que la situation reste telle quelle.

Les circonstances n'étaient pas idéales mais elles lui permettaient au moins de faire le bilan avec Rozie sans que celle-ci ait à mentir à son supérieur quant au contenu de leur conversation. Et il y avait eu beaucoup de nouveau depuis le récit de son passage à Vickery.

— Katie a réussi à voir Mrs Raspberry à l'hôpital, Madame. Elle ne connaît aucun membre de la famille St Cyr à l'exception de Ned. Elle ne connaissait pas Mr Wallace non plus. Difficile de trouver une connexion entre eux.

La reine avait retenu la leçon.

— Alors n'essayons pas d'en créer une.

— Et il y a une bonne nouvelle, Madame. Katie a trouvé qui avait mis l'article sur Mr Wallace dans sa boîte. Il s'agit d'un membre de son groupe de nage en eau froide, qui a découvert son passé au ministère de l'Intérieur et s'est dit qu'elle devait s'intéresser aux accidents suspects. Il n'y avait aucun rapport avec Ned, ni avec moi, ni avec vous.

— Voilà qui est rassérénant, déclara la reine.

Katie avait envie d'aider, mais il lui manquait le doigté dont Rozie savait faire preuve. Sa Majesté n'était pas sûre que sa secrétaire particulière adjointe ait conscience de sa valeur.

— Et Vincent St Cyr ? Avons-nous des nouvelles ?

— Oui, Madame. La police s'intéresse en ce moment au fait que les initiales de Roland Peng sont RLP.

— Roland Peng, c'est son associé, non ?

— Entre autres, Madame. Je vais y revenir. En fait, Vincent a rencontré Ned à plusieurs reprises l'année dernière. Ce qui est intéressant, c'est que si la police n'avait pas encore découvert ces rendez-vous, c'est parce que Ned les avait notés « VSC » dans son agenda. En général, il écrivait les noms de personnes en entier, et les noms de lieux en abrégé. Mais si VSC était le nom de quelqu'un, alors il se pouvait que RIP soit celui de quelqu'un d'autre. Peut-être qu'il avait fait une faute ou que ses « L » ressemblaient à des « I ». C'est sur cela qu'ils travaillent en ce moment.

— Donc Ned avait peut-être un rendez-vous avec Roland ?

— Roland affirme avoir eu plusieurs réunions professionnelles pendant ces deux jours, mais il y a des trous dans son planning. Et selon lui, il a passé la nuit du 14 avec Vincent. Chacun est l'alibi de l'autre.

— Ah ?

— Oui, Madame. Nous y voilà. Le soir du réveillon,

Flora m'a confié qu'ils se sont fiancés en secret. Elle m'a fait jurer de n'en parler à personne, mais il était évident qu'elle était très heureuse pour eux.

— Vincent et Roland ?

— Oui, Madame.

— Fiancés ?

— Oui. Roland a fait sa demande à Noël, dit Rozie, tout sourire.

La reine s'étonna que cela la réjouisse autant.

— Quand comptent-ils l'annoncer ? Le savez-vous ?

Rozie comprit alors que la souveraine était véritablement stupéfaite. En général, elle la trouvait beaucoup plus ouverte d'esprit qu'on n'aurait pu l'imaginer. Mais pas cette fois. Elle en ressentit une certaine déception.

— Cet été. Flora a dit quelque chose à propos du fait qu'il fallait laisser les gens s'habituer à l'idée. Elle parlait peut-être de la famille de Roland à Singapour. Le baron est au courant. Il paraît qu'il l'a très bien pris. Pour quelqu'un de son… enfin, vous voyez, Madame. Quelqu'un de votre génération.

— Je me demande quand ils comptaient me l'annoncer, dit la reine, surtout pour elle-même. Beaucoup d'autres gens connaissent-ils ce « secret » ?

— La police n'est pas au courant. Cela ne figure dans aucun rapport. Lors de leur visite, j'ai trouvé qu'ils avaient l'air très heureux ensemble. Je n'ai pas été vraiment surprise quand Flora m'en a parlé.

— Ah bon ? fit la reine, en la regardant intensément derrière ses lunettes à double foyer. J'avoue que je le suis. Et la police a-t-elle des raisons de penser que Roland aurait pu vouloir tuer le cousin éloigné de son compagnon ?

— Non, Madame. À ce stade, il n'y a que les initiales. Mais une de leurs équipes travaille là-dessus.

— Je n'en doute pas. Ils déballent leur technologie à chaque problème. Pensez à tous ces enregistrements téléphoniques et toutes ces caméras de surveillance. Je crois beaucoup en la technologie. Mais ils n'ont même pas encore établi de lien avec Chris Wallace.

Sa Majesté se tut un moment puis reprit :

— Vous allez aimer Ladybridge.

— Madame ?

— Les portes du domaine me sont toujours grandes ouvertes. Appelez lord Mundy et faites-lui savoir que je serais ravie de venir déjeuner avant mon départ pour Londres. Le plus tôt sera le mieux. Vous connaissez mon emploi du temps.

Une fois Rozie partie, les fiançailles de Vincent St Cyr et Roland Peng revinrent à l'esprit de Sa Majesté. Sa secrétaire particulière adjointe ne pouvait pas comprendre que ces deux hommes écrivaient là une page d'histoire. Leur secret avait-il un rapport avec ce qui était arrivé à Chris Wallace ? Elle se surprit à y repenser plus tard, alors que son directeur de courses l'aidait à placer les dernières pièces du puzzle. Ils terminèrent même le Constable, ce qui lui causa une grande satisfaction. En revanche, les puzzles métaphoriques comportant des données humaines étaient nettement plus difficiles à assembler.

CHAPITRE 23

Sa Majesté connaissait le chemin de Ladybridge depuis l'enfance, quand sa sœur et elle y allaient avec leur mère. Pour s'y rendre, on traversait le petit village de Vickery en passant devant les longs murs couverts de silex du terrain communal, avec son pub et la petite église St Agnès, où Georgina reposait dans le caveau de famille.

Aujourd'hui, la reine voyageait avec lady Caroline tandis que Rozie et l'agent de protection les suivaient juste derrière. Les Range Rover tournèrent peu après l'église puis continuèrent sous une large arche en pierre en direction du manoir. Cerné de douves, celui-ci était entouré de vergers et de prés, eux-mêmes longés par une petite rivière derrière laquelle s'étendaient de vastes champs.

Cette vue pittoresque était le fruit des échecs de la famille, plus que de leurs réussites. Ainsi que n'importe lequel de ses membres était prêt à l'admettre, tout au long de l'histoire, les St Cyr s'étaient presque toujours trouvés dans le mauvais camp : catholiques lors de la période élisabéthaine, royalistes durant la Grande Rébellion, fermiers au moment de la révolution industrielle... Ils avaient toujours été respectés, mais jamais riches. Au cours des cinq siècles passés, les mauvaises décisions, les droits de succession et la malchance avaient rogné les revenus de leurs terres et parfois entraîné la décrépitude du manoir. C'était peut-être une chance, dans un sens. Limité en surface par les douves, cet assemblage disparate de constructions médiévales et élisabéthaines n'avait été ni agrandi, ni reconstruit, ni mis « au goût du jour » par les générations successives. Au fil des siècles, les cheminées tordues, les toits pentus et les créneaux gothiques étaient passés de démodés à complètement ringards, jusqu'à ce qu'on les considère presque comme des ruines. En revanche, les détails des motifs Tudor des briques patinées étaient restés intacts. Et les quatre dernières générations s'étaient battues avec acharnement pour préserver ce bien en l'état. Les guides du comté présentaient le manoir comme « un harmonieux exemple de la plus belle architecture élisabéthaine, entouré de douves », « intact » et « authentique ». Prise d'un peu loin dans la brume du Norfolk, sa photo aurait facilement pu illustrer un conte de fées.

La reine avait toujours trouvé les proportions de Ladybridge idéales pour un enfant. Un peu comme Birkhall, en Écosse, où sa mère avait vécu ses premières années dans le bonheur. Ce n'était pas grand au point d'en être intimidant, mais assez pour y jouer à cache-cache. On pouvait aussi bien s'y amuser de longues heures à l'intérieur les jours de pluie que gambader dehors quand il y avait du soleil. Chaque brique, chaque pierre racontait l'histoire des générations qui s'y étaient succédé. Les terres autour étaient idéales pour les jeunes aventuriers. Rien d'étonnant à ce que Georgina ait voulu que Ned y grandisse. Quel petit garçon chanceux il avait été !

Jadis, le dernier tronçon de route traversait un verger de cerisiers que la reine mère s'était toujours efforcée de venir admirer au printemps, pour la gaieté de son immense surface rose pâle. Mais Sa Majesté découvrit qu'une moitié était devenue un parking pour les visiteurs. Une verrue moderne sur l'allée faisait office de billetterie pour la visite des jardins. Il y était inscrit « Ouvert à partir du 1er avril ». Une partie de la poésie avait dû être sacrifiée pour que le reste tienne. La reine hocha la tête pour elle-même. C'était ça, la survie.

La voiture emprunta le pont-levis puis entra dans la cour pavée du bâtiment principal, où trois générations de St Cyr étaient venues les accueillir, accompagnées d'épagneuls, de terriers et d'un vieux labrador.

Le baron, aussi vieux et courbé qu'à Noël, ne semblait pas avoir cherché à soigner sa tenue. À la limite de la mascarade, il avait enfilé ses habits de la veille : une veste en tweed rapiécée, une chemise en flanelle et un pantalon en velours côtelé tenu par une ficelle. La reine le soupçonnait de s'être pris, à un certain moment de sa quarantaine, pour un personnage rural d'un roman de P. G. Wodehouse, et d'être resté coincé dans le rôle. Elle connaissait plusieurs *gentlemen farmers* du Norfolk qui s'habillaient dans le même style. Mais la ficelle était la petite touche finale qui leur faisait défaut.

Flora se tenait à côté de son père avec ses filles, trois jolies adolescentes. Tout comme celui de Ned, leur père était sorti du paysage. Pour des raisons inexpliquées, les hommes qui n'étaient pas des St Cyr par le sang ne supportaient pas Ladybridge très longtemps. Flora portait un pull de qualité et une jupe épaisse, ce qui donnait à penser que le chauffage du manoir n'était pas à la hauteur de ses prestigieux jardins. Quant aux filles, il était difficile de définir si elles avaient fait un effort ou pas. Tous leurs vêtements étaient déchirés, vieux ou froissés. C'étaient peut-être les premiers sur lesquels elles étaient tombées dans leurs armoires, mais la reine se dit que ce devait plutôt être la mode.

— Papa a préparé le déjeuner, annonça Flora. Ensuite, je tiens à vous montrer les jardins. Je sais combien votre mère les aimait.

La salle à manger lambrissée du manoir donnait sur les douves, où quatre cygnes blancs glissaient sereinement sur l'eau. Sans la trouver tout à fait aussi belle que celle de Sandringham, la reine estimait qu'elle n'en était pas loin. Au moment du café dans le petit salon adjacent, la conversation s'orienta sur Ned.

— De quelle humeur était-il quand vous l'avez vu ? demanda lady Caroline. Avez-vous eu le sentiment qu'il avait des ennuis ?

La reine se félicita intérieurement de la présence de sa dame de compagnie.

— Je l'ai trouvé un peu maussade, admit Hugh. Mais c'était peut-être parce qu'il savait qu'il allait encore demander de l'argent à la fin du repas…

Flora n'était pas d'accord.

— Dans l'ensemble, il m'a plutôt semblé en forme. Il était ravi de nous faire la leçon sur la façon dont nous devrions gérer cet endroit, ce qui se résumait plus ou moins à ne pas le gérer du tout. Il voulait qu'on laisse la forêt des Mundy retourner à l'état sauvage et que

Ladybridge soit une « zone marécageuse à l'intérieur des terres », quoi que cela puisse signifier. Je lui ai fait remarquer que c'était déjà bien assez humide avec les douves et la rivière. Ce que nous faisons ici ne l'intéressait pas le moins du monde.

Après un soupir, Flora poursuivit :

— J'avais espéré qu'il viendrait avec Astrid. Nous avions même demandé si elle serait des nôtres, mais elle se trouvait en Espagne. Elle sait très bien se servir des réseaux sociaux. J'avais besoin de conseils pour Instagram. Ladybridge est tellement photogénique.

— Ainsi, vous la connaissez ? demanda la reine.

— Je faisais du poney avec sa sœur aînée, dans le temps. Je trouvais qu'elle était folle d'épouser un homme deux fois plus vieux qu'elle jusqu'à ce que je les voie ensemble à Abbottswood. En fait, je pense que ça aurait pu marcher.

— Je comprends ce que vous voulez dire, acquiesça la reine.

— Le mariage aurait dû avoir lieu dans trois semaines, lança la cadette d'un ton morose.

— Dieux du ciel, fit lady Caroline. C'est vrai.

— Ned nous avait invités. Il disait que, maintenant que la famille était réunie, c'était important. Je devais porter cette incroyable robe Burberry…

— Emerald ! l'interrompit sa sœur aînée d'un ton réprobateur.

— Quoi ? C'est une très jolie robe.

Emerald devint écarlate. La reine percevait entre les deux sœurs une certaine tension qui n'était pas sans lui rappeler quelque chose. Eden était, elle, déjà un mannequin réputé, une sorte d'enfant sauvage. Sa

Majesté l'avait vue en couverture d'un numéro récent de *Harper's Bazaar*, vêtue d'un chiffon de soie verte laissant peu de place à l'imagination. Quand Sophie de Wessex la lui avait montrée, elle l'avait trouvée trop maigre. Cependant, elle s'était retenue de le dire car c'était le genre de commentaire qu'aurait fait sa grand-mère au sujet des débutantes après la guerre. La jeune fille portait un manteau vintage dont les rangées de boutons évoquaient un uniforme cosaque. Il lui descendait jusqu'aux chevilles et lui allait très bien, malgré quelques taches.

— C'est exactement là que nous l'avons vu pour la dernière fois, révéla Emerald. Dans cette pièce. Il était assis pile là où vous êtes, Madame.

— Juste ciel, voilà qui est inquiétant. Vous avez dû trouver assez perturbant que la police vienne vous interroger ici, non ?

— Ils sont restés des heures, dit Eden. Ils ont tenu à examiner toutes les pièces de notre armurerie. Ils ont posé tellement de questions qu'à la fin je commençais à croire que c'était moi qui avais fait le coup.

— Ils voulaient savoir quels étaient nos alibis pour la veille, précisa Elinor, la benjamine. Je n'en avais pas vraiment. J'ai joué sur l'ordinateur presque toute la journée. Je suis sûre que j'aurais eu le temps de prendre le train pour Londres et de faire quelque chose d'horrible.

— Non, tu n'aurais pas pu, la contredit Emerald, la lèvre retroussée. Ce train met des plombes. Et tu n'aurais même pas pu y aller en voiture.

— Si.

— Tu ne sais même pas passer la troisième.

— J'aurais pu prendre une automatique, grommela

Elinor en se tournant vers la reine. Ils ne me laissent conduire que la 2CV, qui a littéralement cinquante ans et grince dès qu'on dépasse les 30 km/h. En plus, elle est en panne en ce moment. Mais je parie que si j'avais eu une voiture de sport, j'aurais pu...

— Elinor n'a pas tué notre cousin, assura Flora à Sa Majesté. Elle le connaissait à peine.

— Et vous autres ? demanda la reine avec un semblant de sourire laissant supposer qu'elle plaisantait alors qu'il n'en était rien.

— Eden avait un shooting à Londres, s'empressa de répondre Emerald. J'y suis allée avec elle. Je suppose que nous aurions pu lui faire quelque chose pendant que nous étions là-bas, mais nous avons passé toute la journée du lendemain avec les gens du magazine. Ces trucs s'éternisent toujours. Nous ne sommes rentrées qu'à l'heure du thé.

— Moi, je n'étais pas encore rentrée de ma promenade à cheval, signala Elinor, vexée que cela ne semble intéresser personne.

— Je ne me rappelle pas où j'étais, avoua lord Mundy.

— Mais si, papa, intervint Flora. Tu es allé prendre le thé avec Mrs Capelton.

— Non, ça, c'était la veille. Ned m'y a déposé après le déjeuner. Elle s'occupe de la fabrication des nouveaux prie-Dieu à la mémoire de Lee pour l'église St Agnès. C'est une femme merveilleuse, mais elle ne m'a pas lâché avant deux bonnes heures. J'ai dû rentrer à pied dans le noir.

— Qui est venu te rendre visite ce soir-là, grand-père ? demanda Elinor. J'ai vu un taxi dans la cour.

— Ça, je m'en souviens. C'était ce pauvre Mr Wallace.

Il m'a semblé très fragile. J'ai essayé de le rassurer mais je crains de ne pas avoir été très efficace. Ah, oui. Et un marchand de livres anciens est aussi passé dans l'après-midi. Il s'intéresse à certaines de mes premières éditions. C'est un crève-cœur de s'en séparer mais Flora a besoin de l'argent pour son salon de thé.

— Moi, je suis allée faire un tour à cheval, déclara celle-ci. Si j'avais su qu'un enquêteur allait m'interroger pendant quatre heures, j'aurais essayé de rejoindre Elinor. Mais hélas, je l'ignorais. Cela dit, j'ai une montre connectée. Le policier avait l'air de penser que ça pourrait aider.

À ce stade, les filles ne tenaient plus en place et elles se dispersèrent aux quatre coins de la maison. Alors que Flora invitait la reine à faire le tour des jardins, le baron annonça qu'il devait s'entretenir de quelque chose avec elle, ce qui lui convenait très bien. Rozie proposa à Flora de la suivre, comme elles l'avaient décidé avec la reine avant de partir.

— J'ai bien peur de ne rien connaître à l'horticulture, avoua Rozie tandis qu'elles enfilaient leurs manteaux et leurs bottes en caoutchouc. Par contre, j'aime assez les buissons sculptés.

— L'art topiaire ? demanda Flora. Désolée mais ce n'est pas trop notre spécialité. On en trouve plutôt dans les jardins à la française et, outre le labyrinthe, les nôtres sont très… Enfin, vous allez voir.

Après avoir passé le pont-levis, elles prirent le chemin de gravier qui longeait le bord extérieur des douves avant d'aboutir sur un pré entouré de saules. Rozie comprit bientôt pourquoi Flora avait insisté pour qu'elles mettent des bottes : le sol était tellement détrempé qu'elles s'y enfonçaient jusqu'aux chevilles.

— Le domaine vous donne beaucoup de travail, non ? demanda Rozie.

Flora hocha la tête.

— Ça, oui ! J'ai toujours de quoi m'occuper. Nous n'avons pas les moyens d'employer assez de professionnels pour tout faire. Avec les jardins, il y a aussi les nouveaux plans à préparer pour les visiteurs. Normalement, c'est papa qui gère le côté agricole de la ferme mais comme j'adore les moutons et que nous avons perdu notre bergère l'année dernière... Je n'arrive pas encore à faire tout ce que je veux avec eux, mais il semblerait que j'aie des facilités.

Rozie voyait certains des moutons dont parlait Flora dans un champ, loin derrière la rangée de saules. Noirs et blancs, ils n'étaient que de petits points dans le paysage, comme dans les puzzles préférés de la reine.

Alors que les deux femmes s'approchaient d'étangs reliés entre eux par un ruisseau se jetant dans la rivière, Flora expliqua qu'il s'agissait d'un jardin du XIXe siècle auquel sa mère avait redonné vie. S'arrêtant sur un petit pont de bois arrondi, elles contemplèrent un instant le courant rapide du petit cours d'eau.

— J'ai entendu dire qu'il y avait récemment eu une tragédie, hasarda Rozie.

— Dieux du ciel, laquelle encore ? demanda Flora.

— Un homme du nom de Chris Wallace.

— Oh. Oui, c'est terrible. Comment l'avez-vous appris ?

— J'ai bien peur que tout Dersingham en parle.

Flora fit claquer sa langue.

— Ah, les ragots locaux. Il était dévasté par la mort

de sa femme. Comme papa, en vérité. Je pense que c'est pour ça qu'il est venu le voir.

— Il paraît qu'on lui avait demandé de quitter son logement.

— Certainement pas. Laura était une des meilleures amies de maman. Quand nous étions petites, ses enfants étaient comme des frères et sœurs pour nous. Qu'est-ce qui a pu faire croire ça aux gens ?

— Désolée. Comme vous le dites si bien, Dersingham est un nid à ragots, se reprit aussitôt Rozie en secouant la tête avec un sourire d'excuse. Les dames du club de crochet sont déjà bavardes, mais les brodeuses... Vous n'avez pas idée.

Cela sembla fonctionner. Flora redevint immédiatement plus chaleureuse. Derrière des murs de lichen, elle montra à Rozie les jardins blancs qui avaient fait la renommée de Georgina St Cyr. Ignorante en la matière, Rozie devait croire Flora sur parole quand elle affirmait que les buissons et les parterres seraient magnifiques au printemps et en été, couverts de roses blanches, de lys et d'hortensias.

— Il y a ici toutes sortes de plantes rares, poursuivit Flora. Toutes mes ancêtres étaient collectionneuses. Et j'ai la ferme intention d'en être une aussi, dès que nous pourrons nous le permettre. Grâce à ma mère et Georgina, ce sont les jardins qui ont permis à Ladybridge de subsister, pas la ferme. Nous avons une des plus belles collections de lys du pays, sans même parler des nénuphars du pont. Ma mère avait la passion des nénuphars. Elle adorait l'eau. Et nous avions vraiment un jardin de plantes toxiques exceptionnel. Hélas, j'ai dû m'en débarrasser, car il est difficile d'ouvrir son jardin au public quand sa collection de belladones rivalise avec ses plantations de ciguë et d'aconit tue-loup. Cela me chagrine beaucoup parce que Georgina l'avait commencé dans les années 1930 et qu'elle l'adorait pour son petit côté gothique. Mais bon…

Elle haussa les épaules.

— Les visiteurs morts, ce n'est pas bon pour les affaires.

Tandis qu'elles avançaient entre les bacs à fleurs, Rozie observa Flora du coin de l'œil. L'humour pince-sans-rire des aristocrates l'étonnerait toujours.

— Quelqu'un est déjà mort pour de vrai ? Empoisonné, je veux dire.

— Pas que je sache, répondit Flora avec désinvolture. Selon la légende, un domestique aurait été empoisonné à la ciguë à l'époque georgienne. Son fantôme est censé hanter la Long Gallery, mais je ne l'ai jamais vu. Et mon frère a failli mourir quand il avait 6 ou 7 ans. Je crois que c'était avec de la belladone. Mon père était hors de lui. Il voulait tout faire arracher. Mais maman s'est battue comme un beau diable. Selon elle, Vincent avait appris la leçon. Et il n'y a, en effet, plus jamais touché. De toute façon, tout a disparu, maintenant.

Elles firent le tour de deux grandes serres et les cheminées tordues du manoir réapparurent sur leur gauche, ainsi que la maison de gardien, un peu plus loin sur la droite. Flora s'arrêta et tendit le doigt.

— Là, dit-elle comme si Rozie lui avait posé une question.

— Pardon ?

Flora s'était arrêtée, l'air pensif.

— C'est là que j'ai vu Ned pour la dernière fois,

partant avant papa dans son ridicule Land Rover rose. Il l'appelait la Panthère rose, vous imaginez ? Elle était peinte de cette couleur pour être en harmonie avec sa maison. Il m'a saluée en agitant son chapeau, ajouta-t-elle en mimant le geste de sa main droite. Et moi qui croyais que la prochaine fois que je le verrais, ce serait pour son mariage.

Après un moment d'hésitation, elle reprit :

— Je peux vous confier un affreux secret ?

— Allez-y.

Flora sourit légèrement.

— C'est un tel soulagement de ne plus se sentir détestée ! Il prétendait le contraire mais il nous en voulait depuis très longtemps. Il me faisait l'effet d'un fantôme avide de vengeance. Et maintenant qu'il est vraiment mort, cette sensation s'est envolée. N'est-ce pas extrêmement bizarre ?

Rozie fixait les vieilles briques et les pierres du manoir, serein au milieu de ses douves dans lesquelles se reflétait le ciel.

— Je veux bien imaginer qu'un tel endroit vous encourage à avoir ce genre de pensées.

— C'est complètement ridicule, non ? Voilà ce que vous devez penser. Je ne suis qu'une idiote de romantique.

Ce que se demandait vraiment Rozie, c'était si Flora – avec son pragmatisme, son efficacité et sa vivacité d'esprit – n'était pas plutôt en train de lui jouer un petit rôle de sa composition. Dans ce cas, ce serait un double bluff en bonne et due forme. Elle avait plus l'impression d'être son public que sa confidente.

— Au contraire, je ne vous prends pas du tout pour

une idiote, répondit-elle tout en se demandant où en était la reine.

Cette fois encore, Sa Majesté laissait surtout parler lady Caroline.

— Vous rendez-vous compte ? Je ne suis pas venue ici depuis l'âge de 18 ans. Je crois même que c'était avec Lee. Ce devait être avant votre mariage. Cela ne vous dérange pas si nous jetons un coup d'œil à la Long Gallery ? Je me souviens que c'était une de mes salles préférées dans tout le Norfolk !

Depuis l'aile est du manoir, où vivait la famille, ils descendirent un long couloir lambrissé et passèrent devant d'immenses tapisseries représentant des chevaliers et des dames dans un mystique paysage verdoyant traversé par une rivière aux berges parsemées de petites fleurs printanières.

— Étaient-elles là autrefois ? s'enquit la reine.

— Oui, répondit Hugh, mais je les ai fait nettoyer l'année dernière, pour Lee. Arthur et Guenièvre. Elle adorait ces tapisseries. Elles lui rappelaient ses jardins. De l'eau, des fleurs… et tout le reste. Je les ai fait accrocher dans sa suite quand elle n'a plus pu sortir. Elles lui ont procuré beaucoup de plaisir lors de ses dernières semaines.

Son chagrin était tellement différent de celui d'Astrid Westover, se dit la reine. Il le gardait en lui et s'y accrochait. Il était gravé sur son visage.

Hugh guida ses invitées jusqu'à la Long Gallery, au deuxième étage de l'aile sud, qui avait servi de gymnase les jours de mauvais temps à l'époque élisabéthaine. C'était un espace lumineux et ensoleillé avec un plafond blanc, plus long qu'un court de tennis. Tout un côté était bordé de portraits de famille que Georgina St Cyr avait montés pour faire de la place à sa collection d'art moderne en bas. Ainsi, les ancêtres pouvaient contempler les prés et les rivières à travers les fenêtres à meneaux.

— Je revois Ned me conduire ici, se souvint lady Caroline. C'est ici que se promène le fantôme du serviteur, c'est bien ça ? Ned avait essayé de me faire peur avec ça. Il a lamentablement échoué. J'adore les fantômes ! Nous faisions même du vélo ici. À fond. C'était terriblement amusant. Lee était là aussi, je m'en souviens. Ned avait un gros faible pour elle. C'était avant que vous soyez mariés. Il n'est pas sorti avec elle, à un moment ?

— Ils se fréquentaient, bougonna Hugh, l'air contrarié. Ned l'avait connue au lycée mais son frère à elle était un de mes camarades d'Oxford. Lee et moi avons décidé de nous marier presque dès notre première rencontre. Je ne l'ai pas regretté un seul jour.

Comme Ned a dû vous haïr, se dit la reine. D'abord le domaine. Ensuite la fille. Elle pouvait presque sentir cette rancœur imprégnée dans le sol. Pas exactement un fantôme, mais une présence maligne. La furie entêtée de Ned s'expliquait beaucoup mieux, maintenant. S'il avait décidé de tuer son cousin un demi-siècle plus tôt, elle aurait presque pu le comprendre. Sa colère avait persisté pendant des décennies mais, d'après sa fiancée, il avait enfin réussi à la dépasser. Avait-elle raison ? Avait-elle dit la vérité ? De toute façon, aujourd'hui, le destin de Ladybridge était entre les mains de Hugh.

— À Noël, rappela Sa Majesté, vous avez mentionné que c'était Flora, et non Vincent, qui hériterait.

— Ah, oui, Madame, répondit Hugh, visiblement mal à l'aise. J'aurais dû en discuter avec vous avant. J'en avais l'intention mais j'ai été quelque peu préoccupé...

— Vincent le prend bien ? demanda lady Caroline.

— Il conserve le titre, bien sûr. Il est doué pour s'occuper des locations, des finances et ce genre de choses, mais il a choisi de vivre en ville. Il n'a aucune envie de passer ses jours en Est-Anglie à se faire du souci à cause de la production de lait, des blaireaux ou de la fièvre aphteuse.

— En général, les fils finissent par revenir.

— Seulement parce qu'ils n'ont pas le choix. Mon père ne voulait pas reprendre Ladybridge, vous savez ? Il était très heureux dans son cabinet d'avocats à Ipswich. Il s'est soudain retrouvé plombé par les droits de succession, les scarabées noirs et la pourriture sèche. Tout aurait été plus facile pour lui si Georgina avait hérité de son père, mais... Vous connaissez les règles, le premier descendant masculin et toutes ces âneries.

Il se tourna vers la reine et rit légèrement. Elle acquiesça à voix basse, même si elle ne serait jamais allée jusqu'à qualifier cela d'« âneries ». Philip et elle avaient aboli ce système dans leur propre famille, non seulement pour les propriétés mais aussi pour les titres. La petite Charlotte Cambridge garderait sa place dans l'ordre de succession, qu'elle ait des frères ou non.

— Vincent a d'autres projets, ajouta Hugh. C'est ce dont je souhaitais vous parler. Roland et lui vont se marier. Je tenais à ce que vous soyez une des premières à le savoir.

— Ah ? Vraiment ? fit semblant de s'étonner la reine. Félicitations. De toute évidence, ce sera une première.

— Le premier homme de la pairie à en épouser un autre, voulez-vous dire ? En effet. Les St Cyr ouvrent la voie, Madame. Encore une place pour la famille dans les livres d'histoire.

— Incontestablement, confirma la reine, consciente que sa surprise lui donnait l'air dur.

Le baron avait raison en ce qui concernait les livres d'histoire.

— Roland et lui projettent de s'installer à New York.

— Comme c'est charmant, commenta lady Caroline. Par chance, vous avez Flora pour s'occuper de tout ici.

— Exactement, approuva Hugh.

Ils descendirent un large escalier de petites marches et empruntèrent un couloir voûté décoré de motifs compliqués d'épées, de lances et de hallebardes croisées, de pistolets et de mousquets datant de la Grande Rébellion. Dehors, dans une autre cour intérieure, près de la partie médiévale du bâtiment, une brouette et deux grands tas de pierres indiquaient que les travaux n'étaient pas terminés.

— Il reste encore beaucoup à faire ? demanda lady Caroline.

— On peut dire ça. Nous isolons le futur salon de thé contre l'humidité. Pas une mince affaire quand on a des douves, comme vous devez vous en douter.

Après être resté caché derrière un banc de nuages toute la journée, le soleil fit enfin son apparition et les couvrit tous les trois des subtils reflets dorés de sa lumière hivernale.

Lady Caroline était aux anges.

— Rien de tel qu'un après-midi d'hiver où le soleil se montre un peu.

Hugh proposa un petit tour rapide autour des douves. Les nuages se retiraient à vue d'œil, faisant place à une étendue toujours croissante de ciel bleu pâle. Un léger souffle agitait l'herbe des prés environnants.

— « Cette île porteuse de sceptres, cette terre de majesté, cette résidence de Mars, cet autre Éden », murmura Hugh, avec un petit rire d'autodérision. Ou, du moins, l'ai-je toujours pensé.

— *Richard II* ! lança gaiement lady Caroline. Nous l'avions étudié à l'école. C'est Jean de Gand, c'est bien ça ? « Cette parcelle bénie, cette terre, ce royaume, cette Angleterre... » J'ai toujours adoré cette tirade. Elle ne se termine pas bien, cela dit. Ah, Shakespeare.

Elle secoua la tête et rit à son tour.

Ils contournèrent le côté est de la demeure et s'orientèrent vers le sud, où les douves étaient bordées d'une roseraie à la française. Un terrain menait à une rivière longée d'arbres. Il régnait ici un étrange silence, brisé de temps à autre par les bêlements des moutons qui s'appelaient et se répondaient au loin.

— Oh, vous avez aussi des moutons ! s'exclama lady Caroline.

Ses pensées étaient bien différentes et plus positives que celles de la reine.

— Vous avez bien du courage, poursuivit-elle. Mon frère en a aussi, il ne gagne pas un penny avec. Il ne fait ça que par amour.

— C'est pareil pour nous. Ce sont des Norfolk Horns. Une race pratiquement en voie d'extinction. Leurs toisons sont d'extrêmement bonne qualité mais en notre ère de vêtements synthétiques, elles ne rapportent presque rien, bien sûr. Leur viande est délicieuse aussi. Nous avons été dévastés de perdre leur pauvre bergère l'année dernière.

— Vous avez beaucoup de contacts avec vos locataires ? demanda la reine.

— Vous parlez de contacts amicaux ? Oh, c'est variable. Nous les invitons à des événements plusieurs fois par an. Mais cela a toujours été le domaine de Lee plus que le mien. « Gagner les cœurs et les esprits », comme elle disait. Comme à la guerre, vous savez. Oh, regardez là-haut !

Il désigna un héron volant les ailes déployées, à l'autre bout du pré, au-dessus de la rivière.

— Certains sont des amis, d'autres sont de vrais salopards.

— Les hérons ?

— Les locataires. Vous constatez sans doute la même chose. Ils adoraient tous Lee, cela dit. Mais je suis sûr qu'ils adopteront Flora aussi. Elle ne veut que le bien de Ladybridge.

Ils continuèrent à marcher le long des douves jusqu'à se retrouver au pont-levis. De toute évidence, c'était là qu'était le chantier du salon de thé de Flora avec ses fenêtres manquantes et, sur le sol, ses bâches en vrac, dont une claquait dans le vent.

— C'est comme le pont du Forth, commenta Hugh. Jamais terminé !

— Et pourtant toujours là, rappela lady Caroline. Je suis sûre qu'à leur arrivée ici, les St Cyr ont pensé que ce n'était pas tout à fait fini.

— C'est probable, fit Hugh avec un léger sourire.

Ils virent bientôt Flora les héler et leur faire signe depuis l'autre côté. Même de loin, la reine détecta à la position des épaules de Rozie que celle-ci avait quelque chose à lui raconter. Bien. Ses propres pensées se développaient rapidement aussi. Elles avaient beaucoup à se dire.

CHAPITRE 24

Dans le salon, la famille était amassée devant la télévision pour regarder l'investiture du quarante-cinquième président américain. Comme les commentateurs jugeaient utile de le mentionner, il avait déjà 70 ans, soit le même âge que Ned – mais avec encore du temps devant lui et beaucoup de choses à faire. À en croire les manifestations qui avaient lieu dans le monde entier et l'absence de visages célèbres dans l'assistance, l'homme ne faisait pas l'unanimité. Cependant, la reine était impressionnée par la tradition à la fois normale et miraculeuse des passations de pouvoir pacifiques.

Les gens prenaient cela pour acquis, désormais. Passionnée d'histoire, elle-même n'ignorait pas que ces moments pouvaient être sanglants. Au XVIe siècle, la première Elizabeth avait vécu dans cette crainte perpétuelle. Son cousin éloigné Nicolas II avait perdu toute sa famille lors d'une révolution. La guerre d'indépendance des États-Unis, la partition des Indes… La liste était aussi longue qu'entachée de violences, et ce n'était pas si loin d'elle. En Grèce, la famille de Philip avait dû fuir pour survivre. Ce « miracle normal » méritait donc qu'on le chérisse. Elle aurait voulu que l'on ne trouve qu'une seule chose dans les dictionnaires, à côté de son nom : pendant soixante-dix ans, les passations de pouvoir dans les pays de son bien-aimé Commonwealth s'étaient déroulées aussi pacifiquement que possible. Certes, elles n'avaient pas toujours été joyeuses, et pas forcément en faveur de gouvernements qu'elle approuvait, mais on ne pouvait pas tout avoir.

La reine ne parvint jamais à se retrouver seule avec Rozie pendant le reste de la journée. Le lendemain matin, elle fut donc soulagée de constater que sa secrétaire particulière adjointe s'était débrouillée pour lui apporter les boîtes à la place de sir Simon. Les épaules de la jeune femme semblaient aussi raides que la veille.

— Avez-vous appris quelque chose d'important ? lui demanda la patronne sans même faire semblant d'ouvrir une boîte.

— Je crois, répondit Rozie.

Elle lui raconta comment Flora s'était montrée froide et évasive au sujet de Chris Wallace.

— Elle a dit que sa femme était très proche de la baronne, et que les enfants avaient tous grandi ensemble. Mais pas un mot sur son expulsion. Elle l'a même catégoriquement niée. Puis elle s'est mise à parler du jardin aux poisons.

— Il existe toujours ?

— Non. Elle a dû s'en débarrasser à cause des visiteurs. Je comprends pourquoi. Il paraît que son frère a failli mourir d'un empoisonnement à la belladone quand il était petit.

— Juste ciel.

— De colère, le baron a voulu tout faire arracher. Même si son épouse adorait ce jardin.

— Voilà qui ne ressemble pas à Hugh, s'étonna la reine. C'est très intéressant.

Tout en faisant la moue, elle prit son stylo-plume sur son bureau et se mit à jouer avec le capuchon.

— On m'a rappelé hier à quel point Ned était attaché à Ladybridge dans son enfance, poursuivit-elle. Et que, par-dessus le marché, Hugh avait épousé sa petite amie. Si c'était Ned qui avait tué son cousin à l'époque, on aurait pu comprendre.

— Lord Mundy est parti en voiture avec Ned. Ils pourraient s'être disputés en chemin.

Rozie réfléchissait en même temps qu'elle parlait.

— Et ensuite... le baron l'aurait suivi jusqu'à Londres ?

— Seulement si un locataire, Flora, le pasteur et un marchand de livres anciens mentent.

— C'est un très solide alibi, avoua Rozie avec un sourire contrit. Je suis désolée, Madame. J'invente des scénarios complètement farfelus.

— Non, non. Examiner toutes les possibilités est toujours utile. En tout cas, d'après ce que j'ai vu et entendu, Hugh n'est pas en aussi bons termes avec son fils qu'il voudrait me le faire croire.

— Il était totalement bouleversé quand Vincent a mangé de la belladone, rappela Rozie.

— Oui, admit la reine, mais c'était il y a très longtemps.

— Mais lord Mundy soutient beaucoup son fils en ce qui concerne son projet de mariage avec un autre homme. Ce n'est pas rien, tout de même.

La reine remarqua que Rozie avait pris assez d'assurance pour mettre en doute ses suppositions. Cela pouvait s'avérer fort utile dans des situations comme celle-ci.

— C'est un homme si silencieux et timide, continua la jeune femme. Ça n'a pas dû être facile.

— Peut-être, lui concéda la reine. Je comprends qu'il ne soit pas facile pour un pair à l'ancienne tel que Hugh d'accepter cette idée. Surtout quand il y a tant en jeu.

— Tant en jeu, Madame ?

— Demandez à sir Simon, répondit Sa Majesté, énigmatique, avant de dire quelque chose de plus mystérieux encore :

— Et il y a aussi les chiens.

— Les chiens, répéta Rozie, se sentant de plus en plus perdue.

— Exactement, insista la reine. Les chiens sont au cœur de tout.

Puis elle ajouta pensivement :

— J'aimerais en savoir plus sur Vincent. Mrs Wallace était proche de Lee. Je me demande si elle savait quelque chose. Pouvez-vous essayer de creuser un peu plus de ce côté ? Mais pas comme la police l'imagine… J'espère me tromper. Tenez-moi informée de vos progrès.

Il n'y avait pas moyen d'y couper. Tout en longeant la côte dans la Mini, Rozie et Katie Briggs avaient passé l'après-midi à chercher d'autres façons d'en apprendre plus sur Laura Wallace. Mais la secrétaire particulière adjointe allait devoir se lever à l'aube pour un bain d'eau glacée avec les Poissons surgelés.

Rozie se remémorait ses nuits torrides dans les boîtes de Lagos au printemps dernier et ses soirées sur le sable à Saint-Barth cet été. C'était dans ces endroits-là qu'elle se sentait bien. Quoi qu'il en soit, elle connaissait Mary Collathorn et pouvait ainsi se joindre au groupe. Toutes les autres méthodes d'infiltration parmi les locataires du domaine de Ladybridge auxquelles Katie et elle avaient pensé auraient été tellement flagrantes que Flora en aurait eu vent.

Il y avait peu de choses que Rozie n'aurait pas faites pour la patronne, mais celle-ci restait dans sa liste « uniquement s'il n'y a pas le choix ».

— Vous allez adorer ça, lui assura Katie. Faites-moi confiance. J'ai commencé la nage en eau froide cet été. Ça a changé ma vie. Avant ça, j'avais une énergie très basse. Il y a quelque chose avec l'eau froide sur la peau, la façon dont ça agit sur le rythme cardiaque... C'est une sensation fantastique.

— Je crois que le mot clé est « été », répondit Rozie. Si nous étions au mois de juillet, je l'aurais fait avec plaisir. Mais nous sommes en janvier. Un homme en est mort il y a peu.

Katie secoua la tête.

— Il a fait exprès d'y rester trop longtemps. Nous le savons. Vous ne serez dans l'eau que quelques secondes.

— Pourquoi moi ? demanda assez logiquement Rozie. C'est vous la nageuse en eau froide.

— Je ne peux pas.

— Vous connaissez toutes les ficelles bien mieux que moi. Vous l'avez déjà fait. Ce serait moins risqué si c'était vous.

Katie poussa un soupir contrarié.

— Je ne peux pas, c'est tout. Peut-être que ça se passerait bien, peut-être pas. Le choc de l'eau glacée... Si j'en fais trop, j'en paie le prix pendant des jours. Je ne peux pas prendre ce risque. Croyez-moi, j'aimerais beaucoup pouvoir le faire. Insister ne fait que me rendre la situation encore plus difficile.

— OK, capitula Rozie.

Katie ferma fort les paupières pendant un moment. Il était évident qu'elle avait du mal à parler de son problème. Pourtant, elle respirait littéralement la santé.

— Je souffre du syndrome de fatigue chronique, finit par lâcher Katie. Ça a commencé il y a quelques années. Je ne m'en suis aperçue que lorsque j'étais secrétaire particulière adjointe. Ça m'a pratiquement terrassée. Non, ça m'a totalement terrassée.

— Le syndrome de…

— Le syndrome de fatigue chronique. Celui à propos duquel les gens demandent : « C'est une vraie maladie ? » Et oui, c'est une maladie. Tout le monde ne me croit pas, mais c'en est une.

— Je suis désolée.

— Vous n'avez pas à l'être. Je me sens parfois complètement crevée, laminée, comme si j'étais passée sous un rouleau compresseur. Il peut m'arriver de dormir toute une journée et ne pas me sentir mieux après. J'ai des symptômes depuis longtemps, mais jusque-là j'avais mes méthodes pour tenir le coup. Cependant, au palais… les exigences sont bien plus élevées qu'ailleurs. Vous ne pouvez pas prendre de jours de congé quand la reine a besoin de vous.

— Je sais de quoi vous parlez.

— Vous froncez les sourcils.

— C'est juste que sir Simon m'a dit que vous souffriez d'une maladie mentale. Ou, du moins, je crois que c'est ce qu'il a dit.

Katie leva les yeux au ciel.

— Oui, ce serait bien son genre. Il a juste vu quelqu'un qui n'était pas à la hauteur du poste. Il s'est toujours efforcé de se montrer compatissant mais son immense agacement était palpable. Ce qui n'aidait pas.

— Je m'en doute.

— Je me souviens quand nous venions ici pour Noël. Il y avait des jours où je ne pouvais tout simplement pas bouger. Mrs Maddox pensait que je simulais. Elle disait que son équipe avait autre chose à faire que m'apporter le petit déjeuner au lit. Finalement, lady Caroline m'a trouvé un spécialiste qui s'était occupé de sa petite-nièce qui souffrait de la même chose. Je ne saurais pas vous dire combien j'étais soulagée qu'elle me croie. Le médecin m'a fait découvrir son nouveau programme : un régime et des exercices différents, sans stress ni pression. Bref, il fallait que j'arrête ce travail. C'est là que vous m'avez remplacée. Je m'apprêtais à retourner chez ma mère, mais comme elle ne savait pas comment elle allait pouvoir s'occuper de moi, la patronne m'a proposé de venir ici.

— Mais votre santé s'améliore, non ?

— C'est une tout autre vie, admit Katie. J'y travaille encore. La femme que j'ai été me manque. Être prise au sérieux par des gens aux intitulés de poste grandiloquents dans de beaux bureaux me manque. Bon sang, j'ai l'air de m'apitoyer sur mon sort. J'ai Daphné et je peux faire de la pâtisserie, maintenant. Une vraie petite Marie Kondo. Je sais tricoter. Je prépare un diplôme de diététique afin de mieux découvrir ce qui fonctionne bien pour moi. Alors, ne me forcez pas à retourner dans l'eau glacée, compris ? De toute façon, comme je vous l'ai déjà dit, vous allez adorer.

— Je vous le jure solennellement, je n'insisterai plus.

Pendant ce temps, la reine visitait Wood Farm en compagnie de Philip. Ils avançaient vers les marécages, où le traditionnel lâcher de gibier du 26 décembre avait commencé. C'était dans cette modeste ferme que Philip viendrait prendre sa retraite dans moins d'un an. Il était déjà impatient de passer son temps à peindre, observer les oiseaux et rendre visite à ses amis. La reine raffolait aussi de cette petite ferme où il était possible de se détendre sans domestiques ni tralala, avec le rugby en fond sonore et une vue dégagée sur le ciel et la mer.

Même si elle savait qu'il se débrouillerait parfaitement tout seul, voire mieux qu'avec la cohorte de conseillers et d'assistants qu'elle drainait inévitablement dans son sillage, elle viendrait le voir aussi souvent que possible. Ils étaient dehors avec leurs manteaux et leurs jumelles, en train de rentrer des observatoires que Philip avait fait construire pour qu'ils puissent admirer les oiseaux côte à côte, quand il se tourna vers elle.

— Vous semblez pensive, Lilibet. Qu'y a-t-il ?

Elle était contente qu'il lui pose la question. Il y avait, en effet, quelque chose dont elle voulait lui parler. Il était une des rares personnes capables de comprendre ses préoccupations sans les trouver rétrogrades, bien qu'elles le soient quelque peu.

— C'est Hugh St Cyr.

— Ah. Il est toujours en plein deuil de Lee, c'est certain. Vous avez bien fait d'aller le voir hier.

— Ce n'est pas exactement ça.

Elle regarda son mari qui, comme toujours, s'adaptait à ses pas beaucoup plus petits que les siens et se tenait légèrement courbé pour mieux l'entendre.

— C'est quelque chose qu'il a dit au sujet de Vincent.

Hugh m'a semblé très moderne d'esprit. Rozie en a été impressionnée.

Philip lui lança un regard vif.

— Moderne d'esprit ? Hugh ? On parle bien du même ?

— Exactement. J'ai été aussi surprise que vous.

— Je l'ai toujours considéré comme quelqu'un dont les valeurs étaient dignes de la Renaissance. Un homme solide, très sain. Mais, plus d'une fois, j'ai vu ses sourcils monter d'un bon centimètre pendant que je lui décrivais mes innovations à la ferme. N'oublions pas que ce type est un spécialiste de la poésie du XVIIe, nom d'une pipe !

— Mmm, fit la reine. Et pourtant, il lègue Ladybridge à Flora dans son testament.

— Vraiment ?

— Et Vincent va se marier.

— Quoi ? Vraiment ? Avec une fille ? Je pensais qu'il était avec ce type qu'il a amené à Noël. Son associé ? Mon œil !

— C'est bien le cas.

Philip s'arrêta net.

— Il se marie avec lui ?

— Oui.

— Et comment Hugh prend-il ça ?

— Il se dit ravi : cela va faire entrer la famille St Cyr dans les livres d'histoire.

— Quoi ?! s'exclama Philip en secouant la tête. Mais… il ne reste plus d'héritiers St Cyr de sexe masculin, si ?

— Non. Pas dans la famille proche. La lignée va s'éteindre.

— Et Hugh est ravi ?

La reine hocha la tête, autant pour son mari que pour elle-même. La réaction de Philip le lui confirmait : quelque chose clochait.

Ce dont Philip et elle n'étaient que trop conscients, et que sir Simon expliquerait à Rozie si elle le lui demandait, était une grande évidence à ses yeux : dans la noblesse britannique, il était impossible qu'un couple masculin produise un héritier légitime. Un pair du royaume peut avoir autant d'enfants qu'il le souhaite, au sein ou en dehors de son mariage, adoptés ou autre, seuls les descendants biologiques de parents mariés hériteront du titre. Telle était la loi. Il existait bien des volontés de changement, qui concernaient également la priorité donnée aux héritiers masculins, mais il y avait peu de résultats pour l'instant.

La gestation pour autrui n'était pas valable car les parents biologiques n'étaient pas mariés – même si les parents légaux, eux, l'étaient. Par conséquent, étant donné que deux hommes ou deux femmes ne peuvent pas avoir d'enfant biologique ensemble, des aristocrates homosexuels mariés ne pourraient pas transmettre leur titre. Ceci expliquait probablement pourquoi on n'avait encore jamais vu un tel couple. Un homme pouvait bien sûr épouser son compagnon homosexuel après avoir accompli son « devoir » en engendrant un héritier dans le cadre d'un mariage hétérosexuel. Mais, de toute façon, ce n'était pas le choix de Vincent. Ce mariage serait son premier. Et à vrai dire, à 47 ans, il n'avait jamais eu l'air particulièrement pressé de se marier. Jamais son père ne l'y avait poussé non plus. Toute l'attention de Hugh semblait centrée sur sa fille, ce qui était tout aussi étrange, à bien y penser.

— Hugh a annoncé cela de façon très désinvolte, relata la reine.

Philip grimaça. Il avait instantanément compris tout ce que cela pouvait signifier. Il était assez courant que des nobles se fichent de savoir avec qui leurs enfants couchaient. En revanche, ceux qui se moquaient de qui ils épousaient, au risque de perdre leurs terres ou leur titre, étaient aussi rares que des licornes.

Ils se turent un instant pour admirer un couple de perdrix bien dodues qui se dandinaient devant eux sur le chemin de la ferme.

— Avez-vous jamais compris la relation de Hugh avec Vincent ? demanda la reine. Il l'emmenait souvent chasser quand il était adolescent. Vous parliez avec eux, non ?

— Oui. Le gamin était très doué. Très coordonné, très posé. Excellentes aptitudes en milieu naturel. Meilleures que celles de son père. J'avais toujours pensé qu'il irait loin dans cette discipline. Mais il est soudain parti à Londres et n'en est jamais revenu.

— Hugh et lui étaient proches ?

Philip ricana.

— Citez-moi un seul adolescent tout juste sorti de pension qui soit proche de son père.

Sa Majesté aurait pu en nommer plus d'un mais préféra s'en dispenser.

— Mais ils n'étaient pas non plus anormalement distants, si ?

Philip fixa le ciel, songeur.

— Maintenant que j'y pense, sans doute que si. Pas distants mais déconnectés l'un de l'autre. Je ne me rappelle même pas les avoir jamais vus discuter ensemble, sinon des chiens. J'attribuais cela à la timidité maladive de Hugh.

Le qualificatif « déconnecté » frappa la reine. C'était

exactement cela. Elle s'était même demandé si Hugh simulait l'indifférence. L'homme fou de rage qui voulait faire disparaître la belladone du jardin des années auparavant ne faisait certainement pas semblant, lui. Pourtant, quelque chose avait changé depuis. Elle ne pensait pas que c'était dû à l'homosexualité de Vincent. Patrick, l'oncle de Ned, était homosexuel aussi et les St Cyr prenaient cela comme une simple excentricité familiale en se disant qu'il finirait par épouser une femme dévouée. Non, il y avait autre chose. Et Sa Majesté sentait que cela concernait directement Ned.

CHAPITRE 25

Vraiment ? Elle en était là ?

Rozie ne pouvait s'empêcher d'imaginer ses amies à Londres, à Lagos et à New York, s'achetant des cappuccinos sur le chemin de leurs bureaux situés dans de scintillants gratte-ciel. Elle croyait les entendre se raconter leurs dernières anecdotes à propos d'hommes irrésistibles rencontrés dans des bars à cocktails ou de contrats qu'elles s'apprêtaient à signer. Et elle, elle était ici, au bout du monde, avec des gens deux fois plus vieux qu'elle, sur le point de passer un moment très difficile.

Il était 7 h 30 et le soleil n'était pas encore tout à fait levé. Elle se tenait debout sur une vieille jetée en bois, au milieu des eaux vertes du Dix, à Vickery, seulement couverte d'une serviette et de son maillot de bain, sentant la glace se former sur sa peau. Il y avait quatre personnes avec elle, deux hommes et deux femmes, deux très minces et les deux autres plus enrobés, tous blancs comme des cachets d'aspirine dans la lumière impitoyable du matin.

Katie lui avait dit adorer ça mais, en ce moment, elle était bien au chaud sous une épaisse couverture. Alors qu'est-ce qu'elle en savait ?

— Vous êtes prêts ? N'oubliez pas, deux minutes !

lança Mary Collathorn. Trente secondes seulement pour vous, Rozie, parce que vous êtes débutante. Les épaules sous l'eau, sinon ça ne sert à rien. À vos marques, prêts, partez !

Mary descendit calmement les marches de la jetée puis poussa un petit cri en entrant dans l'eau glacée. Son bonnet de bain rouge vif fut bientôt rejoint par les bonnets vert, bleu et blanc de ses compagnons. Rozie passa en dernier. Comme elle s'y attendait, l'eau lui piqua les tibias et les chevilles de toute sa fureur glacée et elle dut se faire violence pour continuer à descendre. Chaque atome de son corps lui criait de s'enfuir. Son idée fixe était d'immerger aussi vite que possible ses épaules pour pouvoir ressortir.

Les habitués nageaient jusqu'à l'autre rive et revenaient, en poussant des cris plus ou moins forts. Rozie n'en avait d'abord lâché qu'un bref en entrant dans l'eau mais elle se mit bientôt à hurler aussi fort que les autres. Cela aidait, et il y avait un côté très cocasse à ce que tout le monde se laisse aller ainsi. Son instinct lui disait de bondir hors de l'eau, mais elle résista.

Mary avait dit trente secondes, et elle n'était même pas sûre de pouvoir en tenir vingt. Cependant, au bout de dix, elle eut l'impression que sa peau se mettait à vibrer. C'était une sensation aussi étrange qu'inédite. Et franchement pas horrible. Elle se rappela de respirer et s'aperçut qu'à chaque inspiration la douleur se muait en quelque chose de plus en plus plaisant. Tandis qu'elle nageait lentement sous l'eau, elle se sentait plus puissante à chaque geste. Quand Mary cria « Trente secondes ! », Rozie l'ignora. Dix secondes plus tard, Mary lui hurla vraiment dessus et elle dut sortir à contrecœur.

Son cœur battait très fort. Alors qu'elle remontait les marches en direction de sa serviette, chaque centimètre carré de sa peau picotait. Elle se sentait incroyablement vivante, et très jalouse des quatre autres bonnets colorés que l'on voyait sautiller à la surface, et qui avaient droit à une minute supplémentaire de souffrance et de plaisir mêlés. Au moment où ils vinrent la rejoindre, elle était déjà enveloppée dans sa serviette (reconnaissante qu'ils lui aient recommandé d'en prendre une immense) et se sentait réchauffée, éveillée et dynamique comme jamais.

— Qu'en avez-vous pensé ? demanda Mary tout en se glissant dans sa propre serviette, qui avait des manches et se transforma en gros manteau bien chaud.

— C'est fantastique ! Pourquoi tout le monde ne fait pas ça ?

— Allez savoir ! acquiesça Mary. Il faut parfois plus de séances, mais je suis contente que vous soyez déjà convertie. Café ? D'habitude, nous passons tous chez moi avant de nous séparer.

Pour la plus grande surprise de Rozie, le froid lui avait fait un bien fou. Mais être chaudement vêtue d'un pull en cachemire et d'un bon jean, en train de boire l'excellent café de Mary autour de sa table en pin, c'était aussi fabuleux.

— Eh oui, fit Alan avec un grand sourire quand Rozie dit cela à haute voix. Les gens croient que nous faisons ça pour la mer glacée mais, en fait, nous le faisons pour la sensation qu'on a ensuite sur la jetée. Et ici. Nous ne sommes pas masochistes.

— Pas complètement, rectifia la femme assise à côté de lui.

Elle s'appelait Renée et devait avoir la soixantaine. N'étant locataire sur le domaine que depuis onze ans, elle était considérée comme une « petite nouvelle ». Sa spécialité consistait à aménager des intérieurs en blanc et gris tourterelle pour répondre à la récente explosion des Airbnb chics dans les stations balnéaires.

— En vérité, je suis une artiste, dit-elle avec une gravité presque agressive. Êtes-vous versée dans les arts, Rozie ?

La jeune femme ne révéla pas qu'elle possédait son propre Cézanne. Elle l'avait obtenu dans des circonstances hautement inhabituelles dont elle préférait ne pas parler.

Le quatrième membre du groupe, un homme du nom de John, était déjà reparti chez lui. Rozie ne pouvait donc discuter qu'avec Mary, Alan et Renée. Elle savait ce qui allait se passer ensuite. Elle les laissa donc lui demander à quoi ressemblait le quotidien de la reine à Buckingham, si elle s'était bien remise de son rhume et ce que cela faisait de travailler pour elle.

— C'est un honneur, répondit-elle.

— Mais vraiment ? insista Mary. C'est une patronne très exigeante ? J'imagine que oui.

Rozie répondit en mode pilotage automatique, sans rien trahir, comme d'habitude. Elle se demanda *in petto* si la reine était vraiment exigeante. Bien entendu, elle l'était en ce qui concernait l'excellence qu'elle escomptait (et obtenait généralement) de son personnel rapproché. Mais peut-être pas de la façon dont l'entendait Mary. Elle n'était jamais impolie ou injuste. À l'armée ou dans le milieu de la finance, Rozie avait parfois été sous les ordres d'officiers ou de managers imprévisibles et difficiles. Jusqu'à présent, tous les postes qu'elle avait occupés exigeaient le sacrifice de son temps et de sa liberté, une disponibilité de tous les instants et l'abandon d'une vie sociale digne de ce nom. Mais en voulait-elle vraiment une ? Celle de sa sœur était intense et s'étalait sur trois continents, mais Rozie ne l'enviait pas. Tout en réfléchissant à cela, elle régala son auditoire en parlant des corgis et des récentes célébrations de la reine au château de Windsor. Puis, avant de ne plus en avoir le temps, elle amena en douceur la conversation sur Chris Wallace.

— Vous savez, je n'arrête pas de penser à ce que vous m'avez raconté, dit-elle à Mary. À propos de ce pauvre Mr Wallace qui allait perdre tous les souvenirs de sa femme en même temps que son logement. C'est triste à pleurer.

— Ça c'est sûr, confirma Mary, sinistre. Ces St Cyr ne sont que des salauds prétentieux, quoi qu'on en dise. Peut-être qu'ils offrent de la viande d'agneau à Pâques et que Flora déboule avec ses grands airs dès que quelqu'un est en arrêt maladie, ce qui leur donne la réputation d'être généreux et attentionnés. Mais nous savons la vérité, maintenant.

— Et vous dites que les Wallace étaient amis avec eux ?

— Disons plutôt que Laura croyait qu'elle était l'amie de Lee, répondit Mary. Mais pas du tout, en fait. L'aristocratie, c'est un autre monde, non ? Chez eux, on fait tout différemment. Sans Laura, ils n'auraient pas pu garder leur troupeau de Norfolk Horns, alors que c'est un des principaux atouts de Ladybridge. Et quand Lee a fait sa dépression, c'est Laura qui a dû ramasser les morceaux. Pas le baron. Il n'a été d'aucune aide.

— La baronne a fait une dépression ? demanda Renée

en s'approchant, visiblement fascinée, évitant ainsi à Rozie de poser la question. Quand ça ? Je ne savais pas.

— C'était il y a longtemps, quand Vincent et sa sœur étaient encore petits. Comme Laura habitait près de l'école et avait un enfant à peu près du même âge que Vincent, c'était pratique. J'ai toujours eu l'impression que c'était un peu la faute de Vincent.

— Ah, comment ça ? s'enquit Rozie.

— Je ne sais pas, dit Mary en grimaçant. Ah si, attendez, je me souviens. Un jour, nous étions devant l'église et j'ai demandé à Laura comment allait Lee. Elle ne m'a pas répondu très clairement. Elle était vraiment discrète, vous savez. Mais Vincent se tenait à quelques mètres de nous, juste un gamin de 11 ou 12 ans comme les autres. Mais quel regard lui a alors lancé Laura ! Bien sûr, après ça, nous ne l'avons plus beaucoup vu. Il est parti en pension. Et je vais vous dire une chose : avant ça, Lee s'était juré de ne jamais y envoyer ses enfants. Elle avait toujours dit qu'ils iraient au collège de Swaffham, qui était très bien. Je l'admirais pour cela. Mais soudain, Vincent est parti. Quand j'ai demandé pourquoi, Laura a tout bonnement refusé d'en parler. Elle est restée fidèle à Lee jusqu'au bout, et voyez comme ils l'en ont remerciée. Ils ont viré son Chris adoré de chez lui sans la moindre raison. D'après la rumeur, Flora veut la maison pour y recevoir ses invités londoniens sous prétexte qu'il y fait plus chaud qu'au manoir. Je les crois tout à fait capables d'avoir voulu l'expulser juste pour ça.

— Flora n'est pas vraiment en odeur de sainteté dans le coin, si je comprends bien ? demanda Rozie.

— Elle l'était, pourtant, répondit Alan, un peu hésitant. Mais c'était avant tout ça. Parfois, il arrive quelque chose et on se met à voir les gens sous un jour différent. Ce n'est pas une coïncidence si tout cela est arrivé après la mort de sa mère, l'été dernier. La baronne veillait à ce que tout se passe bien. Maintenant, tout part à vau-l'eau.

Sur ces mots, tout le monde se mit à parler de la collecte au profit d'organisations de protection de la nature en mémoire de Chris. Rozie sentait qu'elle n'en apprendrait pas plus. Laura Wallace avait gardé ses secrets pour elle. Si elle les avait confiés à quelqu'un, ce ne pouvait être qu'à l'homme avec qui elle partageait sa vie. Et il était mort lui aussi.

La reine tripotait ses lunettes.

— Il est dommage pour nous que Laura ait été aussi loyale envers la baronne. Lee choisissait bien ses amies. Mais il faut dire qu'elle était comme ça elle-même. Ma mère disait toujours qu'on pouvait lui confier n'importe quoi. Elle était la discrétion faite femme. Ma mère avait beaucoup d'affection pour Lee.

Sa Majesté fronça les sourcils.

— Vous paraissez surprise.

— C'est juste qu'il devait y avoir un grand écart d'âge entre elles, Madame. Deux générations ? La baronne devait avoir à peu près le même âge que le prince de Galles, j'imagine.

— C'est cela, confirma la reine. Mais ma mère ne tenait jamais compte de l'âge des gens. Elle avait beaucoup d'énergie et se plaisait en compagnie des jeunes.

— Et je suppose qu'elles partageaient la même passion pour le jardinage.

— Oh oui, acquiesça la reine, dont le visage s'illumina à ce souvenir. Elle allait voir les jardins de Ladybridge chaque été. Elle admirait beaucoup les talents de paysagiste de lady St Cyr et avait été ravie qu'elle lui propose son aide pour nos jardins à la française. Elles correspondaient souvent. Lors de son voyage au Japon, Lee lui avait écrit une lettre d'une dizaine de pages. Ma mère me l'avait même lue…

Perdue dans ses pensées, la reine laissa sa voix s'éteindre un court moment.

— Madame ? fit Rozie.

Sa Majesté devint soudain rayonnante.

— Lee ne se confiait pas à beaucoup de gens mais… N'avez-vous pas dit que Laura Wallace avait jeté un drôle de regard à Vincent peu avant le départ de ce dernier pour la pension ?

— Si.

— Et il avait 11 ou 12 ans.

— C'est exact.

— C'est un peu vieux pour partir en pension. Enfin, ça l'était à l'époque. D'habitude, c'était plutôt vers 7 ou 8 ans. Mais au départ, Lee ne voulait pas qu'il y aille du tout, c'est bien ça ?

— En effet, Madame.

— Sans doute fallait-il qu'il quitte au plus vite le manoir, qu'on l'éloigne de son père. Si Vincent a presque 50 ans aujourd'hui…

— Il en a 47, Madame, précisa Rozie.

— Donc si quelque chose s'est produit, ce devait être il y a environ trente-cinq ans, ce qui donnerait…

— 1981.

— Hum.

La reine continua à jouer un moment avec ses lunettes tandis qu'elle réfléchissait à tout cela.

— Dommage que la correspondance de ma mère n'ait pas toujours été parfaitement conservée, dit-elle soudain.

Margaret avait vécu avec leur mère vers la fin de sa vie, et avait jeté un certain nombre de ses lettres dont le contenu aurait pu se révéler un peu gênant. Cependant, la reine mère avait été si prolifique qu'il en restait encore beaucoup.

— Il va falloir que vous preniez contact avec l'archiviste, à Windsor. Vous la connaissez, non ?

Rozie la connaissait, effectivement. C'était une femme sympathique qui possédait, elle aussi, une Mini Cooper. Elles avaient eu l'occasion de parler voitures quand la patronne était absente, à Pâques.

— Bien, fit la reine. Vous n'aurez qu'à lui demander toutes les lettres en provenance du Norfolk que ma mère a reçues aux alentours de 1980, à trois ans près. Demandez aussi celles qu'elle a envoyées. Il arrive qu'elles se retrouvent dans la collection. Expliquez bien que le temps presse.

— Bien sûr, Madame.

— Ce n'est pas gagné d'avance.

— Je verrai ce que je peux faire.

Après le départ de Rozie, la reine se retourna pour regarder par la fenêtre. Elle laissa son regard s'égarer dehors un long moment.

CHAPITRE 26

Le téléphone portable de Sa Majesté ne fonctionnait plus. Après avoir insisté pour qu'elle en ait un, ses petits-enfants avaient enregistré un message d'accueil plein de gros mots sur le répondeur de sa boîte vocale, ce dont elle ne s'était rendu compte que bien plus tard. Mais ce n'était pas très grave, puisqu'ils étaient les seuls à l'appeler sur ce numéro. Elle aimait de temps en temps s'en servir pour lire les informations, ce qui était ce qu'elle avait l'intention de faire ce matin-là, en buvant son Darjeeling du matin au lit.

On était le 21 janvier, le lendemain de l'investiture du nouveau président américain, et dans plusieurs villes du monde, des femmes se rassemblaient déjà pour protester contre l'élection d'un homme qui se targuait de les attraper par une partie intime de leur anatomie. Mais où allait le monde ? La reine avait connu toutes sortes de dirigeants internationaux qui s'étaient probablement (ou assurément) comportés de la sorte, mais aucun ne s'en était jamais vanté de façon aussi ouverte. Voir les femmes s'unir pour manifester attisait sa curiosité et la réjouissait. Ou du moins aurait-elle ressenti cela si elle avait pu en voir des images… Mais son téléphone semblait cassé.

Elle appela son habilleuse et lui exposa le problème.

— Oh, pardon, Madame. Quelqu'un a oublié de le mettre en charge hier soir. Je m'en occupe tout de suite.

Il fallut quelques minutes pour dénicher le chargeur et brancher l'appareil. Pendant ce temps, Sa Majesté finit son thé en lorgnant pensivement en direction de la prise électrique.

— Vous souvenez-vous qu'à la même époque, l'année dernière, les mots « Trump » et « Brexit » étaient des curiosités ? rappela sir Simon à Rozie en s'enfonçant dans son fauteuil de bureau, dans une vaine tentative pour se souvenir de ce qu'était un instant de détente. Nous étions tous tellement sûrs que cela n'arriverait pas. Nous ne nous sommes même pas posé la question.

— Je me rappelle vos leçons d'histoire, répondit Rozie. « Les événements, mon cher garçon, les événements. »

— Ah, oui. Macmillan. Il ne l'a pas exactement formulé comme cela, mais il aurait dû. Les événements, ma chère Rozie. J'ai sous-estimé les événements.

— La patronne ne semble pas s'en inquiéter outre mesure.

— Du nouvel ordre ? Jamais. Elle a vécu une guerre que nous pouvons à peine imaginer. Elle a perdu un empire et gagné un Commonwealth. Elle a survécu à Lady Di.

Il se redressa sur son siège avant de poursuivre :

— Il faut que je sois plus « reine ». Et que j'arrête de m'écouter. Comment puis-je vous aider ?

— Avez-vous vu ceci ? demanda Rozie en lui montrant un titre sur son téléphone.

UN HOMME DE 47 ANS MIS EN EXAMEN
POUR LE MEURTRE DE L'ARISTOCRATE
VOISIN DE LA REINE

— Oh, ça ! Désolé, j'ai oublié de vous en parler. Bloomfield a appelé hier soir. Un pêcheur est venu les voir. Autrefois, lady Mundy avait une barque amarrée à King's Lynn pour faire des balades sur l'Ouse. Le pêcheur a vu Vincent St Cyr s'en servir le 21 décembre. Il se dirigeait vers le Wash. C'est-à-dire à l'endroit exact où la main a probablement été mise à l'eau. Mais, le pire, c'est qu'il s'est refusé à dire ce qu'il était en train de faire. Normalement, si on est totalement innocent, le plus logique est d'aller tout de suite voir la police pour donner sa version des faits plutôt que d'attendre qu'elle découvre où on était, non ? Ou peut-être nier en bloc. En tout cas, maintenant, il ne nie rien. Il prétend qu'il était en train de répandre les cendres de sa mère. Vous voyez la patronne juste après, n'est-ce pas ? Voulez-vous lui dire ? Elle sera horrifiée. Elle l'a connu bébé. Mais la justice est la justice. Elle finira par s'y résigner.

— Je vois.

La reine ne sembla pas surprise quand Rozie lui parla de la dispersion des cendres.

— Cela explique tout. C'est probablement ce qu'il était en train de faire, en effet.

Son regard resta rivé sur le buvard de son bureau pendant un très long moment.

— Il faut que je passe un coup de téléphone, reprit-elle. Je n'imagine pas Vincent faire tout le trajet jusque dans le Norfolk et prendre le bateau familial tout seul. D'après ce que j'ai cru comprendre, il venait aussi rarement que possible.

— Oui, Madame.

— Attendez ici.

Rozie resta où elle était pendant que la reine demandait à la standardiste du palais de la mettre en communication avec Hugh St Cyr.

Mais ce fut finalement Flora qui répondit.

— Bonjour, Votre Majesté. Je regrette mais papa est parti faire un tour aux écuries. Puis-je vous aider ?

La reine se montra assez compatissante au sujet de l'arrestation de son frère, mais Flora semblait méfiante.

— Vincent sera sorti en un rien de temps. Comme il est innocent, ils ne peuvent rien contre lui. C'est juste pénible qu'il doive passer au journal télévisé. Vous savez ce que c'est.

— Oui, confirma la reine. Je suis sûre que toute la famille le soutient.

— En effet.

— Et je suppose que vous étiez tous ensemble quand il a sorti le bateau…

Après une toux étranglée, Flora se tut longuement. Pauvre femme. La reine sentait qu'elle était déstabilisée par cette question. Surtout posée par la reine de façon aussi soudaine, au détour de la conversation. Et pas par la police, durant un interrogatoire. Sa voix trahissait son trouble.

— Oui, nous y étions, Madame. Bien sûr que nous y étions. C'était une sortie en famille… prévue de longue date.

— Pour répandre les cendres de Lee, ai-je cru comprendre. Encore une journée difficile.

Commençant à se ressaisir, Flora retrouva un peu d'assurance.

— Oh, ç'aurait pu être pire. Mais j'imagine que ç'aurait aussi pu être mieux. Maman ne voulait pas être dans le caveau, la pauvre. Elle voulait être dans la mer, et dans sa roseraie. Elle a toujours été très claire sur ce point. Nous avions déjà dispersé une moitié de ses cendres dans le jardin. Nous avons planifié notre sortie en bateau en fonction de l'emploi du temps de Vincent, mais je vous assure que tout était parfaitement innocent. C'était un jour très venteux et, sans maman, nous sommes tous de piètres marins. Quand le vent s'est mis à souffler, nous avons pris ce qu'il restait de ses cendres en pleine figure.

— Oh, juste ciel !

— C'est horrible mais c'était presque drôle, en fait. Nous nous sommes tous mis à nous frotter mutuellement. Papa en avait jusque dans les sourcils. Bien sûr, nous aurions dû vérifier la direction du vent mais nous avons été idiots. Nous avions l'esprit ailleurs.

La reine imaginait parfaitement la scène. Maintenant qu'elle était lancée, Flora racontait l'histoire avec une touche de mécontentement dans le ton et son panache habituel. Sa Majesté était surprise qu'elle ait attendu aussi longtemps pour en parler. Ou du moins l'aurait-elle été, si elle n'avait pas déjà quelques soupçons.

Elle était quasiment certaine de la façon dont l'acte avait été commis mais, à ce stade de son raisonnement, ce n'était pas du tout la bonne victime. Ce qui changeait toute la donne, évidemment.

Une heure plus tard, sir Simon vint lui remettre son rapport et discuter de l'imminent voyage aux États-Unis du Premier ministre. Après avoir parlé des relations privilégiées entre les deux pays – de moins en moins privilégiées, avec chaque nouveau président américain –, il donna à la reine ses boîtes de courrier personnel et posa une grande enveloppe matelassée dessus.

— Cela vient juste d'arriver. Rozie m'a demandé de le porter à votre attention, Madame. Apparemment, l'archiviste a trouvé les lettres de la reine mère que vous lui aviez fait demander. Un jeune écuyer en provenance de Windsor nous a déposé cela ce matin.

— Juste ciel ! s'exclama la reine. Quelle rapidité. Elle a dû travailler toute la nuit.

— L'archiviste ? Elle est très diligente, Madame.

— Merci, Simon.

Normalement, « Merci, Simon » était équivalent à « Au revoir ». Étant donné que son secrétaire particulier était toujours là, Sa Majesté releva les yeux vers lui.

— Oui ?

Son visage brûlait de curiosité. Il mourait d'envie de savoir ce qui se trouvait à l'intérieur, et pourquoi elle en avait besoin. Il ne pouvait pas le lui demander directement mais il pouvait toujours espérer qu'elle lui en parle d'elle-même. Il y eut un bref moment de malaise pendant lequel personne ne dit rien, puis il finit par craquer.

— Ce sera tout, si je comprends bien.

— Merci, Simon.

Dès que celui-ci fut sorti, la reine tira les lettres de l'enveloppe.

Il y en avait un peu plus d'une trentaine. Sa mère aimait beaucoup écrire, et ses nombreux amis du Norfolk lui répondaient. Mais repérer les lettres émanant de

Ladybridge Hall ne lui prit pas très longtemps. Elles étaient toutes écrites sur le même papier crème épais, avec le blason et l'adresse de la famille imprimés en relief à l'encre bleue. La reine se souvenait que celui de Georgina ressemblait aussi à cela, si ce n'est que sa signature occupait la moitié de la page. Celles-ci étaient toutes signées « Lee », d'une écriture beaucoup plus petite.

Il était décevant qu'aucune des lettres de sa mère à la baronne ne soit dans le paquet. La reine mère avait un style aussi chaleureux que malicieux qui reflétait à merveille son caractère et donnait l'impression de l'entendre vous parler de vive voix. Quoi qu'il en soit, il y avait là sept lettres de Lee, ce qui était plus que Sa Majesté l'avait espéré. Le paquet était arrivé accompagné d'un mot de l'archiviste. Elle y expliquait qu'elle s'efforçait toujours de classer les courriers par ordre chronologique mais que cela n'avait pas toujours été possible du fait que bon nombre d'entre eux n'étaient pas datés. Lee avait en effet l'horripilante habitude de donner le mois et le jour en haut de chaque lettre, sans jamais préciser l'année.

Au moins, son écriture était lisible. Elle était arrondie et irrégulière avec des « y » courbes et de longues barres sur les « t » qui rappelaient à la reine les lettres que lui envoyait autrefois Anne depuis son pensionnat. Cependant, bien que rédigées dans la même encre bleue, les lignes étaient ici plus droites et espacées, ce qui facilitait la lecture en diagonale. La reine chercha le « V » puissant et assuré de « Vincent ». Lee parlait beaucoup de Flora, qui apprenait à monter. Elle posait des questions sur le temps qu'il faisait à Balmoral, faisait d'interminables suggestions pour les rosiers et décrivait sur plusieurs pages une sortie à l'exposition florale de Chelsea. Elle projetait de se rendre aux États-Unis pour parler à plusieurs associations de passionnés de jardinage de ce qu'elle avait accompli à Ladybridge. Arrivée à la cinquième lettre, Sa Majesté tomba enfin sur ceci :

Je ne sais pas si Hugh reparlera un jour à Vincent.

Elle se redressa sur son siège et reprit la lettre du début. Elle commençait ainsi :

J'écris ceci depuis le placard secret où l'on cachait autrefois les prêtres catholiques. Enfin, mon corps est à l'intérieur mais je ne peux pas y rentrer les pieds. Georgina venait aussi écrire ici, me semble-t-il. Je prie pour que personne ne se promène de ce côté-ci de la tour et me trouve ici. Vous ne pouvez pas imaginer combien ma journée a été affreuse. Je voudrais tant n'avoir jamais entendu parler de Ladybridge.

Lee continuait en expliquant qu'elle ne voulait surtout pas embêter Sa Majesté avec sa « catastrophe » mais qu'elle se supportait « à peine elle-même ». Elle continuait en avançant que tout avait commencé par « une simple visite à l'hôpital, quelque chose de tout bête, en réalité », et que maintenant, il allait falloir « éloigner Vincent d'ici ». Elle projetait de l'envoyer chez une amie, à l'autre bout du pays. Un autre passage attira l'attention de la reine.

Au moins, cela reste un secret entre nous. Mais un homme peut tout ruiner. Je ne saurais exprimer tout le mal que je lui souhaite. Souvent, je rêve qu'il est mort et c'est quand je vois qu'il est toujours vivant à mon réveil que commence mon cauchemar. Vous ne le direz à personne, n'est-ce pas ? Je vous fais confiance. Je crois que je vais devenir folle.

La lettre suivante ne traitait que des premiers sauts de Flora sur son poney. L'ordre chronologique ne devait pas être exact, puisque la dernière lettre de la pile était un courrier d'excuses pour la lettre écrite depuis la cachette. Son contenu se voulait rassurant, mais la reine doutait que cela ait suffi à apaiser sa mère.

Je ne suis pas folle du tout, en vérité, juste profondément blessée. V. est chez les Allenby, où il est très heureux. Il les rejoindra en pension pour le trimestre prochain et attend cela avec impatience depuis qu'ils lui ont raconté leurs festins de minuit et leurs feux de camp. Pendant ce temps, je me sens comme le corbeau tombé que j'ai sauvé l'année dernière, couverte de plaies et d'hématomes mais retrouvant lentement l'usage de mes ailes. Avec le temps, Hugh s'en remettra aussi et c'est le plus important.

Moira arrive la semaine prochaine pour me dorloter. La connaissant, elle va aussi m'emmener faire quelques promenades tonifiantes pour éliminer tout ce gras que j'ai mangé. C'est peut-être ce dont j'ai besoin. Pas du régime, mais de la marche. L'herbe verte et un ciel voilé plein d'abeilles peuvent tout guérir, non ? Y compris un cœur brisé.

La reine releva les yeux. Moira était mentionnée une fois ou deux dans les autres lettres. Elle connaissait plusieurs Moira mais deux seulement étaient assez âgées pour avoir été la confidente de lady St Cyr dans les années 1970. L'une d'elles vivait aux Bahamas. L'autre habitait un manoir georgien, à une demi-heure de route de Sandringham. Il s'agissait de Moira Westover, la mère d'Astrid, la jeune fiancée de Ned St Cyr.

Sa Majesté décrocha le téléphone et expliqua ce dont elle avait besoin à lady Caroline.

CHAPITRE 27

Debout sur le seuil de son manoir, à côté du parc naturel de Pensthorpe, Moira Westover regardait arriver les voitures de la reine en plissant les yeux. Ce n'était pas le genre d'accueil auquel Sa Majesté était habituée. Normalement, ses hôtes étaient endimanchés et arboraient des sourires forcés. Moira portait une veste matelassée avec un jean enfoncé dans ses bottes cavalières. Sa bouche formait une ligne droite et son expression était méfiante.

Mais après tout, il ne s'agissait pas d'une visite comme les autres. Après s'être assurée que Moira serait bien chez elle, lady Caroline avait spécifié que la conversation serait brève, privée et informelle. La reine ne comptait pas rester des heures à prendre le thé. Visiblement, Moira l'avait prise au mot. Contrairement à sa fille, elle n'avait pas fait le moindre effort.

Avec ses élégantes fenêtres georgiennes, la maison à deux étages était entourée d'un jardin assez grand pour comporter une piscine et un court de tennis en gazon, près d'un enclos où broutaient cinq ou six chevaux. C'était là qu'avait grandi Astrid, la quatrième et plus jeune fille de Moira et David. De son vivant, ce dernier avait été à la fois l'un des meilleurs tireurs et l'un des plus grands ivrognes du comté. Ayant déjà rencontré un certain nombre d'alcooliques dans sa vie, Sa Majesté savait que leurs proches devaient faire montre d'une grande résilience. Ils avaient l'habitude que des gens en qui ils auraient dû avoir confiance leur mentent. Cela expliquait peut-être le regard suspicieux de Moira. La reine connaissait cette dernière parce qu'elle avait monté avec Anne. Une fois mariée, elle avait également accompagné son mari à plusieurs lâchers de gibier à Sandringham. Ceci ne justifiait pas qu'elle passe chez elle du jour au lendemain, et la reine n'était pas sans savoir qu'elle lui devait quelques explications.

— Avez-vous quelque chose à me dire ? demanda Moira de but en blanc.

Assez mal à l'aise, elle était assise face à la reine dans son impeccable salon capitonné de soie. Son visage crispé et la raideur de son maintien trahissaient sa tension.

— Pas exactement. Mais je crois qu'il y a quelque chose que vous pouvez me dire.

Moira semblait déconcertée.

— Je vais faire de mon mieux.

— De quoi pensiez-vous que j'étais venue vous parler ?

— Probablement de quelque chose en rapport avec Ned. Je me suis dit que… Sachant que vous avez eu l'amabilité de recevoir Astrid, je me suis dit que la police avait dû vous apprendre quelque chose de vraiment horrible au sujet de Ned. Enfin, au sujet de ce qui lui est arrivé. Et que vous veniez m'en parler afin que je puisse l'annoncer à ma fille.

— Oh, non ! fit la reine d'un ton rassurant. Rien de tel. Tout comme vous, j'attends encore du nouveau.

Mais j'ai tout de même mes soupçons.

Sans doute Moira allait-elle devoir bientôt réconforter une Astrid fortement éprouvée. Mais ce n'était pas pour aujourd'hui.

— Ah, Dieu merci ! s'exclama Moira, soulagée. Que vouliez-vous savoir ?

— Il se trouve que j'ai récemment relu des lettres de ma mère et il y est mentionné que la baronne Mundy a traversé, à un moment de sa vie, des temps fort difficiles. À l'époque où les enfants étaient encore très jeunes. Vincent venait d'aller à l'hôpital, je crois. Et vous vous êtes occupée d'elle.

Moira se raidit de nouveau.

— Oui, en effet. Pourquoi ?

— Beaucoup de choses se sont produites depuis sa mort, poursuivit la reine, ignorant la question. Mais je pense que tout part de cette période-là. Lee était une bonne amie de ma mère. Hélas, je ne peux pas l'interroger à ce sujet et c'est pour cela que je m'adresse à vous.

— J'ai du mal à croire que je suis en train de vous dire ça, Madame, mais je ne peux pas vous aider, s'excusa Moira. À l'époque, j'ai fait une promesse à Lee. Ses secrets lui appartenaient. Je ne les ai jamais révélés à personne.

— Je vous crois, lui assura la reine. Je crois connaître ces secrets, et je n'ai jamais entendu la moindre rumeur à leur sujet. Ils ont donc été bien gardés. Elle savait choisir en qui elle plaçait sa confiance.

— J'aime à le croire.

— Tout cela est fort admirable. Mais pour l'heure, il y a un assassin qui court les rues. Je suis convaincue que nous devons tous faire notre possible pour que justice soit rendue. Puis-je vous dire ce que je crois ?

Moira fit signe que oui.

— Je crois savoir que lorsqu'il était enfant, Vincent St Cyr a dû être hospitalisé deux fois, ce qui a donné des sueurs froides à tout le monde. La première fois, à l'âge de 6 ans, il a accidentellement avalé du poison. Son père a paniqué. En tout cas, il a eu beaucoup plus peur pour son fils que sa femme. La seconde fois, quelques années plus tard, Hugh était en revanche tellement furieux de ce qui s'était passé que Lee a dû envoyer Vincent chez des amis. Je me demande si, cette fois-là, le problème de santé n'aurait pas nécessité une analyse de sang qui aurait fortuitement révélé que Hugh n'était pas le père de l'enfant.

Moira regarda la reine droit dans les yeux mais garda le silence.

— J'ai toujours apprécié Hugh et cela me désole de penser qu'il a pu être aussi dur avec ce garçon, poursuivit la souveraine. Mais s'il avait alors soupçonné son cousin Ned d'être le père ? Vincent a tout d'un St Cyr. La taille, les cheveux, ce profil si particulier. Qui d'autre aurait pu lui transmettre ces caractéristiques ? Je me demande si Vincent n'aurait pas remarqué ces similitudes quand il a vu Ned aux funérailles de Lee. D'après ce que je sais, c'était la première fois qu'il le rencontrait en personne. Voir un membre de sa famille en vrai, ce n'est pas comme le voir en photo. On ne peut pas toujours bien l'expliquer, mais on perçoit mieux la personne. C'est quelque chose que j'ai moi-même ressenti plusieurs fois.

Les yeux baissés, Moira réfléchissait à ce qu'elle allait dire à la reine.

— Vous voulez dire que Hugh aurait soupçonné une aventure ? finit-elle par demander. Qu'il pensait que Lee l'avait trompé avec son cousin ?

— Cette conclusion me semble évidente. Lee a connu Ned en premier. Je peux imaginer qu'un homme ait beaucoup de mal à accepter ça. Vraiment beaucoup de mal.

Moira pencha la tête en arrière et toisa la reine d'un regard inquisiteur entre ses paupières mi-closes.

— Oui, ce serait l'évidence même, n'est-ce pas ?

Puis elle se leva et se rendit à la cuisine, d'où elle revint avec son sac à main. Elle en tira un mince objet noir de la forme d'un stylo qu'elle montra à son invitée.

— Ça ne vous dérange pas si je vapote ?

La reine avait grandi dans la fumée de son père. Cela lui manquait encore, parfois.

— Je vous en prie.

Moira baissa de nouveau les paupières et inspira profondément. Quand elle rouvrit les yeux, le regard qu'elle adressa à la reine était calme et résolu.

— Je vais vous raconter l'histoire, parce que vous en avez deviné la moitié et, comme n'importe qui à votre place, vous faites erreur sur l'autre. Cependant, je ne révélerai la vérité à personne d'autre que vous, Madame. Et si un policier ou qui que ce soit m'interroge, je nierai tout. Y compris sous serment ou tout ce que vous voudrez. J'ai fait une promesse à Lee. Mais je pense qu'elle aurait fait une exception pour vous.

Moira rit à moitié.

— Et peut-être pour le pape.

— Bien, répondit la reine. J'ai fait le déplacement, après tout.

Moira hocha la tête.

— Lee a rencontré Ned via des amis communs quand il avait 19 ans et elle 20, commença-t-elle. On les voyait souvent ensemble dans les nombreuses fêtes qu'il y avait à l'époque. Elle le considérait comme un camarade amusant, et utile du fait qu'elle n'avait pas de petit ami. Il y a eu quelques baisers et sans doute un peu plus dans les bottes de paille, après un bal de campagne. Sur ce plan, Lee était un esprit libre. Ned était attirant, très populaire, et elle aimait vivre l'instant présent. Mais elle était aussi incroyablement innocente.

Puis elle a rencontré Hugh et tout a changé. Pour reprendre ses propres termes, sa vie est passée du noir et blanc à la couleur du jour au lendemain. Elle était invitée à un bal de chasseurs, là-haut dans le Yorkshire. Ned n'y était pas. En revanche, le frère de Lee avait ramené Hugh. Au départ, elle a été intriguée par les similitudes entre les deux cousins. Mais Ned était superficiel alors que Hugh était profond. Ned pouvait être égoïste et peu fiable, et jusque-là, elle avait cru que tous les hommes étaient ainsi. Mais Hugh était honnête et dévoué. Elle l'appelait son « eau calme ». Elle est tombée raide dingue de lui en l'espace d'un week-end et n'a jamais changé d'avis. Vous savez combien elle était drôle, comme elle était sociable, mais elle avait aussi une certaine quiétude intérieure. Cela n'avait pas échappé à Hugh, qui avait cette qualité aussi. Dès qu'on les voyait ensemble, on savait que ça collait.

— Oui, j'ai toujours trouvé, confirma la reine.

— Ned ne l'a pas bien vécu. Pour lui, puisqu'il avait connu Lee en premier, c'était grâce à lui que Hugh l'avait rencontrée. À l'époque, il s'intéressait à plus d'une fille mais, à l'entendre raconter cette histoire, on aurait cru qu'elle était la seule. Il n'allait pas bien du tout, à ce moment-là. Son oncle Patrick était mort dans un affreux accident de voiture deux ans auparavant. Il n'avait toujours pas encaissé le fait que le nouvel héritier soit Ralph, le père de Hugh. Jusque-là, il avait toujours cru qu'il habiterait le domaine toute sa vie. Patrick lui avait même laissé entendre que le moment venu, il en aurait la gérance. Mais soudain c'était Hugh, un vulgaire cousin éloigné, qui devenait l'héritier. Selon lui, il lui avait volé sa place. Et voilà que maintenant il lui volait sa petite amie.

— Oui, c'est bien comme ça que je me le suis imaginé.

— Un mois avant son mariage avec Hugh, Lee a eu 21 ans. Ned a alors proposé de lui organiser une soirée, comme il l'avait souvent fait. Il était réputé pour ses fêtes.

— Oui, je sais.

— Georgina était en train d'emménager à Abbottswood, et quitter Ladybridge Hall la rendait très amère. Lee en avait bien conscience. Elle m'avait confié qu'elle trouvait très gentil et généreux de la part de Ned de venir saupoudrer une dernière fois sa magie dans son ancienne demeure familiale. Elle se disait que les cousins finiraient par se rapprocher de nouveau. Lee voulait toujours que tout le monde s'entende bien. Elle était très naïve, pour ces choses-là.

À travers le nuage de vapeur qu'elle venait d'expirer, Moira jeta un regard de côté vers la reine.

— On ne peut sûrement pas lui en vouloir d'avoir eu de telles aspirations.

— Non, bien sûr. Mais c'était totalement impossible, répondit Moira. Elle n'aurait jamais dû laisser Ned organiser la fête. Elle aurait dû se rendre compte de l'effet que cela aurait sur lui.

— Et quel effet cela a-t-il eu ?

— Eh bien, d'après Lee, ce soir-là, il a commencé à boire très tôt. Il était incontrôlable. Et il lui remplissait constamment son verre. Lee était anxieuse à l'idée de devenir un jour la châtelaine de Ladybridge, avec tous ses locataires, toutes ses fermes, tous ces événements à gérer… À l'époque, ces choses-là la terrifiaient.

Ned avait fait installer un millier d'ampoules et une piste de danse dans la cour. Elle y avait dansé avec Hugh, mais aussi dans l'herbe luxuriante du pré. Rien qu'avec lui, au son de la musique qui venait jusqu'à eux, au-delà des douves. C'était un des souvenirs qu'elle chérissait le plus. Puis ils étaient retournés voir leurs invités et avaient continué à faire la fête pratiquement jusqu'à l'aube.

— Tout ça semble merveilleux. Mais je crois comprendre que ça ne s'est pas arrêté là.

— Non, confirma Moira. Hugh « eau calme » St Cyr est allé se coucher. Lee et lui se tenaient très sages. Elle avait l'intention de rester vierge jusqu'à leur nuit de noces, même si c'était la fin des années 1960. En vérité, beaucoup de filles étaient encore comme ça. Mais elle m'avait confié que sentant Hugh si proche, avec le clair de lune et tout ce champagne, elle avait eu envie de se laisser aller. Au diable les quatre semaines à venir. Elle était en train de rassembler son courage et allait le rejoindre dans sa chambre quand elle est tombée sur Ned devant la salle de billard. Il lui a dit de ne pas y aller. Elle a cru qu'il comprenait son dilemme, et elle l'a écouté. Elle l'en a même remercié, la pauvre. Mais Ned est vite devenu très insistant. Et il avait un charisme incroyable, comme vous le savez. Il avait 20 ans, il était très saoul. Il s'est mis à lui raconter qu'ils devraient faire des enfants ensemble, qu'ils seraient magnifiques, qu'elle était la seule femme qui ait jamais compté pour lui, que leurs enfants hériteraient de Ladybridge en suivant la « véritable lignée ». Toutes sortes de bêtises. Elle a essayé de le fuir mais... il était très fougueux.

— Dans quel sens ? demanda sèchement la reine. Fougueux ?

— Je ne me rappelle pas exactement. Elle a dit quelque chose sur son insistance. Vous savez comment sont les hommes quand ils savent ce qu'ils veulent.

Moira prit une bouffée sur sa cigarette métallique, puis poursuivit son récit :

— Ce n'est que dix ans plus tard qu'elle m'a raconté tout ça, bien sûr. Et je n'ai que sa version. Je n'ai jamais parlé de cette nuit-là avec Ned et je me demande même s'il s'en souvenait, vu l'état dans lequel il était. J'ai demandé à Lee ce qu'elle avait fait pour le repousser et elle m'a répondu qu'elle s'était éloignée de lui. Assez bêtement, je lui ai demandé où elle était allée, m'attendant à ce qu'elle m'explique qu'elle avait tenté de se réfugier dans sa chambre ou quelque chose comme ça. Mais elle m'a répondu qu'elle s'était imaginé qu'elle voletait au-dessus du jardin de sa mère en se penchant attentivement sur chaque plante. Et c'est tout ce qu'elle a bien voulu dire. Quoi qu'il en soit, je pense que ça s'est passé dans la salle de billard. Elle n'y entrait que très rarement, même des dizaines d'années plus tard. Depuis, les rideaux sont toujours tirés. Il existe une photo du lendemain de la fête sur laquelle on la voit dire au revoir à ses invités dans une jolie robe d'été. Elle semble tout à fait insouciante. Hugh a le bras posé sur ses épaules. Comme si rien ne s'était passé. Vincent est né neuf mois et demi plus tard, le 14 février. Un bébé lune de miel. C'est Hugh qui a choisi son nom. Tout le monde était très heureux pour eux.

— Savait-elle qui était le père ? Je suppose que non.

— Pas à ce moment-là, pas avec certitude. Comment aurait-elle pu ? Vincent était arrivé soit deux semaines trop tôt, soit deux semaines trop tard. Mais la grossesse est une science plutôt floue, non ? Les médecins vous donnent une date précise et vous pensez que le bébé naîtra ce jour-là, mais ce n'est jamais le cas. Cependant, elle disait qu'elle l'avait senti. Sans vraiment savoir, elle avait toujours eu l'intuition que Vincent était une bombe à retardement. Et je crois que ce qu'elle entendait par là, c'était une énorme catastrophe. Ce n'était pas son bébé qu'elle voyait comme une catastrophe, bien sûr. Elle l'adorait. C'était… tout le reste.

— Elle s'inquiétait de la réaction de Hugh ? Et de celle de Vincent, aussi ?

— De celle de Hugh, oui. Mais elle n'avait aucune intention d'en parler à Vincent. C'était bien avant l'époque des tests ADN. Mais même aujourd'hui, si on ne fait pas de test, comment savoir ? Le titre et le domaine étaient en jeu. Le temps a passé, Hugh et elle n'ont pas eu d'autre garçon. Juste Flora. Quand tout a été révélé, faute d'héritier légitime de sexe masculin, la question de la succession s'est tout de suite posée. Par ailleurs, Hugh l'adorait tellement que Lee avait peur qu'il fasse quelque chose d'idiot pour elle et se retrouve en prison. Sans compter l'opprobre qui s'abattrait sur eux.

— Mais Hugh a tout découvert.

— Oui. Ils n'ont vraiment pas eu de chance avec cette analyse de sang. C'est tout bête : Vincent avait commencé à développer une septicémie suite à une vilaine coupure sur du barbelé à la ferme. Comme il allait peut-être falloir une transfusion, ils ont cherché son groupe sanguin. O–, je crois. Hélas, c'était à peu près le seul que l'union de Hugh et Lee ne pouvait pas produire. Hugh a eu la mauvaise idée de vérifier. Il n'aurait jamais dû mettre son nez là-dedans.

— C'est une tentation naturelle. Je suis persuadée qu'il l'a plus fait pour se rassurer qu'autre chose.

— Oui, je suppose. Quand Lee me l'a raconté, elle ne pouvait s'empêcher de rire de cette incroyable malchance.

— Et comment Hugh a-t-il réagi ?

— Sur le coup, à l'hôpital, il n'a pratiquement pas réagi du tout. D'après Lee, il avait l'air en état de choc. Puisqu'ils s'étaient toujours tout dit jusqu'alors, elle lui a raconté l'histoire sur le chemin du retour. C'était son unique secret. Plus tard, elle m'a avoué s'être rendu compte qu'elle avait été stupide de le faire en voiture parce qu'il aurait pu percuter quelque chose ou tuer quelqu'un. Mais ce n'est pas arrivé. Ils sont rentrés à Ladybridge, Hugh s'est pris une énorme cuite et a fulminé contre Ned toute la nuit. Puis il est devenu silencieux. Très silencieux. Selon Lee, c'était presque encore plus effrayant. Il s'enfermait dans son bureau pendant des jours, ou il allait marcher seul à travers champs. C'est là qu'elle m'a appelée. Elle était morte d'inquiétude. Elle avait une peur bleue que son mari fasse quelque chose qu'il regretterait.

Alors, après avoir envoyé les enfants ailleurs afin qu'ils ne le contrarient pas, elle s'est mise à le supplier de lui parler derrière la porte de son bureau. C'était affreux. Ça a duré environ une semaine. Puis, un jour, j'étais en train de regarder par une fenêtre de la Long Gallery quand j'ai vu Hugh aller rejoindre Lee dans sa roseraie et se mettre sur un genou, tel un des chevaliers de leurs tapisseries. Il lui a embrassé les mains. Tout était terminé.

— Vous vous êtes dit que c'était Lee qui l'avait persuadé de ne pas faire quelque chose qu'il regretterait ? demanda Sa Majesté.

— Oui, répondit Moira. Oui, c'est ce que j'ai pensé, et ce que je pense toujours. Elle lui a fait promettre de ne rien faire. Elle savait ce qu'il en coûterait à la famille s'il passait à l'acte. Remarquez, si c'était à moi que c'était arrivé, David aurait retourné ciel et terre et tué l'homme sur-le-champ. Hugh n'est pas comme ça du tout. C'est bien dommage, dans un sens. Vous avez vu ce qu'il est devenu depuis la mort de Lee. Il n'en reste presque plus rien. Il l'adorait. Il aurait fait n'importe quoi pour elle. En apprenant qu'un de leurs enfants n'est pas le leur, combien d'hommes focaliseraient aussitôt toute leur colère sur l'autre ?

Moira avait raison sur ce point. Mais la reine prit alors conscience qu'elle n'avait eu aucun mal à croire à cette histoire. Elle connaissait beaucoup, beaucoup d'hommes, pour ne pas dire la plupart, qui ne se seraient pas contentés si facilement d'une telle explication.

Une pensée traversa soudain l'esprit de Sa Majesté. Vu le temps qu'elle avait consacré à réfléchir aux conséquences de tout cette histoire pour les St Cyr, elle était étonnée qu'elle ne lui vienne que maintenant.

— Et vous, Moira ? Vous l'avez crue ?

— Bien sûr que oui ! s'écria Moira, surprise même qu'on lui pose la question. J'étais la seule personne à qui elle se confiait à l'époque. Enfin, avec la bergère. Lee et elle étaient proches aussi.

— Et pourtant, vous étiez disposée à ce que votre fille épouse Ned.

Moira se figea, hébétée, et son regard se durcit.

— Mais..., fit-elle en rougissant. C'était il y a des décennies ! Une seule fois. Cela ne lui ressemblait pas du tout ! Et il était très saoul.

— Et pourtant..., persista la reine.

C'était à contrecœur, mais elle était tellement stupéfaite qu'elle essayait de savoir qui était vraiment la femme en face d'elle.

— Cela fait des dizaines d'années que Ned est un citoyen modèle, déclara Moira. Je sais qu'il n'a pas eu particulièrement de chance avec ses épouses précédentes, mais Astrid et lui formaient un couple merveilleux. Une fois qu'elle lui a donné l'idée du réensauvagement, il y a travaillé tellement dur. Il la rendait très heureuse.

La reine ne dit rien.

— De toute façon, ce qu'il a fait ne pouvait pas être si épouvantable non plus. Je veux bien croire qu'à 20 ans Lee ait pu être choquée, mais ce n'est pas comme s'il l'avait traînée de force dans les buissons ou quelque chose de répugnant comme ça. Elle était parfaitement en forme le lendemain, elle n'en a parlé à personne. Je suis sûre qu'elle s'en voulait beaucoup de l'avoir laissé faire, mais il lui aurait suffi de dire non avec fermeté. Ou de mettre une porte entre eux. Jamais Astrid ne...

Moira s'arrêta au milieu de sa phrase en voyant le regard de la reine.

Il y eut un long silence. Sa Majesté se souvenait de la jeune épouse d'un ambassadeur qui l'avait accueillie lors d'une tournée, vers le début de son règne. Le premier soir de cette visite dans un pays lointain, après une agréable soirée de bavardages souriants, elle avait surpris le regard de son hôtesse dans un miroir. Alors que les hommes étaient en train de boire du porto et que les domestiques vaquaient à leurs occupations, les deux femmes étaient allées se remettre du rouge à lèvres en même temps. Sans être très sûre de ce qu'elle avait vu dans ses yeux, la reine avait demandé si quelque chose n'allait pas. Après un silence qui avait semblé une éternité, le plus posément du monde, la femme lui avait confié à voix basse qu'un politicien de renom l'avait violée dans cette maison deux soirs auparavant.

Tout en parlant, elle avait poursuivi son maquillage d'une main tremblante mais appliquée. En silence, Sa Majesté l'avait écoutée décrire l'agression qui s'était produite dans la pièce même où elles se trouvaient. L'acte avait duré moins de cinq minutes, avait-elle précisé.

« C'était tellement... Comment a-t-il pu ? Je n'arrivais pas à comprendre. Mes muscles ne répondaient pas. Même pas pour parler, protester... n'importe quoi. Je l'ai laissé faire. Je me disais – et je le pense toujours – que sinon, j'allais mourir. C'est absurde, non ? Il ne m'aurait sûrement pas tuée ici, chez moi. Et pourtant... »

Elle avait continué à fixer le miroir d'un regard vide.

« Je voyais ça de très, très loin, comme si je n'étais pas là. Je me disais que lorsqu'il aurait fini, j'allais revenir en moi mais... »

Elle avait pris un mouchoir en papier dans une boîte, s'était soigneusement tamponné les lèvres et s'était forcée à sourire.

« Quand ç'a été fini, j'ai remis mes dessous en place et je suis retournée au cocktail parce que... Qu'aurais-je pu faire d'autre ? »

Et le lendemain, elle avait organisé un merveilleux dîner dont toute la ville parlait.

« Ne le répétez à personne, avait-elle supplié. Je vous l'ai simplement dit parce que... Je ne sais pas pourquoi. Je suis désolée. J'ai juste senti que... j'en avais besoin... Mais je ne veux surtout pas... De toute façon, tout va déjà beaucoup mieux. »

L'espace d'un instant, on aurait dit qu'il aurait suffi de la toucher pour qu'elle s'effondre. Mais la seconde d'après, quand une bonne frappa à la porte pour demander si elles avaient besoin de quoi que ce soit, elle était aussi opérationnelle que dynamique.

« On garde son calme et on continue ! avait-elle conclu avec son sourire fragile. C'est comme ça qu'il faut faire, non ? »

Ce jour-là, la reine avait compris l'expérience de hors-corps d'origine traumatique. Elle en avait elle-même ressenti un écho, rien qu'à écouter son histoire. Beaucoup plus tard, elle s'était demandé si les prédateurs tels que ce politicien comptaient justement là-dessus. Ce que faisait ou ressentait une femme sur le moment était quelque chose d'aussi imprévisible que personnel. L'horreur pouvait déclencher des réactions irrationnelles. Si seulement c'était aussi simple que « mettre une porte entre eux »...

Moira avait qualifié Lee d'innocente, mais la reine ne

pouvait s'empêcher de penser que c'était plutôt elle qui faisait preuve d'une grande naïveté. Quelle chance elle avait de ne pas savoir de quoi elle parlait.

Moira n'osait plus rien dire.

— Est-ce que Lee a fini par tout raconter à Vincent ? Ou à quelqu'un d'autre que vous et Laura Wallace ? demanda la reine.

Moira tira de nouveau sur sa cigarette électronique.

— Je ne saurais le dire. Elle n'en avait aucunement l'intention à l'époque. Nous n'en avons jamais reparlé. Elle ne le voulait pas. C'était comme si elle avait mis ça dans un coffre-fort et jeté la clé. Peut-être a-t-elle dit quelque chose à Vincent sur son lit de mort... Mais je ne l'imagine pas le faire.

— N'est-il pas important de connaître ses ancêtres ? Je ne parle pas des titres mais du sang qui coule dans nos veines.

— Dans le cas de Vincent, il était plutôt vital qu'il ne le sache pas, non ? Pensez à ce qui est en jeu. Son identité, son hérédité, l'honneur de sa mère... tout. Mais pendant les funérailles, je dois dire qu'il a lancé à Ned un regard très bizarre. Il se passait quelque chose entre eux. Ned avait l'air...

Moira s'arrêta pour réfléchir.

— ... amusé. Je me souviens qu'il s'est approché de Vincent et de son petit ami en faisant son petit numéro de charme. Je dois dire que j'étais déjà très surprise que Ned ait été invité. Astrid m'a dit qu'il en avait été étonné, lui aussi. Il était aux anges. Cela m'a fait me poser des questions quant à Lee.

— Ah ? Comment cela ?

— Eh bien, j'avais toujours cru que c'était Lee qui

essayait de réunir les membres de la famille St Cyr. Mais, étant donné le rapprochement qui a eu lieu pour ses funérailles, je me demande si elle n'était pas au contraire celle qui s'y opposait.

CHAPITRE 28

La reine était restée plus longtemps qu'elle n'en avait l'intention. Tandis que sa voiture la ramenait, filant le long des vieux villages et des nouveaux terrains pour camping-cars, elle pensait à la femme de l'ambassadeur. Le politicien qui l'avait violée s'était élevé dans la hiérarchie politique de son pays et avait plusieurs fois essayé de devenir ambassadeur en Grande-Bretagne. Il avait même été pressenti pour être fait chevalier à titre honoraire, mais tous ses efforts étaient restés vains. Chaque fois qu'une recommandation en sa faveur arrivait dans les boîtes, celle-ci restait lettre morte, sous un prétexte ou un autre.

Pendant des années, la reine s'était demandé pourquoi son hôtesse lui avait fait une telle confidence. Malgré leur sexe et leur âge communs, ce n'était certainement pas elle qui l'y avait invitée. Mais peut-être qu'avec la pression de la préparation d'une visite royale en plus de ce qu'elle venait de subir, la pauvre femme avait éprouvé le besoin impérieux de parler à quelqu'un. « Je sais que je peux vous faire confiance. » Et c'était vrai. En tant que monarque, *on* avait l'habitude de garder les secrets. Les gens vous les révélaient car ils savaient que cela n'irait pas plus loin. Qu'avait dit Moira, déjà ? « Vous…

et le pape. » Ses amis, ses connaissances et même ses employés partageaient souvent avec elle les choses plus extraordinaires. Comme s'ils prenaient son espace privé pour un confessionnal.

Une minute plus tard, la voiture passa devant une église gothique à tour carrée. Bien qu'en retrait par rapport à la route, on ne pouvait pas la manquer dans cet environnement plat. *Probablement bâtie grâce à la richesse des marchands de laine du XVe siècle*, se dit Sa Majesté. Philip devait savoir. Il y a longtemps, l'édifice avait dû être un lieu de culte catholique, avec des confessionnaux aux ornementations travaillées. Quand l'Église anglicane avait pris le relais, ne plus avoir de prêtre comme voie d'accès direct au pardon divin avait-il été un crève-cœur ou un soulagement ? D'après son expérience, les gens avaient besoin de quelqu'un. S'ils ne pouvaient pas parler, leur douleur s'extériorisait d'autres façons. Elle en avait vu tant s'écrouler.

L'image d'une multitude de bouteilles de vin en rangs serrés lui vint soudain à l'esprit.

— J'aimerais passer au bureau du domaine avant de rentrer, dit-elle à lady Caroline. La voiture reviendra me chercher. Pouvez-vous informer Mrs Maddox que je serai un peu en retard pour le thé ? J'ai quelque chose à faire.

Tandis que son chauffeur attendait qu'elle soit entrée pour repartir, Sa Majesté frappa à la porte du haut bâtiment en brique rouge. Une fois à l'intérieur, sous le regard ébahi de quelques employés, elle demanda à Julian Cassidy si elle pouvait le voir en privé. Bien qu'il soit rarissime qu'elle arrive quelque part sans être annoncée, elle sentit que l'homme était plus méfiant que surpris. Elle remarqua son nœud de cravate lâche, sa peau flasque, sa chemise froissée et les cheveux trop longs dans lesquels il enfonçait ses doigts. Il lui rappelait le secrétaire d'État aux Affaires étrangères dans ses mauvais jours.

Cassidy la conduisit jusqu'à son bureau, une pièce confortable au mobilier vieillot, qui sentait le chien et donnait sur des pins et des bouleaux.

— Puis-je vous proposer un siège, Madame ? proposa-t-il en indiquant un robuste fauteuil édouardien.

La reine déclina son offre. Ce serait une conversation debout.

— Mrs Raspberry a été renversée une semaine avant Noël, commença-t-elle.

Cassidy ne dit rien et feignit la perplexité. Mais étant donné qu'ils étaient face à face, Sa Majesté vit très bien son expression changer.

— Renversée par quelqu'un qui traversait Dersingham à toute allure. C'était juste après une courbe. Il ne serait guère surprenant que le chauffeur ne l'ait pas vue. En revanche, il a forcément senti quelque chose.

Le comptable ressemblait à une statue de sel. La reine n'était même pas sûre qu'il respirait encore.

— L'impact a dû endommager son véhicule, conclut-elle.

Puis elle attendit.

— J'imagine que oui, finit par lâcher le comptable.

— La personne qui a fait cela avait probablement bu. Cela expliquerait qu'elle ait roulé trop vite, manqué de réflexes et continué sans s'arrêter.

L'homme déglutit.

— C'est peut-être vrai. D'ailleurs, on m'a interrogé

à ce sujet car ma propre voiture a été abîmée deux jours plus tard.

— Et votre témoin est Helena Fisher, n'est-ce pas ?

— Oui. Il se trouve qu'elle passait par là...

— Vraiment ? Et le hasard fait-il si bien les choses qu'elle passait aussi par là deux jours plus tôt, quand vous avez traversé Dersingham à toute allure ?

L'œil droit légèrement injecté de sang, Cassidy se passa de nouveau la main dans les cheveux. La reine le regardait s'efforcer de cacher sa panique croissante. L'espace d'un instant, il lui rappela Arthur Raspberry. Mais elle avait beaucoup plus de compassion pour ce dernier.

— Je ne vois pas ce que vous voulez dire, Madame.

— Je veux dire que Judy Raspberry mérite mieux que le mensonge que vous avez échafaudé avec la complicité de votre maîtresse. C'était un des jours les plus courts de l'année. Je ne crois pas que vous aviez l'intention de la renverser, mais vous rentriez chez vous après un repas bien arrosé. Vous n'étiez pas concentré sur la route et...

— Je...

Dans la pièce mal aérée, le comptable fixa longtemps la reine. Puis il humecta ses lèvres sèches.

— J'ai sincèrement cru que c'était un daim échappé des tourbières, ou un blaireau. Je n'ai rien vu mais soudain il y a eu un choc sourd. Et une ombre devant le pare-brise. J'ai ralenti pour regarder derrière moi mais je n'ai rien vu sur la route. Puis j'ai aperçu une forme sombre et c'est là que je me suis dit que c'était sans doute un blaireau.

— Vous ne vous êtes pas arrêté, lui rappela froidement Sa Majesté.

— Je ne pouvais pas, répondit le comptable en rougissant.

— En fait, je crois qu'il vaut mieux nous asseoir, déclara la reine en voyant combien son interlocuteur était chamboulé.

Elle prit le siège qu'il lui avait initialement proposé, et lui s'affala sur son gros fauteuil de bureau.

— Vous savez pour Helena et moi, marmonna-t-il faiblement. Nous avions passé la soirée ailleurs. Quelque part où personne ne nous connaissait. Il y a un petit endroit, près de Holkham… Chacun avait pris sa voiture. Comme j'avais bu un ou deux verres de vin avec le repas, je savais que si la police me faisait souffler, je perdrais mon permis. Et il y avait ce tout nouveau poste ici, l'aboutissement de tout ce que j'ai accompli jusqu'à maintenant, et… Tout allait si bien.

Cassidy regardait la reine avec des yeux de chien battu.

— Tout allait si bien. Je ne voulais pas perdre tout ça pour un fichu blaireau.

— Un blaireau, répéta la reine avec un regard implacable. Et le lendemain ? Vous avez bien dû apprendre ce qui s'était réellement produit.

L'homme baissa les yeux et ne répondit pas.

— Vous auriez pu aller voir la police. Il y avait eu un appel à témoins.

— Oui, répondit-il en relevant la tête jusqu'à ce que leurs regards se rencontrent de nouveau. J'aurais pu. Mais à ce moment-là…

Il haussa les épaules, l'air vaincu.

— … elle était à l'hôpital. Je ne pouvais plus rien pour elle.

— Mrs Raspberry n'est pas un blaireau, Mr Cassidy.

— Je le sais ! s'écria-t-il dans un aboiement défensif pour exprimer sa honte. J'ai fait une erreur. J'ai essayé de la couvrir mais… C'est arrivé et ça a fichu ma vie en l'air, de toute façon. Je ne peux rien y changer.

Il haussa de nouveau les épaules, l'air impuissant, et poursuivit :

— Helena a fait un faux témoignage pour moi. Et maintenant, elle ne veut plus me parler.

La reine l'observa un moment en silence.

— Vous semblez espérer que j'aie de la peine pour vous, dit-elle en le voyant tiquer tandis qu'elle se dirigeait vers la porte. Mais je trouve que vous vous apitoyez déjà assez sur votre sort. Je ne peux pas choisir à votre place mais je vous affirme sans l'ombre d'un doute, Mr Cassidy, que vous pouvez changer quelque chose. Vous pouvez être honnête. Vous pouvez permettre aux amis et à la famille de Mrs Raspberry de mettre du sens sur ce qui s'est passé. Ils ne vous pardonneront peut-être pas. C'est à eux de voir. Mais au moins, ils sauront. Ils n'auront pas à souffrir éternellement de l'incertitude. Vous en paierez le prix, bien sûr. La police va forcément vous inculper. Mais est-ce que regarder ces gens dans les yeux et reconnaître ce que vous avez fait est vraiment pire que ce que vous vivez en ce moment ?

Elle remarqua que, cette fois encore, il était incapable de croiser son regard. Il fixait la moquette.

— Faites-moi part de votre décision.

Il marmonna quelque chose de tellement incohérent qu'elle ne comprit pas.

— Comment ?

— J'ai dit que je supposais que vous attendiez ma démission dans la matinée, Madame.

— J'ai besoin d'honnêteté et de confiance, Mr Cassidy. D'une certaine dose de courage moral, aussi. Nous nous reparlerons quand vous aurez pris votre décision.

Elle sortit du bureau, le laissant hébété.

Après ces quelques heures éprouvantes, elle espérait qu'il y aurait du gâteau au chocolat pour le thé.

CHAPITRE 29

Le lendemain était un dimanche, jour propice à la réflexion. L'archevêque de Guilford fit un sermon d'une excellence incontestable. Mais les pensées de la reine étaient ailleurs et elle n'en entendit qu'une phrase sur dix. Heureusement, Philip ne manquerait pas de lui en résumer les points principaux avec le sherry digestif. Elle n'aurait qu'à approuver de la tête.

Il ne restait que deux semaines avant le retour à Londres, et la reine était douloureusement consciente du passage du temps. Elle était de plus en plus convaincue d'avoir compris ce qui était arrivé à Ned, et pourquoi. Mais elle n'en avait pas la moindre petite preuve concrète. Ce ne serait donc pas suffisant pour le commissaire divisionnaire. À moins que… Comme chaque fois, elle brûlait de résoudre l'affaire mais tenait absolument à ne pas donner l'impression qu'elle se substituait à la police. C'était un exercice de funambulisme des plus délicats.

Après le déjeuner, elle se joignit au petit groupe parti tirer des perdrix. D'épais nuages gris annonçaient de nouvelles chutes de neige et conféraient une lumière mystérieuse à cet après-midi. Entourée de ses amis et de ses chiens, Sa Majesté passait un moment délicieux. Ses proches la trouvaient pourtant plus silencieuse que d'habitude. Philip lui demanda même si elle couvait encore quelque chose. En réalité, elle était en train de récapituler les faits dans sa tête. Ainsi que leur degré de vraisemblance…

Deux hautes figures politiques étaient présentes, et ce week-end était un peu tendu. La reine n'était pas la seule à être préoccupée. Le président des États-Unis venait de donner le ton de son mandat en contestant les chiffres des médias quant au nombre de personnes ayant assisté à son investiture. En son for intérieur, Sa Majesté était reconnaissante à la foule qui se réunissait devant le palais de Buckingham à chaque grande occasion. Sir Simon méprisait au plus haut point les dirigeants qui remettaient des vérités basiques en question, et il était affligé de voir le Premier ministre piaffer d'impatience à l'idée de rencontrer le chef d'État américain dès la fin de la semaine.

Philip était crispé aussi. Après soixante-cinq ans de bons et loyaux services, il allait bientôt devoir faire ses adieux officiels en tant que gestionnaire de Sandringham. L'année suivante, ce serait à Charles de faire la démonstration de ses méthodes d'intendance. La reine avait confiance en lui et, à vrai dire, Philip aussi. Mais ce renoncement lui était difficile. Sa contrariété allait passer. Son épouse l'atténuerait, elle était douée pour cela.

Le matin, elle fut la première à descendre, ce qui était inhabituel. Elle se sentait très agitée et connaissait le meilleur moyen d'y remédier. Willow, Candy et Vulcan étaient déjà devant le bâtiment. Son foulard sur la tête, Sa Majesté les promena jusqu'à l'église, où elle leur fit faire demi-tour comme elle l'avait fait la veille. Peu à peu, les dernières petites pièces mal dégrossies de l'affaire

St Cyr commençaient à s'emboîter correctement. Il ne restait plus qu'un problème. De taille, certes, mais pas insurmontable pour autant : sa théorie ne reposait que sur des conjectures.

Un souverain pouvait-il accuser de meurtre un membre de la noblesse sans la moindre preuve matérielle, sur la simple base d'une remarque faite pendant le café ? Il lui semblait que non. Mr Bloomfield et son équipe de techniciens du XXIe siècle finiraient bien par trouver le coupable aussi, non ? À l'exception du mobile, ils disposaient des mêmes informations qu'elle. Il fallait juste se montrer patiente.

Cependant, elle trouvait cela très difficile alors qu'elle savait qu'une de ses connaissances personnelles était un meurtrier doté d'une incroyable aptitude à n'éveiller aucun soupçon. D'une certaine façon, c'en était presque admirable. Mais elle n'arrêtait pas de penser à la mer, et à la mort de Chris Wallace. Combien de temps la justice pouvait-elle encore attendre ?

La semaine commença de manière prometteuse : les tests ADN confirmaient bien le lien de parenté proche entre Ned et Vincent St Cyr. Une arrestation était probablement imminente ! Pourtant, Rozie lui rapporta que Vincent avait été libéré. Sa Majesté n'était pas du genre à paniquer mais c'était alarmant. Voilà que la police régressait, bon sang de bois !

Le vendredi, accompagnée de Philip, la reine effectua une visite officielle à l'université d'Est-Anglie. Le commissaire divisionnaire étant présent, elle en profita pour lui demander comment l'enquête évoluait. Elle fut très frustrée de constater qu'il était au moins aussi perdu qu'au mois de décembre, et beaucoup moins pressé de trouver le coupable.

— Vincent St Cyr a admis qu'il se doutait qu'Edward était son père, confia le policier à la reine durant un bref moment de calme. C'est ce dont ils discutaient lors de leurs petites rencontres, bien sûr. Il ne veut pas que ce soit rendu public. Pas avant qu'il en ait parlé à lord Mundy. Et à vous, j'imagine, Madame. C'est une nouvelle totalement explosive pour sa famille. Le fait qu'il ne sera pas le prochain baron, et cetera.

— Cela ne constituerait-il pas un mobile ? demanda la reine, surprise de la désinvolture du policier.

— Si, absolument, Madame. Mais St Cyr nous a mis au défi de trouver une preuve concrète. Il est très bien défendu, que des ténors du barreau… Et vu ce qui s'est passé la dernière fois… Hum…

— Je vois ce que vous voulez dire.

— Son histoire de répandre les cendres de sa mère dans la mer a été confirmée par de nombreuses sources, poursuivit Bloomfield. Nous nous sommes demandé s'il était de mèche avec sa sœur mais si tel est le cas, ils ont réussi à ne pas laisser de traces. Nous avons fouillé son appartement et celui de son compagnon, ainsi que tous les véhicules auxquels ils ont accès. Il n'y a aucun signe de nettoyage suspect, aucune trace d'ADN d'Edward nulle part. Sauf sur une veste de costume que Vincent affirme avoir portée lors de ses rencontres avec son père. Et pas trace non plus de l'ADN de Vincent au domicile d'Edward.

Le commissaire sourit à sa souveraine.

— Vous devez être soulagée, Madame.

— Ah ?

— Mr St Cyr est un de vos amis.

— Ah. Oui, bien sûr.

Philip les fusillait du regard depuis l'autre bout du hall de l'université. Cela faisait trop longtemps que Sa Majesté bavardait.

— Vous êtes-vous interrogé au sujet des chiens ? demanda la reine avant de prendre congé.

— Des chiens, Madame ?

— Oui. Qui ont été laissés seuls à Abbottswood.

— Oh, ces chiens-là. Oui, bien sûr. Les soupçons par rapport aux dégâts qu'ils auraient commis pendant qu'ils étaient livrés à eux-mêmes, vous voulez dire ? Ne vous inquiétez pas. Nous nous sommes penchés sur la question. Rien à signaler.

— Je dois y aller, à présent. Merci.

La reine sourit et garda son irritation pour elle-même.

À son retour à Sandringham, la télévision diffusait des images de la Maison-Blanche. Debout à côté du nouveau Président, le Premier ministre n'avait guère attendu pour l'inviter à une visite d'État à Londres « dès que possible ». La reine eut une fois de plus le sentiment d'être prise pour une friandise qu'on agitait sous le nez des gens.

Elle ne pouvait rien changer à ce qui se passait en ce moment à Washington. En revanche, elle pouvait faire quelque chose dans le Norfolk. Il lui restait dix jours pour cela, et il lui semblait que le commissaire divisionnaire avait grand besoin d'aide. Une aide anonyme, de préférence. Il était temps de parler à Rozie.

Elles se retrouvèrent le soir même dans le bureau de la reine pendant que les autres se préparaient pour le dîner. Officiellement, Rozie était venue faire à la patronne un rapport détaillé sur la visite du Premier ministre à Washington – un rapport fort long, pour un événement que tout le monde avait pu suivre à la télévision. Cependant, s'il y avait une chose pratique quand on était monarque, c'était que nul ne doutait jamais de votre besoin d'informations en matière d'actualités internationales.

— Je voudrais que vous parliez au pasteur de St Agnès, à Ladybridge, commença la reine. Vous pourriez laisser entendre qu'une de mes amies sera très probablement parmi ses ouailles dimanche et qu'elle apprécierait beaucoup le sermon sur la vérité et la beauté qu'il a donné quand il est venu à West Newton.

— La vérité et la beauté, Madame, répéta Rozie. Entendu.

Elle sortit son carnet, qui était déguisé de manière à passer pour un recueil de mauvaise poésie si jamais quelqu'un venait à l'ouvrir. Il contenait tous les points essentiels des rapports de la police et les informations que la reine, Katie et elle avaient découvertes. Elle ajouta quelques lignes.

— Je suppose qu'une personne en particulier a besoin de l'entendre.

— Oui, incontestablement. Il y a eu un nombre incalculable de mensonges, dernièrement. Dont certains de la part de gens que l'*on* tenait pourtant en haute estime. Un individu, en particulier, ment comme il respire. Mais je doute que le pasteur ait la moindre influence sur celui-là. Peut-être pensait-il que je ne m'en apercevrais pas. Mais comme dit mon responsable du pigeonnier, « les gens parlent ». On finit par repérer les incohérences. Et puis, il y a les chiens…

— Les chiens, Madame ?

— Tout d'abord, je me suis questionnée sur Vincent. Je me suis demandé ce qu'il avait bien pu faire. Maintenant, nous savons qu'il s'agit juste de qui il est.

La patronne faisait-elle référence à ses préférences sexuelles ? En quoi était-ce un problème ? Rozie en était encore à se demander comment montrer sa désapprobation tout en restant respectueuse quand la reine poursuivit :

— D'après Moira Westover, il aurait commencé à se douter de quelque chose aux funérailles de Lee. Ç'a dû être un sacré choc pour lui.

— Oh. Vous pensez que c'est là que Ned lui a dit qu'il était son père ?

— À vrai dire, non. Je crois que Ned aurait préféré que cela reste secret. Cela convenait mieux à ses intentions. Mais Vincent l'a compris tout seul. Peut-être à un regard, ou à une façon de bouger.

— On pourrait croire que, en découvrant qui était son vrai père, il aurait eu envie d'établir des liens avec lui. Mais si ça se trouve, Vincent lui en voulait. À cause de lui, en quelque sorte, il n'était plus le véritable héritier du titre des St Cyr. Quelqu'un pourrait-il tuer pour ça ? Pour un titre ?

— Certainement, affirma la reine sans hésitation. Tout au long de l'histoire, les hommes ont commis bien des choses pour un titre. Les femmes aussi, d'ailleurs.

— Donc vous pensez que c'est lui l'assassin ?

La reine fixa sa secrétaire particulière adjointe sans sourciller.

— Non.

— Je sais qu'il ne s'agit que d'indices circonstanciels

pour le moment, argua Rozie, pensant que la vérité était peut-être trop douloureuse à encaisser pour la reine. Mais les éléments à charge s'accumulent, Madame. Les enquêteurs savent que Vincent avait l'opportunité de commettre ce crime, à condition que son fiancé soit complice. Nous savons qu'il avait un mobile. La police doit le savoir aussi, non ?

— Et pourtant... rien ne le relie au meurtre, dit la reine avant d'expliquer ce que le commissaire divisionnaire lui avait révélé sur les recherches d'ADN. L'ADN donne et l'ADN reprend.

Rozie fit la moue et fronça les sourcils.

— Je comprends que vous préféreriez ne pas y croire, Madame.

La jeune femme hésitait. Ce qu'elle s'apprêtait à dire était risqué. Mais il lui semblait qu'elle devait le faire.

— Je suis consciente que vous le connaissez depuis sa naissance et que...

— Ce n'est pas ça. C'est même tout le contraire. Mais merci d'avoir remis mes arguments en question. C'est ce que j'attends de vous. Parfois, je sens bien que cette affaire me touche de trop près. J'ai besoin que vous fassiez contrepoids.

— Ah ? D'accord, fit Rozie, incapable de cacher sa surprise. D'accord.

Voilà qui était nouveau. Il lui faudrait peut-être un peu de temps pour s'y habituer. Mais si ça pouvait rendre service...

— Tout a commencé par une histoire de génétique, expliqua Sa Majesté. Je devrais mieux m'y connaître que quiconque, pourtant. C'est une obsession pour la génétique qui a déclenché le crime originel, mais c'est l'amour qui a entraîné le suivant. Et on doit le troisième à la désinvolture.

— Le troisième ? Vous parlez de Mrs Raspberry ?

— Non, bien que vous ayez raison. C'est aussi à cause d'une grande désinvolture que cette pauvre Mrs Raspberry a été renversée. J'en ai d'ailleurs parlé avec Mr Cassidy.

— Vraiment ?

— Nous allons voir ce qu'il va faire. Il est évident qu'il en souffre beaucoup. Pas assez pour en payer le juste prix, cependant. Pas encore, du moins.

La reine jouait de nouveau machinalement avec une branche de ses lunettes.

— Mais c'était un accident. En revanche, rien de ce qui entoure la mort de Ned n'a été accidentel. En fait, tout a été méticuleusement planifié. La troisième victime dont je parlais est Mr Wallace. Sa mort est d'autant plus horrible qu'elle était évitable. On a simplement voulu détourner l'attention. Mais pousser un homme à un tel désespoir...

Rozie était perdue.

— Dans ce cas, qui est la deuxième victime, Madame ? Je croyais que c'était lui.

— Non. La deuxième victime, c'est Ned.

Rozie grimaça.

— Mais qui est la première, dans ce cas ?

— Lady Mundy, qui est morte cet été. Mais je fais là référence à un passé lointain. On pourrait dire que Vincent a été une victime collatérale, lui aussi. Il n'avait guère de chance d'échapper à une existence bien compliquée, alors que rien n'était sa faute. Et j'ai le regret de dire que mon amie Georgina en est partiellement responsable. Elle a éduqué son fils de sorte qu'il se comporte comme si tout lui était dû. Et, une fois adulte, Ned s'est vengé sur Lee. Je n'entrerai pas dans les détails, mais il s'est servi d'elle pour tenter de reprendre sa place dans la lignée des barons de Ladybridge. C'était un acte délibéré. Malgré des chances extrêmement minces, son plan a fonctionné. Le secret a été parfaitement gardé jusqu'à la mort de Lee. Puis Ned est revenu vers la famille et tout est parti à vau-l'eau. Ainsi arrivons-nous à la première incohérence. Les St Cyr m'ont clairement dit que Ned avait demandé à venir aux funérailles et que Hugh s'était comporté avec une grande élégance. Pourtant, selon Astrid Westover et sa mère, Ned avait été très surpris d'y être invité. Alors qui est véritablement à l'origine de sa présence ?

Rozie vérifia ses notes.

— En tout cas, la police pense que c'est Ned qui a fait le premier pas.

— Mmm… je ne partage pas cet avis. D'après Astrid, il était content de renouer des liens avec sa famille. Mais, compte tenu des circonstances, je doute fort qu'il ait proposé de lui-même de venir aux funérailles. Je pense qu'on l'a volontairement ramené dans l'orbite de Ladybridge. Quelqu'un voulait qu'il y soit. Mon mari avait raison.

— Oui, Madame ?

— Dès le début, il a dit que c'était toujours la famille.

— Donc c'est vraiment un des St Cyr, Madame.

— Oui, bien sûr. Le problème avec Mr Bloomfield, c'est que son équipe et lui ont accès à une infinité de moyens technologiques. C'est très impressionnant, certes. Mais ici, il s'agit d'un bon vieux crime passionnel. C'était sur l'élément humain qu'il fallait se concentrer. Ou l'élément canin, si l'on peut dire. Comme je l'ai déjà dit, je ne dispose d'aucune preuve et tout le monde a un alibi.

Mais il suffit de penser aux chiens pour que la façon dont tout cela s'est produit devienne évidente.

— Vous avez bien parlé de chiens, Madame ? fit Rozie, qui ne voyait rien d'évident dans ces explications.

La reine avait l'air légèrement irritée.

— J'ai peine à croire qu'aussi peu de gens aient remarqué. Ces pauvres bêtes ont tout saccagé à Abbottswood parce qu'on ne s'était pas occupé d'elles correctement.

— Je me suis posé des questions sur la véritable nature de ces dégâts. Et la police aussi.

— Ce n'est pas ce que je veux dire. Le commissaire divisionnaire a tenté de me rassurer. Je suppose que pour lui, c'était une bonne nouvelle que ce soient bien les chiens qui aient tout abîmé, et non d'éventuels intrus. Je ne lui donne pas tort sur ce point. Si on laisse n'importe quel chien enfermé trop longtemps, il fera forcément de gros dégâts. Mais ce qu'il faut bien voir, c'est que ceux-ci n'avaient été ni nourris ni sortis depuis la veille. C'est ça, qui est intéressant. Ned n'a pas demandé à la femme de ménage de venir s'en occuper. Jamais quelqu'un qui aime ses chiens ne les laisserait aussi longtemps sans les confier aux bons soins de quelqu'un.

— Je suis certaine que des gens le font, Madame.

— Pas ceux qui aiment les chiens. Ned en était fou, comme Georgina. Il adorait même les miens. Si on l'avait laissé faire, il aurait plus joué avec eux qu'avec Charles. Non, il ne serait jamais parti de chez lui sans s'être assuré auparavant que ses chiens seraient sortis et nourris le lendemain matin. Par la femme de ménage ou quelqu'un d'autre. Je ne pouvais tout simplement pas imaginer Ned se comporter de façon si inconsidérée. Et une fois cette possibilité éliminée…

Rozie commençait à prendre goût à l'idée de contredire la reine.

— Il était très stressé, Madame. Cela pourrait expliquer une telle négligence.

— Il ne l'était peut-être pas, insista la reine. Selon Astrid, il était très « zen ». La police a supposé qu'il était stressé parce qu'il a agi étrangement. Selon moi, c'est justement l'étrangeté de son comportement qui mérite qu'on y prête attention. Ses excès de vitesse, par exemple. C'est très pratique pour l'enquête qu'il ait dépassé deux fois la limite dans sa Maserati. Cela signifie qu'il a été filmé. Alors qu'Astrid a bien précisé qu'il ne pouvait pas se permettre de perdre son permis. Tout cela fait un peu coup monté. Puis il y a le « RIP » inscrit dans son agenda à Abbottswood. Je suis sûre que c'était bien « RIP » et non « RLP », à propos. C'était encore un leurre. Cela permettait surtout de bien montrer que Ned était chez lui, dans le Norfolk, au moment où il l'avait noté.

Rozie commençait à se demander si la reine n'était pas victime d'un accès de démence sénile.

— Le plan n'était-il pas justement d'attirer l'attention sur Londres plutôt que sur le Norfolk, Madame ?

— Si. Mais tout d'abord, il y a eu un coup de téléphone. Selon Julian Cassidy, Ned lui a tenu des propos sans queue ni tête.

— En effet, une histoire d'« araignée en fer ».

— Ce n'était pas « araignée en fer » mais « c'est régner en enfer », en vérité. « Mieux vaut régner en enfer que de servir au ciel. » Ça vient du *Paradis perdu* de John Milton. Je l'ai étudié quand j'étais enfant. On parle ici d'un homme qui en appelait un autre, qu'il connaissait peu, pour lui parler de sa disgrâce dont il ne comprenait pas les raisons.

Rozie commençait enfin à retrouver des repères. Elle avait beaucoup entendu parler de disgrâce à l'église pendant son enfance. Comme sa mère s'appelait Grace, elle l'avait souvent pris comme une attaque personnelle, sans pour autant trop saisir de quoi il s'agissait.

— Je ne pensais pas que Ned était du genre à se soucier de l'état de son âme, dit-elle.

La reine hocha la tête.

— Non, en effet. Je pense qu'il se souciait plus de l'état de son domaine. Mais, de toute façon, Ned n'a jamais récité du Milton à Mr Cassidy. Pas plus qu'il n'a abandonné ses chiens. L'unique but de cet appel sans queue ni tête était de faire croire qu'il était à Abbottswood alors qu'il n'y était pas. À ce moment-là, il était déjà mort.

— Madame ?

La reine posa ses lunettes.

— Du moins, je l'espère pour lui.

CHAPITRE 30

Rozie récapitula rapidement ce qu'elle croyait savoir des dernières heures de Ned.

— Mais des témoins l'ont vu à Londres, Madame.

— C'est un homme grand avec un chapeau et un foulard très reconnaissables qui a été vu, rectifia Sa Majesté. Avez-vous remarqué comme tous les St Cyr se ressemblent ?

Cela n'avait pas échappé à Rozie.

— Et les textos qu'il a envoyés à Astrid ? Si ce n'était pas son fiancé qui les avait écrits, elle s'en serait aperçue.

La reine fixa sa secrétaire particulière adjointe d'un regard perçant.

— Vraiment ?

Bien qu'il s'agisse clairement d'une question rhétorique, Rozie défendit son point de vue.

— S'ils ont été rédigés par quelqu'un d'autre, cette personne a fait du bon travail, Madame. Astrid a mentionné que ces messages étaient très intimes.

La jeune femme ne voulait pas embarrasser la reine mais les sextos que s'envoyaient les couples pouvaient être très explicites. En fait, il fallait qu'ils le soient pour être réussis. Cela dit…

— Mmm ? fit la reine, voyant Rozie hésiter.

— Je suppose qu'en ayant accès à tous les messages précédents, il devait être possible d'en imiter le style. Il suffisait de les faire défiler.

Ce n'était peut-être pas si compliqué, en fait. Dérangeant mais pas difficile.

— Donc nous n'avons pas la certitude que c'est bien Ned qui a envoyé ces messages à Astrid ce soir-là.

Mais quelqu'un l'avait fait. Depuis le téléphone de Ned, dans son appartement-atelier. Rozie consulta ses notes.

— Vincent affirme qu'il était chez lui avec Roland Peng à ce moment-là. Lord Mundy était au manoir avec Flora et ses filles. Ils sont tous témoins les uns des autres. Puis lord Mundy a eu son rendez-vous tardif avec Mr Wallace. Flora l'a vu arriver.

La reine hocha la tête pour elle-même.

— Mr Wallace n'est plus là pour confirmer cette version. Une voiture est incontestablement arrivée au manoir. Cependant, cela pouvait très bien être un taxi de la gare. En fait, je pense que nous devons partir du principe que les St Cyr sont tous prêts à mentir pour protéger leur famille. La vraie question est : qui a vu Ned ou conversé avec lui après les St Cyr ?

Ce que laissait entendre Sa Majesté semblait improbable mais très cohérent. Le problème, depuis le début, était de comprendre comment Ned avait pu disparaître à Londres. S'il n'y était pas allé, cela éliminait d'office de nombreuses questions. Et il paraissait soudain plus logique que la main ait été trouvée sur une plage du coin. La jeune femme posa son carnet.

— Il y a deux choses qui m'échappent encore.

— Ah ?

— Si ce n'est pas Ned qui est allé à Londres, pourquoi la police ne s'en est-elle pas rendu compte ? L'ADN et les empreintes digitales n'auraient-ils pas pu prouver ce qui s'était réellement passé ?

— On aurait pu croire que si, répondit la reine avec un bref soupir. C'est pour cela que j'ai passé tant de temps à me demander si j'avais tort. Si j'ai raison, la personne qui a fait ça s'est montrée très méticuleuse et astucieuse. J'imagine qu'elle a regardé beaucoup d'émissions et de séries policières à la télévision. Elles sont aussi fascinantes qu'instructives. Et la police n'a pas pensé aux chiens. Quelle est votre autre question ?

— Comment Ned est-il mort ?

— De façon très classique. Il a dû être empoisonné.

Rozie opina du chef. Bien sûr. Dans la plus pure tradition des St Cyr.

— Le problème, avec le poison, c'est qu'il est difficile de ne laisser aucune trace, ajouta la reine. J'ai lu assez de romans policiers pour le savoir. Mais si on projette de faire disparaître le corps, alors ce n'est plus un obstacle. Il a dû être caché temporairement dans les environs, dépouillé de ses vêtements les plus reconnaissables, de son téléphone et de ses clés. Ainsi, le tueur pouvait revenir s'en débarrasser pour de bon à un moment plus pratique. Mais pendant les heures qui ont suivi le meurtre, la priorité était de faire diversion.

— Donc quand Flora affirme avoir vu Ned quitter Ladybridge en voiture avec son père...

— Elle a vu quelqu'un dans la voiture de Ned, quelqu'un qui portait son manteau et son chapeau habituels. Ou bien elle a menti.

Quelle audace il fallait pour cela ! Jusque-là, Rozie

n'avait pas associé ce trait de caractère aux membres de la famille St Cyr. L'excentricité, oui, mais... D'un autre côté, y avait-il quelque chose dont les aristocrates n'étaient pas capables ?

— Si vous avez raison, Madame, et que le tueur a usurpé l'identité de Mr St Cyr, il aurait couru le risque de se faire identifier alors qu'il était dans le Land Rover de la victime, sa voiture, sa maison ou son appartement. Beaucoup de choses auraient pu ne pas se passer comme prévu...

— Il faut croire que c'était un risque qui valait la peine d'être couru. « Mieux vaut régner en enfer. » Peut-être que ça ne s'est en effet pas passé comme prévu. Mais en attendant ce crime reste non résolu, puisque la police ne sait pas où chercher le corps. S'ils l'avaient, tout s'expliquerait.

— Auriez-vous une idée de là où il pourrait être, Madame ?

— Je ne vois qu'un seul endroit logique.

— Je... Je n'arrive toujours pas à le croire. C'est dur à imaginer...

— C'est précisément l'idée.

— Si vous avez raison, alors je crois savoir où il faut lancer les recherches.

— Bien. Maintenant, il ne me reste plus qu'à convaincre le commissaire divisionnaire d'aller y jeter un œil.

CHAPITRE 31

— Au nom du ciel ! Voilà que nous serions une plaque tournante de la drogue, maintenant !

— Bonjour.

La reine s'installa dans le salon, face à son époux, et accepta le café que venait de lui proposer son page. Philip leva les yeux de son *Recorder* et répondit d'un grognement.

— Puis-je voir ? demanda Sa Majesté.

Il lui tendit le journal avec un petit geste brusque.

— Des salauds. Tous autant qu'ils sont. Payés pour écrire des imbécillités…

La reine lut l'article en question.

UN TRAFIC DE DROGUE SOUS SES FENÊTRES
INQUIÈTE SA MAJESTÉ
par Ollie Knight

L'article était étonnamment fidèle à la vérité. Il décrivait le système de blanchiment d'argent, signalait que les clubs concernés étaient souvent situés dans l'ouest du pays et suggérait qu'elle avait exprimé son inquiétude quant à ce qui se passait près de chez elle, dans l'est. Il continuait en dépeignant la gestion du pigeonnier royal en termes élogieux.

À sa connaissance, seulement trois personnes pouvaient être à l'origine de cet article. Elle n'en avait parlé à personne d'autre. Les trois personnes en question étaient Mr Day, le responsable du pigeonnier, l'épouse de ce dernier, et Roland Peng, qui était également le premier à lui en avoir parlé.

Par chance, le journaliste ne précisait pas pourquoi il s'était intéressé à la question. Mais, de toute façon, la reine pensait déjà à autre chose. Cet article allait peut-être se révéler fort utile.

Rozie était dans l'eau glacée jusqu'au cou. Tout l'air de ses poumons avait été expulsé subitement. Elle frissonnait et avait l'impression qu'on lui plantait un millier d'aiguilles dans le corps. Mais elle se sentait vivre. Comment avait-elle pu arriver à cet âge sans savoir combien la nage en eau froide était salutaire et prodigieuse ? Cela ferait bientôt une minute qu'elle était immergée. Autour d'elle, des bonnets de bain colorés sautillaient à la surface.

Depuis la plage, bien emmitouflée, Katie observait la scène. Elle avait manifestement résisté à la tentation de lâcher un « Je vous l'avais bien dit » quand Rozie était revenue de sa première séance débordante d'enthousiasme. Au lieu de cela, elle lui avait présenté son propre groupe de nage en eau froide, basé plus haut sur la côte. Elle y voyait le début d'une merveilleuse relation : le capitaine Oshodi et l'eau froide. Sur le chemin du retour, elles virent passer la voiture de la reine.

— Vous savez où elle va ? demanda Katie.

— Probablement à Wood Farm, supposa Rozie. Elle y va souvent.

Mais pas cette fois-ci.

La reine venait de passer un très agréable moment à visiter son pigeonnier avec Mr Day. Ensuite, ce dernier et son épouse l'avaient invitée à prendre un thé accompagné d'un bon gâteau au chocolat. Comme il n'était encore que 10 heures du matin, un peu tôt pour boire du gin – d'autant plus que Sa Majesté conduisait –, ils lui firent cadeau d'une bouteille à déguster chez elle.

— N'est-ce pas une bonne nouvelle, pour le fils de lord Mundy ? lança Mrs Day. Nous en parlions encore ce matin. Vous devez être ravie, Madame. Vous le connaissez ?

— Oui, en effet.

Ils avaient dû aborder une multitude de sujets pour enfin en arriver à celui-ci.

— Vous ne l'auriez jamais soupçonné d'être un meurtrier, n'est-ce pas ?

— Non, jamais, répondit la reine. Enfin, pas tout à fait, pour être honnête.

— Il n'y a plus aucun espoir que Mr St Cyr soit encore vivant, si ? demanda Mr Day.

— Plus aucun, je le crains.

— Je ne peux pas m'empêcher de l'imaginer enseveli à la va-vite quelque part, ajouta Mrs Day d'un ton sinistre.

— C'est affreux de ne pas avoir le corps, n'est-ce pas ? commenta la reine. Ça plonge tout le monde dans une telle incertitude. Sans oublier que la famille reste aussi bloquée sur de nombreux aspects matériels.

— C'est cruel, ajouta Mrs Day. Sadique, même. Tuer quelqu'un c'est déjà terrible, mais cacher le corps… C'est encore pire, vous ne croyez pas ?

— Absolument.

— Sans enterrement, on ne peut pas faire son deuil.

C'est l'acte le plus profane qui existe ! Mais j'imagine qu'un meurtrier ne se soucie pas de ces choses-là.

— Je suppose que non. Pourtant, vous avez certainement eu vent de la rumeur.

Mrs Day se redressa sur son siège.

— Quelle rumeur, Madame ?

— Celle selon laquelle il ne se serait jamais rendu à Londres.

— Mais non ! Qui a dit ça ?

— Je ne me rappelle plus où je l'ai entendu, mentit Sa Majesté, l'air vague. Sandringham est une vraie usine à ragots. Mais quelqu'un aurait affirmé savoir de source sûre que la personne qui avait quitté Abbottswood en voiture ce jour-là n'était pas lui.

— Dieux du ciel ! Mais qui était-ce, alors ?

La reine haussa les épaules.

— Je n'en ai pas la moindre idée. Et vous ?

— La police est au courant ?

— Je ne sais pas trop, répondit Sa Majesté, l'air de rien.

— Tu sais ce que la police pense des rumeurs, ma chérie, rappela Mr Day à son épouse. Tu as vu comment ils ont traité cette pauvre Judy.

— Ça, pour sûr ! fit Mrs Day en levant les yeux au ciel.

Puis, les sourcils froncés, elle se concentra pour se rappeler les dernières actions de Ned – ce qu'on leur en avait rapporté, en tout cas.

— C'est peut-être un livreur de colis qui a vu la voiture. Ou peut-être Fred Sayle, qui approvisionne les gens du coin en fuel de chauffage. Il a pu voir quelqu'un partir alors qu'il arrivait…

— Le témoin s'est peut-être dit que personne ne le croirait, poursuivit la reine. Ou il n'a pas eu confiance en son propre jugement. J'aimerais bien en savoir plus et pouvoir faire quelque chose.

— Je suppose que vous, vous pourriez en parler à la police, Madame.

— Sans preuve, je ne crois pas pouvoir aider, répondit très sincèrement la reine.

— Mmm.

Mrs Day semblait accaparée par sa réflexion. Sa Majesté jugea que le moment était venu de partir. Ce qui pouvait être pratique quand on était monarque (bien que ce soit plus souvent un fardeau qu'un avantage), c'était que la moindre petite chose que vous disiez était examinée sous toutes les coutures. Elle aurait été étonnée que le caillou qu'elle venait de jeter dans la mare ne fasse pas de vaguelettes.

— C'est un problème compliqué, n'est-ce pas ? Si vous en parlez à quelqu'un, merci de ne pas mentionner mon nom. Je désapprouve les ragots.

— Oh, je n'y penserais même pas, Madame, s'en défendit Mrs Day d'un ton révérencieux.

QUATRIÈME PARTIE

L'or n'est en rien éternel

CHAPITRE 32

Ollie Knight, le jeune pigiste du *Recorder*, était assis à côté d'une camionnette garée dans le pré de Ladybridge Hall. Il observait l'équipe de plongeurs de la police, masques jaunes sur le visage, qui se préparait à pénétrer dans les douves.

Il devait cette place aux premières loges au tuyau qu'il avait donné à la police sur le possible emplacement du corps. Mrs Day l'avait appelé, tout excitée, trois jours plus tôt.

— Je serais bien allée directement à la police mais après tout ce qu'ils ont dit à Mrs Raspberry, ils peuvent toujours attendre ! Il faut que quelqu'un vérifie si c'est vrai. Vous me promettez que vous vous en occuperez, hein ?

Ollie n'avait rien promis mais il l'avait fait tout de même.

À cause des sempiternelles contraintes budgétaires, il lui avait fallu beaucoup de détermination pour réussir à convaincre la police de draguer les douves.

La question « Comment le corps s'est-il retrouvé là ? » était la partie facile. Il avait d'abord pensé que Ned était probablement enterré quelque part à Abbottswood et que la police était passée à côté. Mais, en fouinant un peu, il avait rapidement découvert qu'aucune personne connaissant bien Ned ne l'avait vu après son déjeuner chez sa famille abhorrée. Rien ne garantissait qu'il soit rentré chez lui ce soir-là ni même qu'il ait jamais quitté Abbottswood. Flora Osborne avait pu mentir en affirmant l'avoir vu lui faire au revoir de la main. Et Vincent avait très bien pu se faire passer pour son cousin à Londres.

Une fois ce raisonnement entamé, il était impossible de ne pas trouver de multiples failles dans le scénario de la police. Ollie était allé rencontrer l'homme qui, d'après une courte interview accordée au *Recorder*, était la dernière personne à avoir parlé à Ned St Cyr : Mr Shah tenait l'épicerie où St Cyr avait acheté ce dont il avait besoin pour son petit déjeuner à Highgate. Il avait dit l'avoir reconnu à sa stature, ses vêtements et la couleur de ses yeux. Il ne lui était pas venu à l'esprit qu'il pouvait ne pas s'agir de Mr St Cyr, qu'il connaissait vaguement. Même chose avec le traiteur chez qui il était allé acheter son dîner. Les images des caméras de circulation ne permettaient pas non plus de l'identifier formellement.

La partie difficile, c'était « Pourquoi ? ». Si Ned était bien mort à Ladybridge, alors qui avait quelque chose à y gagner ? Après tout, il était le « pauvre » de la famille. Mais après des heures de recherches minutieuses, Ollie avait découvert que, vu sa date de naissance, Vincent pouvait en réalité être le fils de Ned, et non pas de Hugh St Cyr. Si tel était vraiment le cas… quelle déflagration ! Cela signifiait qu'il n'y avait plus de St Cyr de sexe masculin pour hériter légitimement du titre. S'il s'était servi de cela pour les faire chanter afin de financer son projet de réensauvagement, par exemple, le mobile était tout trouvé. Il suffisait d'un test ADN. Peut-être la police en avait-elle déjà fait un. Ollie n'avait aucune preuve de tout cela, mais il savait que sa théorie tenait la route.

Il ignorait quels étaient les alibis de la famille mais s'il avait raison, il y aurait sans aucun doute des trous dans leurs emplois du temps. Si la police ne les connaissait pas déjà, elle ne tarderait pas à les découvrir. Mais le journaliste avait besoin de plus que ça pour que sa théorie paraisse crédible aux yeux des enquêteurs. La bonne vieille technique des empreintes digitales lui avait donné un coup de pouce. Il avait simplement eu à demander à la police si celles de Ned se trouvaient sur le volant de la voiture avec laquelle il était censé avoir quitté le manoir. Le contact d'Ollie au commissariat central du Norfolk avait reconnu qu'elles étaient fortement brouillées, mais que cela pouvait s'expliquer par les gants de conduite qu'on avait trouvés dans sa Maserati à Londres. Ollie avait alors épluché les archives du *Recorder* et déterré plusieurs photos de St Cyr en voiture, ou debout à côté de quelque bolide, à plusieurs époques de sa vie. Il avait cessé de porter des gants dans les années 1980. Y avait-il ses empreintes sur les articles achetés chez Mr Shah ? Toutes brouillées, elles aussi. Rien de concluant. À ce stade-là, on avait enfin commencé à le prendre au sérieux, et il en avait été récompensé : il avait le droit d'assister aux recherches.

La veille, une équipe de la brigade cynophile avait fouillé le manoir de fond en comble sans le moindre résultat. Mais il n'y avait pas besoin d'être un génie pour deviner où pouvait se trouver le corps. Au rez-de-chaussée, une ou deux fenêtres donnaient sur les douves. Ollie était installé en face d'elles en ce moment même. Le cadavre avait probablement été lesté de manière à couler jusqu'au fond et y rester. Il y avait peu de chances qu'il ait bougé.

Jusqu'à présent, la plus grande difficulté de l'opération avait été d'éloigner les cygnes. Ollie s'était justement documenté sur ces animaux en vue d'un long article qu'il projetait d'écrire pour un magazine. D'après ce qu'il avait lu, leur chair était hautement appréciée dans les banquets médiévaux, ce qui expliquait que la reine soit considérée comme propriétaire de tous les spécimens n'appartenant pas déjà à une corporation londonienne. A priori, les cygnes vivant dans des douves ne comptaient pas. Mais ce qu'il fallait surtout savoir, c'était que dans des situations telles que celles d'aujourd'hui, ils pouvaient se sentir menacés et devenir très agressifs. Ils pouvaient même vous casser un bras !

Les plongeurs mettaient un temps fou à régler leur équipement. Pour patienter, Ollie testa ses jumelles en observant la maison. Était-ce un visage fantomatique à l'une des fenêtres ? Il ajusta la netteté. Il n'aurait pas pu le jurer mais on aurait bien dit Flora Osborne. À quoi pouvait-elle bien être en train de penser ?

Les derniers invités de la saison étaient sur le point de quitter Sandringham. Tandis que Philip prenait une ultime photo d'eux, la reine était déjà en route vers Newmarket, où elle devait déjeuner avec son directeur des courses et plusieurs entraîneurs qu'elle appréciait. Elle avait eu vent des récentes avancées de la police dans l'affaire St Cyr et comptait sur une arrestation imminente – peut-être même plus. Elle pouvait donc enfin se détendre. Elle avait attendu avec beaucoup d'impatience ce bon repas suivi d'un après-midi à voir des chevaux et parler du calendrier hippique avec de fins connaisseurs. Il n'y avait rien de tel.

Janvier touchait à sa fin. Dans une semaine, elle repartirait vers Londres et les ors de son immeuble de bureaux sur le rond-point. Maintenant qu'elle savait que la police était à pied d'œuvre à Ladybridge, elle était plus optimiste. Quant à Julian Cassidy, il s'était rendu la veille. Elle ne savait pas ce qu'il adviendrait de lui, mais au moins il avait fait ce qu'il fallait et elle s'efforcerait de le soutenir. Quoi qu'il puisse lui arriver désormais, ce serait toujours mieux qu'un lent suicide à l'alcool. Et en dépit des rhumes, le Norfolk avait fait son œuvre : il leur avait apporté la bouffée d'air pur dont ils avaient tous tant besoin. Sa Majesté se sentait prête à affronter ce que cette année mettrait sur son chemin.

Lady Caroline devait rejoindre la reine directement au champ de courses car elle arrivait de Cambridge, où son frère dirigeait un des *colleges*. Par conséquent, c'était une fois de plus Rozie qui tenait compagnie à la patronne pendant le voyage. Quand elles ne parlaient pas de l'agenda royal des prochaines semaines, elles attendaient en silence des nouvelles de Ladybridge. Si l'assassin n'était pas sous les verrous d'ici la fin de l'après-midi, ce ne serait pas faute d'efforts de la part de la reine. Elle aurait fait ce qu'elle pouvait.

— C'est ce que nous attendions ? demanda-t-elle au moment où le téléphone posé sur l'accoudoir en cuir s'éclairait pour signaler la réception d'un texto.

— Non, Madame, répondit Rozie. Je suis désolée.

C'était sa sœur qui lui demandait si elle était libre le week-end suivant pour déguster quelques cocktails gratuits à Kensington. Elle balaya discrètement le message du bout du doigt.

Afin d'éviter un ralentissement un peu plus loin, la voiture avait changé d'itinéraire. Depuis deux ou trois kilomètres, elle serpentait sur de petites routes de campagne. Le soleil dardait ses rayons entre les branches nues des arbres et, dans des champs éloignés, la reine aperçut quelques vestes rouges qui se déplaçaient rapidement. La chasse devait être commencée. Il était extraordinaire que ce soit encore possible, après toutes les controverses des dernières années. C'était très courant dans sa jeunesse. À présent, on ne poursuivait plus des renards mais des leurres manipulés par des humains. Grâce à Jack Lions et ses acolytes, mille ans de traditions avaient été réduits à un jeu d'écoliers.

— Ah, problème à l'horizon, Madame. Ne vous inquiétez pas.

Le chauffeur du Range Rover ralentit pour laisser passer deux voitures. Leurs occupants donnaient des coups de klaxon et de sifflet tout en agitant des drapeaux aux fenêtres. La reine savait de quoi il s'agissait : des saboteurs de chasse cherchant à détourner les chiens de leurs pistes en faisant du vacarme. Convaincus qu'on chassait encore le renard, ils faisaient tout pour perturber les chiens. Il en résultait surtout une cacophonie gênante pour tout le monde. Quand ce fut passé, le Range Rover accéléra en douceur pendant quelques centaines de mètres. Puis, sans avertissement, le chauffeur freina d'un coup sec.

— Je suis désolé, Madame.

— Que se passe-t-il ?

— Il y a quelqu'un sur la route. Devant nous.

— Un autre saboteur ?

— Non, Madame. Un corps.

Depuis son poste d'observation, Ollie Knight vit soudain une main surgir des douves. Cela lui rappela un film qu'il avait vu sur le roi Arthur, si ce n'est qu'il aurait dû y avoir une épée quelque part. Cette main-là était celle d'un homme-grenouille qui signalait qu'on avait trouvé quelque chose. Ses collègues et lui n'allaient pas tarder à apporter le fruit de leurs recherches à l'endroit où s'était installée l'équipe scientifique. Il fallut trois hommes pour le tirer hors de l'eau. Il s'agissait d'un cylindre en toile à sac de la taille d'un être humain, maintenu fermé par une grosse chaîne. Alors que celui-ci s'élevait au-dessus de l'eau, un bras en sortit. Enflé et décoloré, il s'arrêtait au poignet. Le jeune pigiste en resta pétrifié. Quand il leva les yeux pour voir qui d'autre observait la scène, le visage à la fenêtre du haut avait disparu.

À quelques mètres devant le Range Rover, près du bas-côté, une jeune fille d'environ 16 ans était couchée sur le flanc. Elle portait des bottes d'équitation et une bombe. Et malgré son gilet jaune fluo, il aurait été facile de ne pas la voir avec les ombres que projetait le soleil d'hiver. Le chauffeur avait démontré son excellence en la remarquant à temps. La victime était étalée par terre, les membres en étoile et le visage livide.

— Il faut retrouver sa monture, ordonna la reine. Elle doit être quelque part par ici.

Le chauffeur regarda autour de lui, contrarié. Il n'avait clairement aucune envie de rester là, mais ils ne pouvaient pas laisser la fille dans cet état. Rozie avait déjà bondi hors de la voiture pour évaluer la gravité des blessures. Les yeux de Depiscopo, le nouvel agent de protection, trahissaient une panique indétectable sur le reste de son visage. Il demanda à Rozie de revenir mais elle fit la sourde oreille.

— Je sens le pouls, annonça-t-elle. Mais elle est inconsciente. Quelqu'un peut appeler une ambulance ? Je vais chercher le cheval.

Rozie mit délicatement la fille en position latérale de sécurité puis s'élança sur la route. Une minute plus tard, elle était de retour.

— Il y a une autre blessée ! Une femme plus âgée. Les voitures ont dû effrayer leurs chevaux. Je crois qu'elle a une jambe cassée, et elle perd du sang. Il faut sécuriser la route.

Sans plus attendre, Depiscopo demanda des secours par radio. La reine comprit aussitôt qu'un problème supplémentaire s'annonçait : les secours allaient prendre la direction de Newmarket en arrivant du sud. Et de ce côté, la circulation était bloquée par des ralentissements. Rozie avait déjà pris une trousse de secours dans le coffre de la voiture et commencé à s'occuper de la plus âgée des blessées. Depiscopo évalua la situation puis demanda au chauffeur de sortir pour prévenir les véhicules en approche. Ceci fait, il prit lui-même le volant et recula sur une cinquantaine de mètres, jusqu'à un petit chemin qu'ils venaient de dépasser. Hors de question de laisser le Range Rover et sa précieuse passagère sur la route. La reine savait qu'en théorie il aurait dû ignorer la femme blessée et continuer à rouler. C'était ce qu'aurait fait Jackson, et sans la moindre hésitation. La sécurité de la souveraine était une priorité absolue. Mais Sa Majesté profita des doutes du nouvel agent. Comme tous ses employés, il devait être formé aux premiers secours. Heureusement qu'ils étaient passés par là.

Il gara la voiture à l'entrée du chemin, sur une petite hauteur invisible depuis la route, à côté d'un champ. La reine redoutait que Rozie se fasse faucher par une voiture en s'occupant d'une des cavalières blessées ou en essayant de ramener les chevaux.

— Tout va très bien pour moi, dit Sa Majesté. Allez voir ce que vous pouvez faire pour les aider.

— Êtes-vous sûre que ça va aller, Madame ? répondit l'agent, indécis. J'en ai pour une minute. Restez bien dans la voiture.

La reine lui assura qu'elle ne risquait rien du tout et il partit en courant le long du chemin.

Mais il n'était toujours pas de retour une minute plus tard. Ni même cinq. Pendant ce temps, dans le Range Rover, la température baissait. Et il y régnait un silence de mort. Voilà qu'en prime ce genou recommençait à lui faire mal. Dehors, au-dessus des arbres, deux vanneaux exécutaient une danse dans le ciel bleu vif. Sa Majesté ouvrit sa portière et sortit pour les admirer. Avec l'air frais sur son visage, elle se sentit instantanément mieux.

Elle ne voyait pas ce qui se passait en bas sur la route car Depiscopo avait pris soin de choisir un endroit discret, protégé par des pins et des haies. À sa gauche se trouvait un mur de pierres brutes percé d'un portillon délimitant un grand enclos. Si son genou la faisait souffrir, c'était à cause de l'inactivité. Elle n'était pas exactement vêtue pour une balade dans la campagne, mais il n'avait pas plu depuis des jours et le sentier menant au portillon était sec. Elle remplaça ses chaussures en cuir verni par les bottines plus pratiques qu'elle avait toujours dans le coffre de la voiture. Ceci fait, elle prit le foulard en soie qui se trouvait toujours à l'intérieur de l'accoudoir de la banquette arrière et le noua sous son menton. Si elle ne voyait pas la route, elle avait en revanche une vue magnifique sur les champs alentour. Il y avait vraiment de pires endroits que celui-ci pour attendre.

Dès qu'elle se mit en marche vers le portillon, ses douleurs à la jambe commencèrent à s'atténuer. Arrivée au champ, qui s'avéra être un paddock, elle découvrit deux poneys en train de brouter. Depiscopo n'aurait pas de mal à la trouver ici. Il paniquerait peut-être un instant en voyant le Range Rover vide, mais il lui serait facile de voir où elle était allée.

Regardant bien où elle mettait les pieds parmi les touffes d'herbe et les terriers de lapin, elle s'avança vers le premier poney. Elle était presque arrivée à lui quand elle entendit un bruit de sabots s'amplifier rapidement. En se tournant, elle vit un étalon gris sauter par-dessus la haie qui marquait la limite nord de l'enclos avant de retomber lourdement à moins de cinquante mètres d'elle. Son cavalier portait une veste rouge et une bombe. Bien que les autres soient probablement à des kilomètres, ce devait être un des participants de la chasse au leurre.

— Êtes-vous perdu ? lui lança gaiement la reine.

À défaut de répondre, le cavalier s'approcha au trot. Quand il fut tout près, la stupéfaction de la reine n'eut d'égale que celle de l'homme.

— Hugh ?

— Votre Majesté ?

— Je croyais que…

Lord Mundy descendit de cheval, tenant les rênes d'une de ses mains gantées, sa cravache de l'autre. L'animal respirait fort. Hugh semblait très différent sans son vieux tweed et sa ficelle. Son élégante veste rouge et sa cravate de vénerie blanche faisaient remonter des souvenirs de jeunesse, à l'époque où il était un fringant chasseur. Il lui adressa un grand sourire et s'inclina.

— Quelle extraordinaire coïncidence, Madame... Que faites-vous ici ?

— Il y a eu un accident sur la route. Je vous retourne la question.

— J'ai tourné du mauvais côté et perdu les autres il y a environ vingt minutes, expliqua-t-il. J'ai cru entendre le cor, j'ai foncé à travers champs et maintenant, Dieu sait où je suis. Je manque d'entraînement. Mais c'était une bonne matinée.

— Vraiment ?

La reine commençait à regretter ses décisions des dix dernières minutes.

— La police n'est-elle pas chez vous ?

— Ah ! Vous en avez entendu parler. Je me suis éclipsé. Aucune envie de les voir terroriser les cygnes et salir les douves.

— Ils vous ont laissé partir ?

— Pas exactement. Mais je ne voyais aucune raison de rester à regarder et attendre. Et si nous ne chassons pas, même au leurre comme aujourd'hui, nous finirons par en perdre le droit.

La reine se demanda s'il l'avait bien entendue. Hugh semblait d'excellente humeur et plus préoccupé par sa chasse au leurre que par la chasse à l'assassin qui avait lieu chez lui. Elle avait vraiment cru en sa théorie... mais voilà qu'elle commençait à douter. Aurait-elle fait une énorme erreur ? Elle qui pensait qu'à cette heure-ci tout serait terminé.

— J'espère que vous allez retrouver les autres, lança-t-elle en hochant la tête avec un sourire forcé.

Puis elle reprit tranquillement la direction de sa voiture en se retenant d'accélérer le pas.

Hugh opina du chef et sourit à son tour. Mais il resta planté entre elle et le portillon, tenant son cheval par la bride. Et il ne semblait pas décidé à bouger.

— Comment le savez-vous, Madame ? demanda-t-il d'un ton poli. Que la police est à Ladybridge ?

— Les enquêteurs m'informent de tout, répondit-elle d'une voix posée. C'était un geste de courtoisie de leur part. Ils savent que nous sommes amis, Hugh.

Son regard perçant était très déstabilisant. Cet homme n'était plus le sombre et mélancolique baron dévasté par le deuil des derniers jours. Une vive intelligence luisait dans ses yeux bleus. Elle comprit alors qu'elle ne l'avait pas sous-estimé.

— Les enquêteurs vous informent de tout…, répéta-t-il, l'air pensif.

— J'espère que Flora s'en sort avec la police. Elle est seule là-bas ? J'ai cru comprendre qu'on avait arrêté Vincent. Ce doit être…

Le sourire du baron restait figé.

— Flora sait se débrouiller toute seule. Et Vincent n'a rien fait de mal. Par conséquent, la police ne trouvera rien. Je n'ai aucune raison de m'en mêler.

— Hugh ! Sérieusement ?

— Que voulez-vous dire ?

— Vous le savez très bien.

— S'il s'est passé quelque chose, il y a prescription. De l'eau a coulé sous les ponts.

Il faisait preuve d'une étrange sérénité, comme s'il

n'avait rien à voir avec tout ce qui s'était produit. La reine trouva cela choquant.

— Je sais ce qui s'est passé il y a cinquante ans. Et Chris Wallace est mort parce qu'il le savait aussi. On ne peut pas dire que beaucoup d'eau a coulé sous les ponts depuis, Hugh.

Le baron se raidit.

— Chris s'est suicidé, le pauvre homme. Ce n'est pas ma faute. Laissez-le en dehors de tout ça.

— Mais il est en plein dedans, insista Sa Majesté. Il en est même au cœur. Vous pensiez qu'il savait ce que Ned avait fait à Lee. Alors vous vous êtes arrangé pour qu'il soit trop perturbé pour vous soupçonner de la disparition de Ned. Mais ce qui rend cette histoire encore plus tragique, c'est que la police ne tiendra aucun compte de ce que Ned a fait à Lee. Elle supposera que vous l'avez tué juste parce qu'il était le père de Vincent.

— Que voulez-vous dire ?

— La police a déjà procédé au test ADN. Ils savent, Hugh.

— S'ils trouvent un corps à Ladybridge, qu'est-ce que ça peut faire ? rétorqua-t-il, dédaigneux. Ils ne pourront pas prouver qui l'a mis là. Bon sang, Madame, Ned a disparu depuis des semaines.

La reine était exaspérée par son refus obstiné d'affronter la vérité.

— Dès qu'ils commenceront à chercher des preuves, ils en trouveront. Son estomac contiendra le poison dont vous vous êtes servi. C'était de la ciguë, n'est-ce pas ? En l'honneur du fantôme. Les livres de jardinage de Lee vous ont permis de savoir où la trouver sur la propriété. Il en pousse naturellement sur les berges de nos rivières.

C'est sûrement le cas chez vous aussi. Vous l'aviez sans doute mise de côté depuis cet été.

Hugh hésitait. Il semblait apprécier qu'elle ait noté ce petit détail.

— Si vous vous êtes débarrassé de ses vêtements sur le domaine, ils en retrouveront des traces aussi. Et, comme vous n'étiez pas vraiment avec Mrs Capelton le 14, votre alibi ne tiendra pas.

Elle s'interrompit un instant, le temps de plisser les yeux.

— Je peux comprendre vos raisons, poursuivit-elle, maintenant bien lancée. Bien que je l'abhorre, je saisis la logique de votre sens biblique de la justice. Ce que je ne peux vraiment pas pardonner, en revanche, c'est ce que vous avez fait à Mr Wallace. Vous aviez le devoir de le protéger et, au lieu de cela, vous l'avez harcelé jusqu'à ce qu'il se donne la mort. Juste parce que vous aviez peur de vous faire prendre pour le meurtre de Ned.

La reine avait parlé avec plus de fougue qu'elle l'aurait voulu et une lueur inquiétante était apparue dans les yeux du baron. Prenant conscience qu'elle en avait trop dit, elle fit un pas en arrière. L'homme s'avança vers elle, les rênes de son cheval toujours à la main. Elle jeta un œil au-dessus du mur à sa gauche, priant pour voir arriver la cavalerie. Mais elle ne vit là qu'un lièvre solitaire qui avait l'air aussi apeuré qu'elle.

— Vous leur avez dit tout ça ?

— Non, répondit-elle, ce qui était vrai sans être tout à fait exact.

— Je me suis souvent demandé si Lee avait tout raconté à votre mère.

— Je n'ai aucune idée de...

Hugh fit un nouveau pas vers elle. Il était plus grand que dans son souvenir. Ou, du moins, plus grand qu'il en avait l'air à Noël. Même si son chagrin était toujours bien réel, il n'était plus voûté. Il se servait d'ailleurs de sa taille pour intimider sa petite proie, qui était aussi douloureusement consciente de la cravache dans sa main gauche. Puis, semblant soudain changer d'avis, il se remit en selle.

Rozie avait fini par retrouver les deux chevaux plus loin sur la route et réussi à les maîtriser. Il n'y avait toujours pas d'ambulance ou de voiture de police en vue. Heureusement, les deux blessées respiraient et les saignements de la plus âgée avaient été stoppés par un garrot à la jambe. De petits embouteillages s'étaient formés sur la route de campagne. Le chauffeur de la reine guidait les voitures de sorte qu'elles ne roulent pas sur les blessées tandis que l'agent de protection prenait soin d'elles. Rozie eut peine à croire ce qu'elle voyait : les deux hommes étaient ici.

— Qui veille sur la patronne ?

Depiscopo quitta des yeux l'adolescente qu'il tentait de rassurer en lui répétant que les secours allaient arriver.

— Merde !

Quand il se releva et se mit à courir, Rozie était déjà loin devant lui.

Hugh se tenait très droit sur sa selle et la reine put constater qu'il avait fort bien simulé sa récente infirmité. Quand il se redressait, les caractéristiques typiques des St Cyr ressortaient encore plus. Le nez, les yeux, le menton, ce qu'il restait d'une chevelure dorée… Avec un chapeau et une grande écharpe bleu vif, il aurait été facile de le prendre pour Ned.

Son souffle était plus bruyant que celui de son cheval.

— Pourquoi a-t-il fallu que vous vous mêliez de ça ? rugit-il. Je vous l'ai dit ! Chris Wallace n'a rien à voir avec ça. Ce n'était qu'un locataire qui souffrait de problèmes psychologiques. Et ce que je fais sur ma propriété ne regarde que moi. Si vous pensiez savoir quelque chose, vous auriez dû venir me voir.

— Et pourquoi cela ? demanda la reine, stupéfaite.

— J'aurais pu vous expliquer. Vous auriez compris. Vous dites que la police sait que Ned est le père de Vincent. Mais vous me connaissez, nom de Dieu ! Je ne l'aurais pas tué pour ça. J'aurais pu dire la même chose aux enquêteurs, s'ils m'avaient posé la question. Certes, j'aurais eu grand plaisir à lui casser la gueule. Comme n'importe quel homme. Personne n'aurait trouvé à y redire. Mais j'avais promis à Lee de ne pas le toucher.

Le baron était agité. Il semblait réaliser qu'on avait vraiment inspecté ses douves. Un corps avec du poison dans l'estomac n'était pas quelque chose dont il pourrait se dédouaner avec de simples paroles.

— Vous prétendez savoir ce qui s'est passé, reprit-il. Mais vous n'en avez aucune idée.

Son cheval se mit à frapper le sol du sabot et Hugh ne se donna pas la peine de le calmer. Ni de se calmer lui-même. Il écumait de rage.

— Il l'a immobilisée, grogna-t-il en plantant son regard dans celui de la reine. Lee avait trop peur pour se débattre. Il tenait sa main tellement serrée autour de son cou pendant qu'il lui... faisait ça... qu'elle a cru mourir. Des années plus tard, si j'avais le malheur de poser tendrement mes mains un peu trop près de son cou, elle paniquait comme si elle était en train de se noyer. Voilà ce qu'il lui a fait.

— Et donc vous lui avez coupé la main, dit la reine, comprenant enfin.

Hugh la fusilla du regard.

— Lee méritait bien plus que ça. Et de toute façon, à ce moment-là, il était déjà mort. Personne n'avait besoin de savoir. Mais maintenant... Vous vous rendez compte de ce que vous avez fait ?

Il surplombait toujours la souveraine du haut de son cheval agité.

— Pour vous, tout va bien. Tout est réglé pour les trois prochaines générations. Mais pour mes enfants ? Mes petits-enfants ? On aurait peut-être fini par repêcher un squelette, dans Dieu sait combien d'années. Il aurait été impossible de savoir comment il était arrivé là. Ç'aurait été un des mystères de la famille St Cyr, voilà tout. J'ai tout fait pour les protéger.

— Vous avez tué un homme et poussé un autre au suicide, Hugh.

Le baron ignora sa remarque.

— Maintenant, il va y avoir un scandale, dit-il.

— Ce n'est absolument pas ma faute.

— C'est la mienne, peut-être ? s'emporta lord Mundy, livide de colère. Que va faire Flora ? Rendre visite à son père en prison ? Comment pourrait-elle y survivre ? Et Ladybridge ? Ça ne vous fait rien ?

La reine trouvait qu'elle en avait déjà largement assez dit. Percevant la fureur de son cavalier, le cheval affolé se cabra. Plus que jamais, la reine se sentait très petite et très seule. Elle tendit un bras ferme pour calmer l'animal mais Hugh encouragea sa monture à se dresser sur ses pattes arrière, comme s'il se préparait à charger.

— Vous avez eu une bonne vie, Madame. Mais tout est votre faute. Toujours à fouiner partout, espèce de...

Il avait définitivement perdu la raison. Le cheval se cabra de nouveau, les narines épatées, les yeux exorbités, paniquant à cause du comportement anormal de son cavalier. Il pouvait projeter la reine au sol en un mouvement. Le regard de Hugh était implacable.

— Hé !

Ricky Depiscopo fonçait vers le mur d'enceinte du champ. Il vit d'abord le cheval et son cavalier, puis le foulard reconnaissable de la patronne. Dans un premier temps, il crut qu'ils étaient en train de bavarder aimablement. Dieu merci. Peut-être n'avait-elle même pas remarqué qu'ils l'avaient laissée seule aussi longtemps. Sauf qu'il vit soudain l'animal se cabrer et la patronne reculer. Pourtant, elle adorait les chevaux. *Merde !* Quand elle leva les bras, il plongea la main sous sa veste pour y prendre son arme.

— Plus un geste ! Police !

Le cavalier se tourna pour le regarder.

— Arrêtez ou je tire !

Depiscopo se demandait si sa réaction n'était pas exagérée. Il avait reçu un entraînement pour faire face à des terroristes ou des fous s'en prenant à des ministres. Mais durant sa formation, jamais on n'avait parlé d'énorme cheval effrayé menaçant la reine dans un champ boueux. Il visa la tête du cavalier et hésita.

Pendant ce temps, Rozie avait sauté par-dessus le mur. Elle fonçait maintenant entre les hautes touffes d'herbe pour rejoindre la reine. Elle n'avait qu'une idée en tête, mettre la patronne en sécurité. Ne disposant pas d'arme pour cela, elle dut faire rempart de son corps entre la reine et les terrifiants sabots.

Un coup de feu retentit.

Le cavalier se tourna de nouveau vers le policier qui se tenait au bord du champ, arme au poing, puis vers Rozie. L'air indécis, il oscillait d'avant en arrière sur sa selle. Quand il fit mine de lever une main, Depiscopo tira avant qu'il ait la moindre chance de dégainer une arme. Mais le policier avait manqué sa cible. Le temps qu'il lui fallut pour réajuster son tir suffit au cavalier pour faire faire demi-tour à sa monture, desserrer sa mentonnière et jeter sa bombe par terre. Depiscopo tira de nouveau et le cheval partit comme s'il avait la mort aux trousses.

Le baron jeta un bref dernier regard à la reine par-dessus son épaule puis fonça vers l'autre bout du pré, là où le mur était le plus haut. Il n'avait aucune chance de passer par-dessus. Il cravacha le flanc de son cheval et se pencha en avant sur sa selle. À deux pas de l'obstacle, l'animal s'élança de toute sa puissance. On entendit un hurlement atroce, puis ce fut le silence.

CHAPITRE 33

— Mort, Madame.

Sir Simon se tenait respectueusement au garde-à-vous. Assise à une table de cartes dans le petit salon de Sandringham, la reine se remettait en sirotant un bon brandy. Après tous ces événements, il avait bien sûr été impossible de continuer jusqu'à Newmarket. Sir Simon venait de confirmer ce qu'elle savait déjà.

— Ont-ils précisé s'il était mort sur le coup ?

— Oui, Madame. Traumatisme crânien.

Sir Simon exprima son impuissance en haussant les épaules. Il était tellement lisse, la plupart du temps, qu'il était facile d'oublier que ses manières impassibles cachaient une âme sensible.

— Et le cheval ? demanda Sa Majesté.

— Le cheval va bien. Totalement indemne, à ma connaissance.

— Ah, bien.

Ce n'était pas que la reine était sans cœur, mais ce pauvre animal n'avait tué personne. Pas volontairement, en tout cas. Elle s'était inquiétée pour lui.

— Ce que je ne comprends pas, c'est ce que lord Mundy faisait là. N'aurait-il pas dû avoir été déjà arrêté ? Ou, au moins, être sous la surveillance de la police ?

— J'en ai parlé au commissaire divisionnaire. Il était censé l'être. Il a échappé à leur vigilance. Un jeune policier a voulu l'empêcher de partir mais lord Mundy lui a dit qu'il était chez lui et qu'il allait où bon lui semblait avant de forcer le passage.

— Ils ne l'avaient pas déjà inculpé pour meurtre ?

— Ils ne voulaient pas reproduire la même erreur qu'avec Jack Lions. Ils attendaient de voir s'ils allaient découvrir le corps et, même dans ce cas, quel membre de la famille auraient-ils dû arrêter ? Il ont péché par excès de précaution, Madame. Le commissaire divisionnaire ne cesse de se confondre en excuses.

— Il a l'art de se mettre dans de sales draps, il faut bien le dire.

— Je crois qu'il en a conscience, Madame. Quand j'ai appelé pour m'enquérir des raisons de ce fiasco, il a proposé de remettre sa démission.

— Oh, juste ciel ! C'est un bon policier. Ce sont toujours les bons qui proposent de démissionner, jamais les mauvais. En tout cas, nous avons un corps, maintenant. J'attends son rapport dès qu'il sera prêt.

Sir Simon promit qu'elle l'aurait. Après la journée qu'ils venaient de passer, il était impatient de boire un verre.

Le lendemain, le *Recorder* publia fièrement son article exclusif.

UN CORPS REPÊCHÉ DANS LES DOUVES
Par Ollie Knight, reporter royal

La police a retrouvé l'aristocrate disparu chez un de ses cousins, avec qui il était en mauvais termes. Ce dernier, proche de la famille royale, vient de mourir dans un tragique accident de cheval.

Le corps d'Edward St Cyr, le propriétaire terrien dont la main sectionnée avait été identifiée par la reine, a été retrouvé hier par les plongeurs de la police dans les douves du domicile de ses ancêtres. Ladybridge Hall, où a grandi la victime, appartenait à son cousin lord Mundy, mort hier dans un accident de cheval. La police pense que Mr St Cyr a été tué suite à un vieux conflit familial.

D'une valeur de 20 millions de livres, le domaine de Ladybridge est une attraction populaire du Norfolk en raison de ses jardins pittoresques et de son architecture élisabéthaine. La police ne semble pas explorer d'autres pistes dans le cadre de ce meurtre.

Le 2 février est le jour de la Chandeleur, à mi-chemin entre le début de l'hiver et l'équinoxe de printemps. Cette fête marque le quarantième jour après la naissance de Jésus, moment de sa présentation au Temple. Presque six semaines s'étaient donc écoulées depuis Noël et on arrivait à la fin du temps que la reine s'accordait à Sandringham. Cette petite hibernation avait été précieuse et revigorante. Elle considérait ces jours de repos comme une opportunité de faire le plein de tout ce qu'elle aimait, afin de pouvoir consacrer les mois suivants à ses obligations. La nature se remettait, elle aussi, à l'œuvre. La terre nue commençait à se couvrir de perce-neige, et le jour de la Chandeleur on pouvait en égayer chaque pièce de la promesse du printemps. Sans être superstitieuse, Sa Majesté trouvait ces traditions rassurantes : le flux et le reflux de la nature, la répétition, le renouveau de la vie...

Il y avait deux grands vases de perce-neige dans la Long Library quand le commissaire divisionnaire arriva. Soixante-douze heures après le repêchage du corps dans les douves et la mort soudaine du treizième baron Mundy, le policier se demandait comment Sa Majesté allait prendre ce qu'il avait à lui dire. Elle ne devait pas être bien remise de sa pénible rencontre dans le champ. Ce qu'il allait devoir lui révéler était sinistre et il ne voulait pas ajouter à sa détresse. Mais comme il s'agissait d'amis à elle, elle voudrait savoir. C'était pour cette raison qu'il tenait à lui parler lui-même. Afin de présenter les faits de façon aussi délicate que possible.

Il fut accueilli par un jeune écuyer élégant qui lui annonça que la reine avait une demi-heure à lui consacrer avant de retourner à ses invités. Celle-ci arriva peu après, en jupe écossaise et cardigan, précédée de ses chiens et accompagnée par sa secrétaire particulière adjointe. Le policier trouva que la souveraine avait l'air de bonne humeur pour quelqu'un qui avait fait face à la mort. Il remarqua aussi l'indifférence forcée entre la secrétaire adjointe et l'écuyer. Il se demanda en passant si d'autres que lui savaient que ces deux-là couchaient ensemble.

— Commissaire, je suis ravie que vous soyez là, déclara la reine. Venez vous asseoir ici, près de la fenêtre. Alors, qu'avez-vous à me raconter ?

Bloomfield ne put résister à la tentation d'envoyer une petite pique à destination du service responsable des agents de protection.

— Je suis sincèrement désolé pour ce qui vous est

arrivé vendredi, Madame, dit-il en s'asseyant. L'épreuve a dû être bouleversante. La Met aurait vraiment dû mieux veiller sur vous.

— *On* est rarement bouleversée, commissaire, répondit la reine d'un ton ferme. Je suis convaincue que cela n'arrivera plus. Et je dois admettre que je ne m'attendais certainement pas à trouver Hugh dans ce champ.

Le policier comprit qu'il était en train de se faire remettre à sa place.

— Euh, oui. Désolé. J'ai appris que vous vous étiez montrée très compréhensive sur ce point.

— Passons. Qu'avez-vous découvert ?

Bloomfield hocha la tête, bien content de revenir en terrain moins instable.

— J'ai cru comprendre que lord Mundy vous avait avoué avoir tué son cousin. Le choc a dû être terrible.

— En effet, oui.

— La raison est évidente : Ned était le véritable père de son fils.

Étrangement, Sa Majesté se sentit investie du devoir d'exposer les réfutations du mort quant à cette accusation.

— Même si c'est le cas, il m'est difficile d'imaginer un homme tel que Hugh aller jusqu'à tuer pour cette raison, répondit-elle, curieuse de voir la réaction du policier.

Comme prévu, Bloomfield repoussa cet argument.

— C'est un mobile largement suffisant pour un meurtre, Madame. Même si, pour être honnête, on ne s'attend généralement pas à cela de la part de quelqu'un de… euh… de son âge.

— Les personnes âgées ressentent aussi des émotions fortes, commissaire.

— Je suppose que oui. Mais, d'habitude, les gens n'attendent pas quarante-huit ans pour les faire suivre d'actes, Madame. C'est ce qui nous a mis sur une fausse piste, même quand nous avons su pour Vincent. Le baron a dû beaucoup réfléchir durant toutes ces années. La mort, c'était la partie facile. L'alibi, en revanche, c'était plus compliqué. Il a dû y travailler pendant des mois. Une fois que Mr Knight nous a fait remarquer que nous n'avions aucune preuve que Ned avait bien quitté le manoir, tout s'est emboîté naturellement. À l'exception d'un témoin obstiné. Mais cela s'est vite arrangé.

— Ah ?

— La femme en question était Mrs Capelton, Madame. D'habitude, c'est quelqu'un de très fiable. Gardienne de l'église, pilier du Women's Institute. Elle maintenait que Mundy était resté avec elle tout l'après-midi. Mais elle nous a appelés hier. Nous nous interrogions déjà à son sujet. Elle a eu une crise de conscience… suite à quelque chose qu'a dit le pasteur lors de son sermon, semblerait-il. Mundy l'avait habilement manipulée.

— Vraiment ?

— Il a fait appel à son humanité. Il est passé la voir le lendemain de Noël et lui a dit qu'il avait un petit souci avec sa fille. Il a prétendu que le 14 décembre, il était allé à Ely pour y « satisfaire ses besoins masculins ». Je crois que c'est ainsi qu'elle l'a formulé. Il était veuf, et il a dit qu'il savait qu'elle compatirait, mais qu'il ne pensait pas que sa famille pourrait comprendre. Il lui a fait jurer le secret. Elle a eu l'impression de bien agir en ne trahissant pas sa confiance. Il ne lui était jamais venu à l'esprit qu'il puisse être l'individu que nous recherchions.

— Je vois, fit la reine. J'ignorais qu'Ely était réputé pour ce genre d'activités.

— Pas plus qu'ailleurs, Madame. Mais il y avait peu de chances que Mrs Capelton aille vérifier cela. Pendant ce temps, il s'introduisait chez St Cyr avec ses clés puis se servait de son téléphone et de son ordinateur pour faire croire qu'il était passé préparer son sac. Nous n'avons pas trouvé beaucoup d'ADN à Abbottswood, en tout cas pas plus qu'il en aurait laissé lors de la simple visite que Mundy reconnaissait lui avoir rendue. Mais le baron avait commandé des charlottes à cheveux, des protections en plastique, des gants de chirurgien et des tas de choses de ce genre. Il avait planifié tout ça, Madame. Jusqu'au plus minuscule détail. Et il n'a pas commis la moindre erreur.

— Ah bon ? Pas une seule ? demanda la reine.

— Non. Il se donnait l'air d'être très diminué, ce qui était malin de sa part. En vérité, il y a derrière toute cette affaire un esprit très affûté, ainsi qu'énormément de recherches et de préparation. Il s'est assuré de choisir un jour où il n'y avait personne d'autre à Abbottswood, et où la fiancée de la victime était à l'étranger. Il a même emmené le chargeur de téléphone de la victime à Londres pour qu'il paraisse logique que le portable de St Cyr n'avait plus de batterie. Sans cela, il aurait semblé bizarre qu'il ne l'utilise pas le lendemain. En fait, Mundy a dû se débarrasser du téléphone après avoir envoyé ses textos à Miss Westover. Puis il est aussitôt rentré. Nous avons vérifié les horaires de train : c'était juste, mais faisable. Nous avons toujours soupçonné que quelqu'un d'autre avait pu passer à l'appartement. Ce que nous ne comprenions pas, c'était comment l'assassin avait pu en sortir le corps de St Cyr, et ce qu'il en avait fait. Mais

Mundy n'avait pas à s'en soucier, puisque le cadavre était déjà où il fallait.

— C'est-à-dire ? demanda la reine qui pensait pourtant le savoir, étant donné qu'elle avait remarqué une bâche plastique qui claquait dans le vent au manoir.

— Dans une des pièces médiévales en travaux de Ladybridge Hall, Madame. Les fenêtres étaient partiellement ouvertes. L'endroit était exposé aux éléments, et donc parfait pour entreposer un corps en hiver : frais et ventilé, comme un garde-manger à gibier. La brigade scientifique pense qu'il a été enveloppé dans du plastique et caché derrière du matériel de chantier. Mundy a commencé à se plaindre d'un rhume le 17, il a donc pu rester chez lui. Les domestiques étaient à l'autre bout du manoir. Normalement, personne n'entre jamais par le côté le plus ancien. Mundy avait tout le temps nécessaire pour ce qu'il avait à faire. Il a entouré le rouleau de chaînes pour qu'il coule à pic et l'a jeté par une fenêtre. Tous les indices concordent.

— Vous savez si Ned est mort rapidement ? demanda la reine.

Plusieurs scénarios étaient possibles, dont un certain nombre auxquels elle s'était efforcée de ne pas penser.

— On a trouvé du poison dans l'estomac, Madame. Et la victime avait aussi la nuque brisée. Elle a peut-être également été frappée sur la tête. Nous pensons que Mr St Cyr était mort avant que Mundy l'abandonne. Plus tard, son crâne a été enfoncé par un objet contondant. Une batte de cricket, très probablement. Les plongeurs en ont trouvé une dans les douves.

La reine se tapota le genou et Willow le corgi vint s'y installer.

— Continuez, dit-elle.

— C'est la main sectionnée qui ne me paraît pas logique, avoua Bloomfield. C'était la seule partie du corps qui manquait. Mundy a défoncé le crâne, mais laissé la main intacte. Il n'a pas essayé de rendre le corps inidentifiable. Ce qui n'aurait de toute façon servi à rien, compte tenu de l'endroit où nous l'avons trouvé. Ça doit avoir un rapport avec la chevalière mais je doute que nous sachions vraiment lequel un jour.

— Je suppose que vous avez raison, acquiesça Sa Majesté.

Elle ne parla pas de sa discussion avec Hugh. Au lieu de cela, elle mentionna autre chose, qu'elle soupçonnait avoir un lien avec la main coupée.

— J'y ai réfléchi. Ned allait bientôt se retrouver dans les douves. La bague était un symbole d'appartenance à la famille. J'imagine que Hugh était obligé de jeter le corps là parce que c'était la cachette la plus facile…

— … mais il se refusait à considérer Ned comme un membre de la famille, c'est bien ça, Madame ? fit Bloomfield en hochant sobrement la tête. Raison pour laquelle il a mutilé le corps. Ça me fait penser au choix du sac plastique… Il m'intrigue depuis le début. Quelque chose de sans valeur, de jetable. C'est étrange d'emporter ça avec soi quand on va disperser les cendres de son épouse, vous ne pensez pas ? Peut-être qu'inconsciemment il voulait…

— … éviter à tout prix de lui rendre le moindre hommage, termina la reine en opinant du chef pour elle-même. Cela pourrait bien être ça.

— « Éviter de lui rendre hommage », Madame. Exactement.

— Mais cela a finalement eu pour effet de protéger la main, non ? Je me demande s'il avait l'intention de la sortir du sac, mais qu'il a préféré ne pas le faire en présence de ses enfants. Je l'imagine bien paniquer et tout jeter à l'eau.

Bloomfield fit oui de la tête.

— « C'est plutôt ma main qui teindra d'incarnat les multitudes marines », cita le policier.

— Shakespeare ? dit la reine. *Macbeth*, je suppose, si on y parle de mains.

— Exactement, Madame. J'ai joué la pièce au lycée. J'étais Duncan, mais je n'ai jamais oublié le garçon qui interprétait Macbeth en train de parler de laver le sang sur ses mains. C'était glaçant, même dans un spectacle de terminale. Ainsi que vous l'avez dit, Hugh a dû jeter le sac en présence de ses enfants. Je pense que Flora s'est peut-être doutée de quelque chose.

— Ah, vraiment ?

— Lors des interrogatoires, elle a toujours tout fait pour confirmer les alibis de son père ou de son frère, quels qu'ils soient. Elle était sur le bateau avec eux ce jour-là. Quand la main s'est échouée sur la plage, elle a dû additionner deux et deux et comprendre que l'un d'entre eux était probablement le coupable. Elle a sûrement plutôt pensé à Vincent, qui était plus jeune, en meilleure forme et à Londres.

— Et pourtant, elle les connaissait tous les deux très bien, fit remarquer la reine. Elle aurait tout autant pu soupçonner la noirceur enfouie de son père.

— Je ne vais pas approfondir de ce côté-là. Elle a déjà assez à gérer. Elle est persuadée que c'est pour elle que son père a foncé droit dans un mur. Sachant ce que nous allions trouver, il a voulu lui éviter un procès et un scandale. Il doit être très difficile de vivre avec ça.

— Je ne suis pas sûre qu'il l'ait vraiment fait pour elle, argua la reine.

Quels qu'aient été ses grands discours au sujet de ses enfants, Hugh, depuis son immense cheval, ne pensait encore qu'à lui-même. Sa soif de vengeance était plus ardente que jamais. La reine l'avait toujours considéré comme le plus mûr des deux cousins mais, en réalité, c'était Ned le plus équilibré. Hugh était coincé dans le passé tandis que Ned était tourné vers l'avenir. Flora allait devoir vivre avec les conséquences. Sa Majesté se promit d'aller voir comment elle s'en sortait.

Elle remercia Bloomfield et ses nombreux collaborateurs pour leur travail.

— Nous avons fini par y arriver, Madame, conclut le policier avec légèreté. Je ne sais pas si nous aurions pensé à chercher dans les douves sans l'aide de Mr Knight. Quelle chance que les médias britanniques travaillent aussi sérieusement, n'est-ce pas, Madame ?

— Absolument. Que ferions-nous sans eux ?

CHAPITRE 34

— Qu'allez-vous faire ? demanda la reine.

Flora enfonça ses mains dans ses poches et regarda dans la direction de la statue d'Estimate. C'était encore une belle journée hivernale, avec un ciel bleu sans nuages et un soleil bas projetant de longues ombres.

— Continuer, répondit-elle. Je n'ai pas vraiment le choix. Et il vaut mieux que je ne l'aie pas.

Elle contempla un instant le ciel en plissant les yeux puis reprit :

— Un jour, mes filles sauront tirer le meilleur de Ladybridge. Je les vois bien en faire quelque chose d'extraordinaire pour le XXIIe siècle. Le domaine a tenu jusque-là. Moi, je n'ai qu'à le maintenir en vie.

Sa Majesté comprenait tout à fait ce que voulait dire Flora. Ensemble, elles contournèrent la maison et prirent la direction du jardin nord, que la reine voyait depuis la fenêtre de sa chambre. La mère de Flora avait contribué à la conception des parterres de roses rectangulaires qui s'y trouvaient. Les chiens couraient devant, faisant crisser le gravier sous leurs pattes.

— Vincent va-t-il vous aider ?

Flora sourit.

— À vrai dire, oui. Il a Ladybridge dans… Ha ! J'allais dire dans le sang !

— Je crois savoir que les choses n'étaient pas toujours faciles entre Hugh et lui, dit doucement la reine.

— En effet. Mais il ne comprenait pas pourquoi. Comme il avait pas mal d'amis ayant des relations tordues avec leurs parents, il se disait que ce devait être normal. Il ne s'était jamais trop posé de questions, jusqu'aux funérailles de maman. C'est là qu'il s'est mis à soupçonner qu'il n'était pas le fils de papa. Par un simple regard de Ned. Il ne savait pas quoi penser de maman, par contre. Et pour des raisons évidentes, il ne pouvait pas en parler à papa. C'est ce qu'il essayait d'apprendre de Ned. Il voulait comprendre ce qui s'était passé. Il ne pouvait pas imaginer maman être infidèle. Mais je suppose que...

Flora haussa les épaules.

— On croit connaître les gens, surtout sa propre mère. Mais peut-on vraiment prétendre tout connaître d'une personne ? Nos parents ont été heureux pendant cinquante ans. Je suppose qu'on ne peut pas en demander plus.

La reine aurait pu lui dire ce qu'elle savait mais préféra se taire. Ça n'aiderait personne.

— Ned a-t-il parlé de ce qui s'était produit ?

— Non, il refusait d'évoquer le sujet. Il ne voulait même rien admettre. Il disait que Vincent ferait un très bon treizième baron. Mon frère avait l'impression que c'était pour ne pas se mettre en travers de son chemin, mais il était aussi sacrément déçu. Il aurait pu ne serait-ce que le prendre dans ses bras. Maman n'était plus là, à ce stade. La vérité n'aurait fait de mal à personne.

— Peut-être qu'en réalité Ned essayait de ne pas briser les liens familiaux qui s'étaient établis au fil du temps, répondit la reine avec diplomatie.

Flora rejeta cette idée.

— Si Vincent comptait pour lui, alors il avait une drôle de façon de le lui montrer. Quand Vincent lui a parlé de sa relation avec Roland, il lui a dit qu'il espérait qu'il allait se trouver « une jolie petite pouliche », comme il l'avait fait lui-même, et se ranger avant qu'il ne soit trop tard. Vincent était consterné. Il avait l'impression d'avoir perdu deux pères à la fois.

— Mais il vous a, vous, rappela la reine.

Flora s'arrêta net sur le petit chemin. Puis, souriant à pleines dents, elle enlaça un bref instant la reine, qui ne s'en offusqua pas.

— Merci. Oui. Il m'a moi, n'est-ce pas ? Et il a Roland. Il peut créer sa propre famille. Tout le monde nous recommande de vivre conformément à certaines normes et de sorte à faire oublier les récents événements. Nous allons juste vivre en gardant la tête haute.

— Vous vous en sortirez, lui assura la reine. Votre père savait que Ladybridge serait entre de bonnes mains. Et maintenant, allons voir les parterres de roses de votre mère. Il n'y a pas grand-chose à admirer en ce moment mais cet été, ils seront splendides.

Comme convenu, quand la reine rentra, Julian Cassidy l'attendait. Elle le reçut dans le petit salon pour un bref entretien.

— Je crois comprendre que vous nous quittez, dit-elle.

— Oui, Madame, répondit le comptable, l'air abattu.

— Vous avez fini par prendre la bonne décision.

Il s'était lui-même dénoncé à la police deux jours plus tôt. Il allait écoper d'une grosse amende, et peut-être d'une peine de prison pour délit de fuite. Mais du fait qu'il s'était rendu, même tardivement, l'incarcération semblait assez improbable. En revanche, il était hors de question qu'il conserve son emploi.

— Je suis désolé de vous faire faux bond.

— C'est du pardon de Mrs Raspberry que vous avez besoin. J'espère que vous saurez le mériter.

Elle se demanda si tout cela marquait la fin de cet homme, ou le début de sa renaissance. Les deux étaient possibles.

— Bonne chance, lui souhaita-t-elle.

Il avait encore beaucoup de chemin à parcourir.

CHAPITRE 35

Après la messe, la reine, accompagnée de Rozie, alla remettre des prix aux écoliers de West Newton. Ce dimanche-là, à Sandringham House, les bonnes et les habilleuses s'affairaient à préparer les bagages pour le retour à Londres du lendemain. Sous les arbres du domaine, des tas de neige bordaient les allées. En même temps, on pouvait déjà sentir les prémices du printemps.

Le lundi 6 février serait le jour du jubilé de saphir de Sa Majesté, soit le soixante-cinquième anniversaire de son accession au trône. Ses ministres et la presse semblaient toujours y voir une raison de la féliciter mais Rozie savait que, pour la patronne, c'était avant tout le jour de la mort de son père. Elle marquerait le coup ici, en privé, avant de prendre son train pour Londres, où l'attendait un agenda bien rempli pour l'année à venir.

Après la remise des prix, la tradition voulait que Sa Majesté reçoive du monde à déjeuner. Ses services n'étant pas requis, Rozie se rendit au cottage de Katie Briggs, d'où les deux femmes partirent en direction du nord-est. Elles roulèrent jusqu'à la plage de Burnham Overy Staithe afin que la secrétaire particulière adjointe puisse profiter de l'air marin, des paysages magnifiques et du vaste ciel du Norfolk une dernière fois avant son départ. Depuis le parking, elles parcoururent encore plus d'un kilomètre à pied sur un chemin bordant les marais salants jusqu'à Gun Hill. Là, elles s'assirent sur les dunes verdoyantes, emmitouflées dans leurs manteaux, tandis que Daphné traçait joyeusement des ronds autour d'elles. À l'horizon, la mer s'étendait pratiquement jusqu'au Groenland. De petites vagues venaient s'écraser sur la rive avec une régularité envoûtante. Rozie savourait le moment afin de pouvoir s'y raccrocher quand elle serait de retour à la capitale, confrontée au tumulte politique de Whitehall et au bruit de la circulation de Hyde Park Corner.

— Allez-y, racontez-moi tout, commença Katie après avoir vérifié qu'il n'y avait pas d'oreilles indiscrètes à proximité. A-t-il vraiment failli la tuer ? C'est ce que j'ai entendu dire.

Rozie se remémora la scène qui avait eu lieu sur la route de Newmarket : le cheval cabré, le policier qui courait, elle-même se précipitant vers la reine, la terreur qu'elle avait ressentie.

— Je ne sais pas, répondit-elle en toute sincérité. C'est ce que j'ai pensé sur le moment. Mais la façon dont la patronne regardait ce cheval... Je ne crois pas qu'il aurait osé.

— Je suppose que Depiscopo a été muté à la surveillance d'un vague dépôt à l'autre bout de la Terre.

— Je crois qu'il n'est pas près de se retrouver dans le périmètre de la reine, confirma Rozie.

— Mais qu'est-ce qui lui est passé par la tête ?

— Rien du tout, justement. Il était en train de porter secours à deux femmes renversées au milieu de la route. Il a cru que la patronne respecterait ses consignes. Contrairement à Rick Jackson qui la connaît depuis quinze ans, ça ne faisait pas longtemps qu'il travaillait auprès d'elle.

— Cette nouvelle politique consistant à constamment muter les agents de protection m'inquiète, avoua Katie.

— Elle inquiète tout le monde. Mais la reine sait se défendre. Je l'ai vue à l'œuvre.

Et elle aussi veillait sur la patronne. Elle avait été là quand il le fallait. Non seulement elle s'était interposée entre la reine et le danger, mais cela lui avait paru tout à fait naturel. Sa Majesté avait eu besoin d'elle et elle avait répondu présente. Elle avait su être au bon endroit au bon moment. Et l'expérience l'avait profondément marquée.

Ce moment où le cheval aurait pu la tuer lui avait procuré la même sensation que se baigner dans l'eau glacée. On n'avait pas tous les jours l'occasion de protéger une reine d'un meurtrier. En revanche, on pouvait toujours se baigner. L'eau la reconnectait avec sa perception d'elle-même et ses motivations. Si elle avait apporté son maillot, elle y aurait été en ce moment même.

Sur la gauche, on apercevait le profil bas et herbu de Scolt Head Island, d'où montaient les chants et les cris des oiseaux en nidification. C'était ici que Chris Wallace était entré dans l'eau. Comment avait-il pu vouloir quitter ce monde en un aussi beau lieu ? Rozie s'enveloppa de ses bras et posa son menton sur ses genoux, les yeux rivés sur la mer.

Katie lui passa un bras autour des épaules.

— Je me pose la même question.

Elles restèrent assises en silence un moment, jusqu'à ce que le chiot manifeste son envie de se dépenser et tire Rozie de ses sombres pensées. Elle se mit alors à courir avec lui sur la plage, respirant à pleins poumons, heureuse de vivre l'instant présent.

Ce n'était certes pas Saint-Barth, et elle n'aurait jamais cru pouvoir se sentir aussi bien dans un endroit glacial sans aucun bar en vue, mais le ciel et la mer n'étaient nulle part plus fabuleux que dans le Norfolk.

Ce soir-là, le souper n'eut pas lieu dans la salle à manger à la lueur des chandelles mais juste tous les deux à Wood Farm, où Philip était déjà en train de s'installer en prévision de sa retraite. Il leur fit cuire un steak, accompagné d'un assortiment de légumes préparé par un des chefs. Comme toujours, le vin était excellent. Pour le dessert, il y avait une mousse au chocolat, que lui déclina mais qu'elle dévora. Après cela, ils firent la vaisselle ensemble et s'installèrent devant la télévision pour regarder une émission humoristique.

— Qu'est-ce que votre père aurait pensé de ça ? se demanda Philip à haute voix en regardant la pièce relativement ordinaire d'un œil satisfait de propriétaire.

— Je crois qu'il aurait trouvé ça très confortable.

— Assez bien pour sa fille ?

— J'ai toujours la maison en bas de la rue, sinon.

— Achetée et payée en bonne et due forme, sourit Philip.

C'était vrai : Sandringham House lui appartenait à elle, et non à la Couronne. Son père avait dû la racheter à son frère quand il était devenu roi. En tant que propriété privée, elle revenait par la loi au fils aîné, et David (ou Édouard VIII, comme il s'était brièvement nommé) avait insisté pour être payé, même s'il détestait cet endroit autant que son frère cadet l'adorait. Sans son abdication, quel sort aurait connu cet endroit ? Et quel aurait été son sort à elle ?

Elle était passée si près d'une vie totalement différente. Un destin se joue souvent sur quelques incidents. Dans ce cas précis : l'arrivée d'une divorcée américaine ; un homme qui renonce à son trône pour cette dernière ; un frère cadet qui remplace son aîné à contrecœur ; une fillette qui aurait préféré ne jamais se trouver sous les projecteurs. Quel tourbillon. Et cela faisait déjà presque un siècle.

Elle s'émerveilla un moment de la façon dont les humains, elle y compris, s'évertuent à tenter de bâtir l'avenir alors que celui-ci est en réalité entre les mains des dieux. Mais Sa Majesté n'était pas excessivement versée dans l'introspection : « Oh ! C'est de ce côté qu'est la folie », aurait dit le roi Lear. Elle accepta le verre de whisky que Philip lui proposait et décida de profiter tranquillement des quelques heures qui lui restaient avant de retourner à la capitale et à son autre vie.

Remerciements

Cette fois encore, je dois des remerciements éternels à Sa Majesté Elizabeth II. Je suis heureuse qu'elle ait vécu assez longtemps pour voir la foule réunie devant le palais de Buckingham à l'occasion de son jubilé de platine, au moment où j'achevais ce livre.

J'ai appris sa mort le jour où je remettais mes épreuves corrigées. Bien sûr, j'avais toujours su que ce moment viendrait, mais c'est tout de même en état de choc que j'ai réécrit ces pages. Tout ce que m'inspirent sa personne, son rôle dans nos vies et son impact sur notre monde se trouve déjà dans mes romans. Et j'ai l'intention d'en écrire d'autres, car il reste encore beaucoup d'aspects à explorer. Mon affection pour la reine ne vous aura sûrement pas échappé. Elle était humaine et humble, bien que dotée d'une incontestable grandeur. Sachant qu'elle dédiait déjà toute sa vie à l'exercice du pouvoir et à son peuple, j'espère que ses véritables vacances de Noël étaient plus reposantes que celles que je lui ai imaginées ici.

Un immense merci à tous mes éditeurs, traducteurs, correcteurs et équipes de marketing en Grande-Bretagne et partout dans le monde. Votre soutien pour cette série est fabuleux et je vous en suis très reconnaissante.

Je remercie particulièrement Ben Willis et son équipe à Zaffre, ainsi que David Highfill et Julia Elliott à William Morrow, pour la patience infinie dont ils ont fait preuve. Nous y sommes arrivés !

Merci à Charlie Campbell à Greyhound Literary, le meilleur d'entre tous les agents, et à Sam Edenborough qui, en plus d'être excellent lorsqu'il s'agit de vendre des droits à l'étranger, s'avère aussi un excellent conseiller éditorial. Reconnaissance infinie à Grainne Fox et l'équipe de Fletcher & Company, à Nicki Kennedy, et à l'équipe d'ILA.

Merci à l'équipe de Sandringham House, qui a fait de mes recherches une expérience particulièrement plaisante, ainsi qu'aux spécialistes du réensauvagement et de la préservation de Knepp et Holkham que j'ai eu le privilège de voir à l'œuvre. Merci aussi aux habitants du nord du Norfolk qui m'ont accueillie à bras ouverts. J'ai adoré découvrir votre région. Je reviendrai !

Merci à tous mes lecteurs, et plus particulièrement à ceux qui m'ont contactée via ma newsletter et ont partagé leurs anecdotes ou leurs astuces de jardinage avec moi. N'hésitez pas à continuer !

Merci aux filles qui m'aident à avancer grâce à leur amitié ou parce qu'elles sont de vraies sources d'inspiration : The Place, The Sisterhood, The Masterminds et The Book Club, et tout spécialement Caroline Lawrence et Sarah Wooley pour les promenades.

À Emily, Sophie, Freddie et Tom, qui ont supporté mon manque de disponibilité quand j'étais absorbée par ce livre. (Heureusement que vous savez cuisiner.) Et à Alex. Pour cet ouvrage en particulier, tu as été d'un immense soutien. Quelle chance de t'avoir.

Vous pouvez me contacter via mon site web, à sjbennettbooks.com, et vous abonner à ma newsletter (en anglais). C'est toujours un plaisir d'avoir de vos nouvelles.

Merci d'avoir lu *Chasse royale à Sandringham* !

Cet ouvrage est le plus récent de la série *Sa Majesté mène l'enquête*. Je suis ravie de pouvoir dire que nous avons atteint le stade de la trilogie ! Il va y avoir d'autres livres, bien sûr. J'ai désormais l'intention de remonter le temps un peu plus loin pour de nouveaux mystères dans la longue et fascinante existence de la reine. En attendant, si vous n'avez pas lu *Bal tragique à Windsor* et *Bain de minuit à Buckingham*, il est encore temps de découvrir les premières enquêtes de la reine, avec l'aide précieuse de Rozie. Je vous promets que vous ne serez pas déçus.

Après une première histoire au château de Windsor et la deuxième au palais de Buckingham, j'ai décidé, cette fois, d'aller jusqu'à Sandringham pour un Noël royal traditionnel. Je savais qu'il s'agissait d'une grande demeure en Est-Anglie où les membres de la famille aimaient aller chasser, mais c'était à peu près tout. Je n'avais même pas conscience qu'elle était près de la mer, qu'elle jouxtait une réserve naturelle et que son domaine comportait plusieurs fermes où la reine et le prince Philip expérimentaient des méthodes d'agriculture durable. Charles s'efforce aujourd'hui de transformer ces dernières en exploitations bio. J'ignorais aussi que c'était là que le prince Philip avait prévu de passer les dernières années de sa vie. Maintenant que je sais tout cela et que j'y ai passé de très, très agréables semaines à effectuer des recherches, je comprends parfaitement pourquoi le couple royal aimait tant ce lieu. J'ai également découvert que c'est là que de nombreuses célébrités vont trouver la paix loin des médias.

Le nord du Norfolk est une région rurale, traditionnelle et côtière. Donc passez votre chemin si vous êtes plutôt un fan de Mykonos. En revanche, si vous êtes d'avis qu'une plage parfaite est une vaste étendue balayée par les vents et quasi déserte, à l'exception des nuées d'oiseaux qui viennent y patauger... alors le Norfolk est fait pour vous. Le comté accueille aussi de nombreux détectives fictifs, dont certains comptent peut-être déjà parmi vos favoris. (Je pense à lord Peter Wimsey, de Dorothy L. Sayers – dont Bredon Hall, la demeure ancestrale, est située dans ce comté. Ainsi qu'à Ruth Galloway, l'archéologue de la fabuleuse série d'Elly Griffiths. Je les recommande vivement tous les deux.) J'espère que mon enquêtrice couronnée trouvera sa place parmi eux.

Je me suis efforcée de dépeindre de façon réaliste les relations entre les propriétaires de nos campagnes et les autres amoureux de la nature. Quand j'ai commencé mes recherches, le réensauvagement était encore une niche, un sujet inconnu de presque tout mon entourage. Maintenant, on n'entend plus parler que de ça et je vous mets au défi de trouver un aristocrate britannique qui ne teste pas la méthode. J'ai également été fascinée par les grandes demeures de la région. Abbottswood et Ladybridge Hall sont sorties de mon imagination, et j'y ai pris grand plaisir. En revanche, il est réellement possible de visiter Sandringham House. On peut même y dormir dans le cottage de l'ancien jardinier en chef ou dans le château d'eau désaffecté.

Merci encore d'avoir lu ce livre. J'espère que vous apprécierez le reste de la série.

Amicalement,

S. J. Bennett

SA MAJESTÉ MÈNE L'ENQUÊTE

RETROUVEZ BIENTÔT ELIZABETH II POUR UNE NOUVELLE AVENTURE !

Paris, mai 1957

Debout devant la tombe du Soldat inconnu, sous l'Arc de Triomphe, la reine avait la tête baissée. Treize ans s'étaient déjà écoulés depuis la libération de Paris, pourtant elle gardait un souvenir très vif de l'allégresse de ses parents quand la nouvelle était tombée. Mais il y avait eu beaucoup de morts avant cela, et il y en aurait d'autres. Elle repensa à son oncle, à tous les charmants jeunes officiers avec lesquels elle avait dansé au château de Windsor et qui n'étaient jamais revenus, aux braves Françaises et Français de la Résistance, aux Néerlandais et aux Polonais, puis aux Canadiens, Américains et Australiens… La liste semblait sans fin. Tant de pertes, tant de vies détruites. Cela ne devait jamais se reproduire.

En cette fin de printemps, c'était précisément pour cela qu'elle se trouvait en France. Il était essentiel que la Grande-Bretagne maintienne ses relations privilégiées avec son plus proche voisin, et celles-ci étaient un peu fragiles ces derniers temps. Mr Macmillan avait été très clair sur ce point quand il avait missionné Sa Majesté.

— Votre charme ne sera pas de trop, Madame. Il faut regagner leurs cœurs, comme votre mère jadis ou vous-même la dernière fois.

Mais en 1948, Sa Majesté n'était encore qu'une jeune mariée de 22 ans, secrètement enceinte, et la guerre était à peine terminée. Après toutes les horreurs qu'elle avait endurées, Paris avait explosé de joie avec la spontanéité d'un bouchon de champagne. Aujourd'hui, la situation était différente. Bien que minée par d'odieuses rumeurs sur son mariage, la reine, âgée de 31 ans et désormais mère de deux enfants, en imposait un peu plus. Pourrait-elle de nouveau répandre la poudre magique ? Tant de choses en dépendaient.

La souveraine jeta un coup d'œil à Philip, qui esquissa un sourire en coin sans se départir de son air solennel. Cet encouragement muet lui rappela qu'elle n'était pas seule. Se sentant aussitôt mieux, la reine se redressa. Personne ne savait à quoi ressemblerait le lendemain, mais on pouvait au moins faire de son mieux. Elle savait que Philip partageait cet état d'esprit. Quelle chance prodigieuse de l'avoir à ses côtés – ou, en l'occurrence, un pas derrière elle. De nombreuses choses allaient se jouer dans les jours à venir, et la plupart du temps dans la langue de Molière. Elle avait plus que jamais besoin de lui.

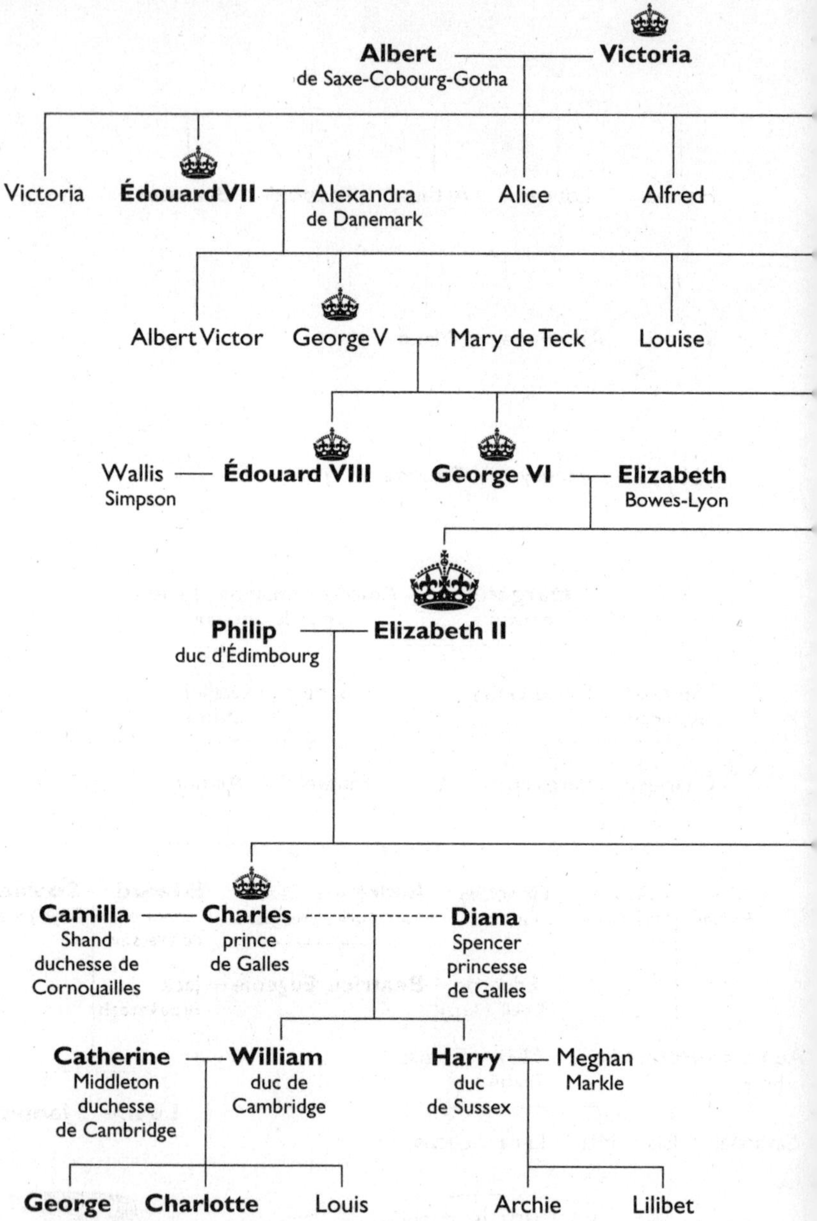

: rois et reines du Royaume-Uni

En gras : membres de la famille royale mentionnés dans ce volume

--------- : couples divorcés

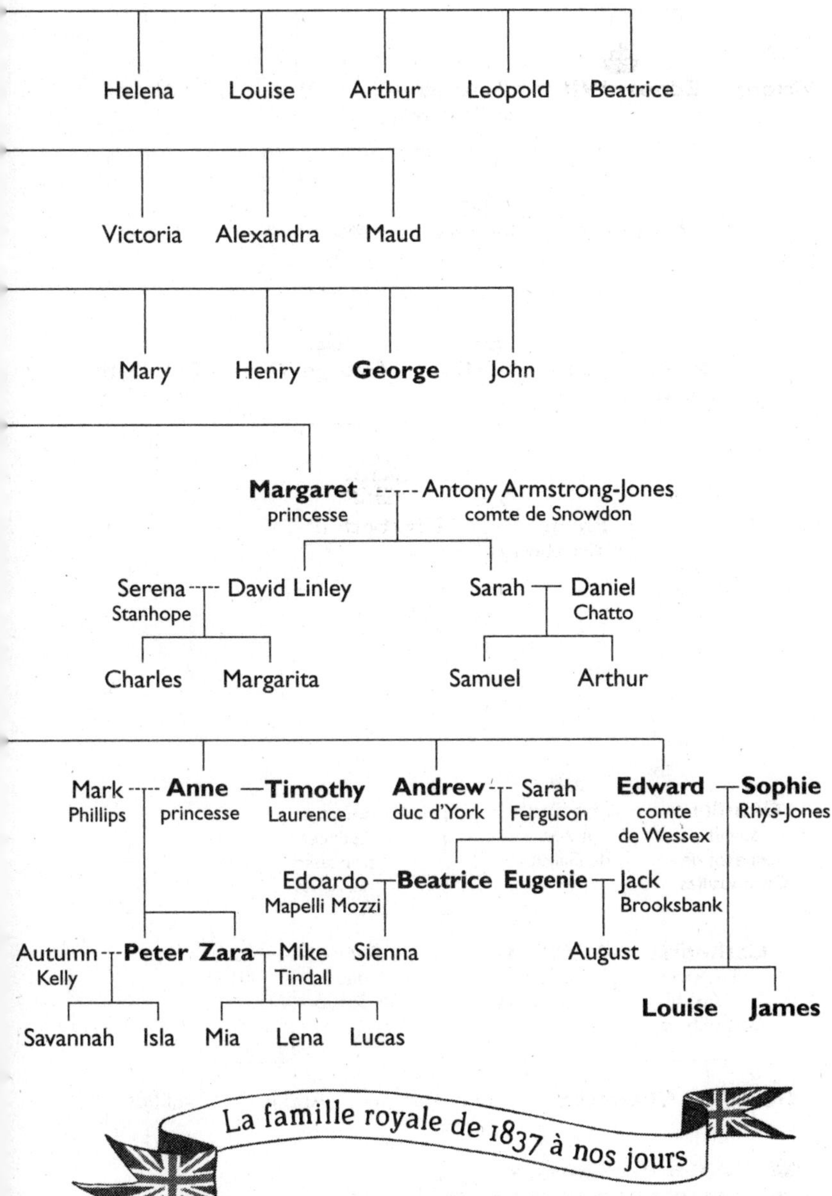
Helena
Louise
Arthur
Leopold
Beatrice
Victoria
Alexandra
Maud
Mary
Henry
George
John
Margaret princesse
Antony Armstrong-Jones comte de Snowdon
Serena Stanhope
David Linley
Sarah
Daniel Chatto
Charles
Margarita
Samuel
Arthur
Mark Phillips
Anne princesse
Timothy Laurence
Andrew duc d'York
Sarah Ferguson
Edward comte de Wessex
Sophie Rhys-Jones
Edoardo Mapelli Mozzi
Beatrice
Eugenie
Jack Brooksbank
Autumn Kelly
Peter
Zara
Mike Tindall
Sienna
August
Louise
James
Savannah
Isla
Mia
Lena
Lucas
La famille royale de 1837 à nos jours

Composition et mise en pages
Nord Compo à Villeneuve-d'Ascq

#lisez! engagé
www.lisez.com
Pour plus d'information :
Imprimé sur du papier issu de forêts gérées durablement.

Achevé d'imprimer par
Normandie Roto Impression s.a.s.
N° d'impression : 2300514

Imprimé en France